U0045009

福爾摩沙
血妖奇緣

施特朗——著

1

西元二〇一八年，臺南市臺灣歷史博物館。

這座位於臺南市安南區市郊的博物館，本館與周邊的藝術建築共占地二十公頃，可說是相當寬闊。由於是假日的關係，博物館裡裡外外都有許多遊客。許多人都是爲了博物館正在展覽的西拉雅文物展而到這裡參觀。

導覽員李小姐正在對遊客進行解說。

李小姐留著一頭長捲髮，她的髮色黑中帶點棕紅。她身穿玫瑰紅配色的洋裝，腳上則是深紅色的高跟鞋。她的一身紅裝扮在人群中相當醒目。

「各位親愛的鄉親，」李小姐以字正腔圓的國語說道，「歡迎大家來參觀本館近期的西拉雅文物展，我是導覽員李紅綾，很高興幫大家介紹西拉雅族的文化與傳統。」

「西拉雅族是臺灣平埔族中勢力最強，人口最多的一族。」其中一位年輕的男性遊客說道，「所以他們和外來移民的衝突也最激烈。」

「這位同學有做過功課喔，」李小姐笑容可掬地說，「西拉雅族主要分布在嘉南平原，也就是今天的臺南地區。自十六世紀大航海時代開始，逐漸有大量外來移民進入嘉南地區，這些外來移民和當地的西拉雅人有衝突也有合作。」

「我聽說許多西拉雅人後來都漢化了，」另外一位年輕男子說，「這是因爲他們沒有自己的文字的關係嗎？」

「西拉雅人會在短時間內就大量漢化有許多因素，他們沒有自己的文字只是其中一個原因，」李小姐說，「而且在荷蘭治理臺灣的時候，荷蘭傳教士用羅馬拼音替西拉雅人的語言做出文字。西拉雅人使用這些文字的時間也長達一百五十多年。」

「荷蘭人不是只會欺壓原住民嗎？爲什麼還要替原住民做文字？」一位老先生問道。

「荷蘭傳教士是因爲要傳達他們的基督教信仰，爲了要讓原住民瞭解聖經，因此替原住民製作了文字。」李小姐說到這裡時表情若有所思，「他們願意犧牲奉獻的精神確實令人感動，可惜在很多時候，他們也是冥頑不靈的一群人……」

「冥頑不靈？這是什麼意思？」另外一位遊客問道。

「我說一個故事給各位聽吧，」李小姐露出神祕的微笑，「這個故事，我花了很長的時間才整理好，正好藉由這次的西拉雅展覽，講給各位聽看看吧。」

「距今四百年前，在今天的臺南麻豆地區，是西拉雅族麻豆社所在地，那裡有個少年，名叫達萊……」

2

西元一六五五年，臺灣臺南麻豆社附近平原。

達萊撫著腳上的傷口，試圖想站起來。

但是，由於腳傷實在太痛了，光是動一下就讓他痛得快流淚，要站起來根本是辦不到。強烈的疼痛也讓他感到渾身無力冷汗直流。他於是決定靜靜地坐在原地恢復體力。

他的傷口不只是扭傷，還有嚴重的擦傷，腳踝可能也骨折了。

達萊是在追逐獵物的時候不小心被石頭絆倒受傷的。

他與十幾名同伴一起圍獵梅花鹿，結果因爲他的反應不佳，讓一隻梅花鹿從他這裡衝出包圍網，他於是就拚命地追逐這隻梅花鹿。

他應該等同伴過來時再一起去追獵物，可是他一時心急，竟然拋下同伴，自己跑了出去。

達萊的體格瘦小，身高只有一百四十幾公分。從他開始參加打獵以來，就常因爲體力或反應不佳，總是拖累同伴。

如果沒有他的加入，同伴們的打獵成績將會更好。

然而，他的同伴們從不怪罪他，同伴們總是說，「沒關係！繼續努力就好！」然後又意氣風發地繼續打獵。

同伴們不怪他，這反而讓他的心裡很難受，因此他總是想要找機會做出成績。他的腳程非常快，這是他在打獵方面唯一自豪的優點。他相信他可以追到那隻梅花鹿，也因爲如此，他陷入這樣的局面，沒注意到石頭藏在草叢裡面，快速衝過去的結果就是嚴重跌傷。

過了一陣子之後，他似乎聽到同伴們呼喊的聲音以及獵狗的吠聲。

他想要回應，可是一點聲音都出不來。

同伴的聲音越來越遠，達萊並不慌張，然而疼痛還是讓他冷汗直流。

天色越來越暗了，達萊拿出隨身攜帶的乾糧當作晚餐。

他現在似乎可以稍微移動身體，然而腳還是腫得很厲害。

當天已黑，達萊也恢復了點力氣。

就在他準備起身時，發現前面不遠處有東西在動。

達萊仔細一看，發現是一條毒蛇！

他趕緊起身，可是腳上的傷讓他痛得又跪了下來。

就在這時，那條毒蛇飛快地撲向他……

3

「這就是西拉雅平埔人所用的打獵工具。」李小姐故事說到一半，突然指向一旁的弓箭與標槍展示區。

「西拉雅人的狩獵，是以團體的方式進行。當他們帶著標槍狩獵時，全村的男性一起外出，每個男人帶著二到三支標槍。」

李小姐隨後指向旁邊一個獵狗的雕刻模型，「他們讓獵狗開始狩獵的序幕，到達指定的地點以後，他們圍成大約一到一哩半的圓圈，然後每個人由外向中心進發，被圍在當中的鹿群很少有機會能夠逃脫……」

李小姐又指向一旁的鈴鐺展示區，「西拉雅人打獵時會在手臂上掛鈴鐺，這個掛在手上的鈴鐺可以協調步調，所以鈴鐺的功用就類似現在的對講機一般。他們使鈴鐺發出聲音以便讓一起出獵的同伴知道自己的方位，以免誤射。同時四面八方的鈴鐺聲可以讓鹿群驚慌，這樣更容易射擊。」

就在李小姐進行說明時，有些聽眾很好奇達萊被蛇攻擊之後的結果，然而李小姐依然繼續歷史解說。

「狩獵活動有時是好幾個部落一起進行，這是部落之間協調合作的活動，除了可以建立部落間的友好關係以外，獵獲的鹿隻可作爲村民肉食的來源，多餘的鹿肉燻成肉乾賣給漢人，而鹿皮賣給日本貿易商人，以換取日常生活所需的器具……」

「請問，那個叫達萊的孩子，被蛇攻擊之後怎麼了？」一位聽眾忍不住提問。

「噢！達萊當時雖然只有十七歲，不過以西拉雅人的標準來說，已經不是小孩，是成人了。」李小姐面帶微笑地說，「當時的臺灣，有很多梅花鹿，原住民狩獵時是不會獵母鹿和小鹿的。」

「然而，那時候不只梅花鹿多，毒蛇也非常多……」

4

就在毒蛇撲向達萊時，突然有一個黑影衝過來把毒蛇壓在地上。

雖然天很黑，達萊還是看得出這黑影似乎是個人，只是不知道究竟是什麼人。

黑影把毒蛇壓制在地上後，抬頭望了一下達萊。

達萊看到對方的臉，不由得吃了一驚。

那是一張女性的臉，也是一張慘白的臉。她的兩個眼睛就像兩個黑洞一樣。由於她的長髮與衣服都是黑色的，在黑暗的夜裡，她那張白臉就像飄浮在空中一樣。

就在達萊不知所措時，女人抓起不停掙扎的毒蛇，低頭咬住毒蛇的身體，毒蛇沒多久就不再掙扎了。

達萊知道這個女人把毒蛇咬死，稍微安心了一下。

然而，當女人再度把頭抬起時，達萊又吃了一驚，這次吃驚的程度比剛才更甚。

女人的嘴角沾染著血跡，看起來有些可怕，然而更可怕的是，原本像黑洞的兩顆眼睛，這時卻閃爍著詭異的紅光。

達萊的心跳開始加快，他一動也不動地坐在那裡。

女人用她那雙紅眼盯著達萊一陣子之後，一步一步慢慢地向達萊靠近。

女人越靠近，達萊的心跳就越快，他本能地抓起旁邊的石頭丟向女人，女人的頭被砸到，慘白的額頭流下了深紅的鮮血。

「XXXXXXXXXXXXXXX。」

女人用手摀著流血的額頭說了一番話，但是達萊完全聽不懂。

女人繼續走向達萊，達萊又丟了一顆石頭，這次沒有打中，因爲女人用手把石頭彈開了。

「XXXXXXXXXXXXXX。」

女人一邊說些達萊聽不懂的話一邊靠近，等到她走到達萊身邊時，她跪了下來，用雙手按住達萊受傷的腳踝。

「XXXXXXXXXXXXXX，XXXXXXXXXXXXXX……」

女人按住達萊的傷口一邊唸唸有詞，達萊雖然完全聽不懂她在唸什麼，但是他感到腳踝一陣溫暖。

此時女人的雙眼已不再閃爍紅光，達萊這才發現，女人的眼睛非常清澈明亮。

達萊雖然聽不懂女人所唸的內容，然而女人在誦唸時發出的氣質讓他感覺到一股神聖的氣息。

「你是在向上帝禱告嗎？」達萊問道。

女人露出了微笑，一句話也不說，她起身轉向森林，消失在黑暗中。

了。

達萊站了起來，發現他的腳竟然不痛了，儘管還是有些無力，可是已經可以走路，甚至可以小跑步了。

浮腫和傷口都消失，這一切不可思議讓達萊驚訝地望著女人所消失的黑暗森林。

5

李小姐說到這裡時，所有的聽眾都鴉雀無聲。

「西拉雅人原本有自己的信仰，」李小姐繼續講解歷史，「在荷蘭人還沒來到臺灣之前，西拉雅族所崇敬的神明有兩類，即農業相關的神與戰爭相關的神，而農業神由婦女祭祀，戰神則是由男性崇拜。」

她指著旁邊一幅神明示意圖。

「農業的神明又與方向有關，他們是東方女神 Tekarukpada、南方主神 Tamagisangach 與北方惡神 Sariafing。」

「南方之神創造人，並且使他們好看、美麗；祂管理雨水，住在南方。東方之神是南方之神的妻子，當她覺得應當降雨時，便用雷聲來叱責命令她的丈夫南方之神降雨，於是她的先生便降下雨水。」

李小姐這時露出微笑，「妻子可以斥喝丈夫，從這裡就可以看出西拉雅人的婚姻型態了。」

聽眾們聽了也會心一笑，李小姐於是繼續解說，「北方之神居住於北方，祂會使人變醜陋、長瘡痘，或造成人的其他缺陷；於是人們祈求祂不要傷害他們，或請求南方之神保護，因爲他們認爲南方之神是最有力量的主神。」

「很有趣吧？最有力量的神卻聽從妻子的命令呢！」李小姐說到這裡，聽眾們又是一陣微笑，「男性所崇拜的神是戰神 Tacafulu 和 Tupaliape，當男人要外出征戰時就會召請祂們祈求戰事順利。」

「對不起，可是剛剛你的故事提到達萊問對方是不是向上帝禱告，指的也是西拉雅的神嗎？」李小姐介紹完西拉雅的神明之後，一位聽眾提出疑問。

「不，達萊所指的上帝就是你們所知道的基督教的上帝。」李小姐微笑地望著提問者，「事實上，達萊是個基督徒。」

聽眾開始鼓譟，似乎有點驚訝那時的臺灣就已經有基督徒。

「一六五五年已經是荷蘭統治臺灣的晚期了，那時的西拉雅人幾乎不再祭祀傳統的神明，基督教取代了原有的信仰。」李小姐說到這裡時臉皮不由自主地抽了一下，「荷蘭傳教士的傳教活動有了成果，神職人員由基督教牧師取代原本的女祭師，麻豆地區更是出了許多虔誠的西拉雅基督徒，達萊就是其中之一。」

「達萊遇到的那個神祕的女人是誰呢？」

「那個女人，接下來我會提到她的故事，在這裡就先賣個關子。」李小姐露出有點僵硬的微笑，「先繼續談談達萊回家後的情形吧。」

6

達萊回到家時已是深夜，他的母親和母親的同伴們及其子女已經睡覺了。

他跪在床上做了一個睡前禱告。

「主啊，感謝您賜給我平安的一天……」

他的腦中浮現出那個神祕女人的身影。

「祈求您也賜給我一個安穩的夜晚，阿們。」

第二天早晨，達萊的母親發現達萊回來了，非常吃驚。

「達萊！你什麼時候回來的？」

母親的同伴們也很驚訝，大家圍過來開始問東問西。

「你昨天是怎麼了？」

「你的朋友說你是在打獵時失蹤的。」

「你一個人在外面有沒有遇到什麼危險？」

女人們的連番提問，讓達萊有點招架不住。

「我昨天在追鹿的時候，不小心跌倒了……」達萊說到這裡時女人們開始鼓譟。

「只是跌倒？」

「沒有被野獸攻擊嗎？」

「你是哪裡受傷？」

女人們開始在達萊身上四處打量，看看哪裡有受傷。

「我的確受傷了，可是現在已經好了。」

「已經好了？」

「你受的傷很輕嗎？」

「你看起來沒有受傷啊？」

女人們七嘴八舌，達萊只好趕緊說，「我跌倒時扭傷了腳，但是我遇到一個女人，是她治好我的傷。」

達萊說到這裡時，女人們全都安靜了。

大家互相對望，臉上滿是驚訝的神色。

「你遇到的那個女人，她是祭師嗎？」達萊的母親打破沉默。

「應該不是，她說的話我都聽不懂，」達萊邊回想那個女人邊回應道，「她應該不是這裡的人。她的樣子一開始很可怕，我還以爲她是壞人，於是就拿石頭打她。」

「樣子很可怕？」

「是的，其實我受傷的時候，有一隻毒蛇想攻擊我。」

一聽到毒蛇，女人們又是一陣鼓譟。

「那個女人突然出現，把毒蛇咬死了。她咬著蛇，好像在吸蛇的血，然後她的眼睛，就突然變得好紅，發出閃閃的紅光。」

「眼睛變紅？是像荷蘭人那樣的紅眼睛嗎？」

「有點像，可是又好像不是。而且她的眼睛之後又變回原來的黑色了。」達萊指著自己的腳踝，「我的腳踝受傷，那個女人在吸了蛇血之後，就過來幫我把傷治好了。」

女人們竊竊私語，議論紛紛。

「不管怎麼樣，你沒事就好。」達萊的母親說道，「時候不早了，大家來吃早飯吧。」

7

「我在這裡稍微解釋一下西拉雅人的家庭結構。」

李小姐走到一處標示家族組織的圖表區。

「西拉雅族有一個很特別的現象，就是父親以及父親的兄弟都稱 Sama，而母親與母親的姊妹都稱 Sena。我剛才在故事裡提到達萊的母親，指的是達萊的 Sena，而達萊的 Sena 不只一個。」

聽眾們顯露出不敢置信的表情。

「同樣的，達萊的 Sama 也有好幾個，換句話說，在西拉雅的文化裡，父親和母親的獨特性消失了。」

「可是你剛才的故事裡沒有提到達萊的父親。」

「是的，達萊是和母親住在一起。事實上，西拉雅人的妻子和丈夫並不同住。她和自己一起工作的伙伴住在一起，她的伙伴都是女性，那些女性的丈夫也是同樣沒有和妻子住在一起。丈夫只有偶爾才到妻子的房裡過夜，平時都是分居的。」

聽眾們開始議論紛紛。

李小姐等大家告一段落時繼續解說，「我剛才所介紹西拉雅的信仰，有提到東方神和南方神是夫妻，但是他們一個住東方一個住南方，也就是說他們並不同住，這種宗教信仰其實也反映出西拉雅的家庭結構。」

李小姐接下來走向一排展示西拉雅房屋模型的桌子。

「西拉雅人住的房屋，又叫 Tallch，是全東南亞最寬廣的，這是因爲他們不是一家人住一起，而是夫妻分開，彼此和自己的同伴住。他們的孩子，有些和母親同住，有些則和父親同住。」

「每個房子東西南北各有一座門，也就是一棟房子有四個門。有些房子則有兩座門，四個方向各兩座就是八座門。」李小姐指著一座房屋模型，「之所以要有這麼多門，是爲了在敵人攻擊時能迅速動員。」

「這裡有一座小房子，這是做什麼的？」一位遊客指著一個明顯較小的房屋模型。

「噢！那是 Rattan，也就是小寮，是年長的西拉雅夫妻同居用的。」李小姐回應道。

「所以他們夫妻也是會住在一起囉？」

「是的，有些西拉雅人在四十到六十歲的時候，夫妻就會一起住在田間的小寮裡，也不和子女同住。」

「那這個特別大的房子又是什麼？」遊客又指著另一個最大的房屋模型。

「那是西拉雅人進行宗教儀式的地方，荷蘭人用 Kerck 稱呼這裡。原本 Kerck 是指西拉雅傳統女祭師進行宗教儀式的地方，基督教傳入後也泛指教堂。」

李小姐這時突然表情轉爲有點嚴肅。

「一提到基督教，」李小姐說，「荷蘭傳教士們想要改變西拉雅人的家庭結構，他們希望把傳統西拉雅的家庭變成夫妻子女同住的模式，因此引進基督教式的婚禮，並且宣揚夫妻子女同住的好處。他們的努力是有些成果，不過西拉雅人完全變成我們現代家庭夫妻子女同住的模式，是在荷蘭人離開之後的事了。」

8

達萊背上弓箭，戴上鈴鐺去和打獵的同伴會合。

同伴們看見達萊一陣騷動。

「達萊！你昨天是怎麼了？我們一直在找你呢！」

達萊把昨天的遭遇告訴同伴，同伴們都感到很不可思議。

「總之，以後你小心點，不要脫離隊伍喔。」

一群年輕人於是又浩浩蕩蕩地展開狩獵。

今天的狩獵頗爲順利，他們打到幾隻野鹿，狩獵結束時每人平分鹿皮與鹿肉。

達萊帶著他所分配到的戰利品走向漢人的市集。

市集的攤販並不多，也沒有很熱鬧。達萊進入一個隱密的巷子，來到一個不起眼的攤位，攤位的小販老遠就看見他。

「達萊！兄弟！你好啊！」小販蘇六熱情地招呼達萊。

「蘇六大哥你好！」達萊也打招呼。

蘇六雖然沒有很高，但是身體很強壯，尤其手臂的肌肉非常結實。兩眼的神情看起來很精明。

「我聽說兄弟你昨天受傷了。」蘇六一邊秤鹿皮的重量一邊問道，「傷口現在還疼嗎？」

達萊於是又把昨天的遭遇說了一遍。

「你要小心呀，兄弟！」蘇六故意裝出一副面色凝重的表情說，「那個女人，可能是個鬼怪！」

「鬼怪？那是什麼？」

由於蘇六是用漢語和達萊溝通的，達萊從未聽過「鬼怪」這個詞語，因此不知道意思。

「就是你們說的惡靈。」蘇六用西拉雅語解釋了一遍。

「不會的，她幫我治好傷，救了我的命，因此她不會是惡靈的。」

「兄弟啊兄弟，你眞是太單純啦！」蘇六露出一個惋惜的微笑，「有些鬼怪，一開始會對你好，讓你放鬆戒備，等到時機成熟時她就會要了你的命！」

「那她爲什麼要我的命呀？」

「她是鬼怪呀！鬼怪殺人還需要理由嗎？」蘇六的表情看起來就好像達萊問了個蠢問題，「總之你要小心，我覺得那個鬼怪還是會繼續纏上你！」

蘇六秤完鹿皮後，把一點錢交給達萊。

「你可不要被鬼怪殺死啊！如果你死了，就沒有人會賣鹿皮給我了。」

達萊似懂非懂地拿了錢之後離開市集。

9

「西拉雅人原本是用以物易物的方式與漢人進行交易。在荷蘭統治穩固之後，交易或繳稅開始使用貨幣，正式將西拉雅人拉入貨幣的時代。」李小姐說道。

「至於這個蘇六，他是個客家人。」李小姐補充說道，「很多人都以爲最早來臺的漢人是閩南人，其實客家人比閩南人更早來到臺灣，只是數量很少。」

李小姐頓了一下，好像在思考事情，之後才繼續說，「這些來臺客家人的危機意識很強，總是懷疑各種危險的可能。爲了自身安全，他們總是喜歡與當權者合作，荷蘭人治理臺灣時，就有許多客家人擔任翻譯的工作。」

聽眾們陷入沉默。

「一六五五年的時候漢人與西拉雅人的關係很不好，」李小姐指著牆上一幅戰爭圖，「一六五二年發生郭懷一事件，荷蘭人與西拉雅人合作，殺死了四千多名漢人，幾乎占了當時漢人人口的四分之一。」

「但是，你剛剛的故事裡，蘇六和達萊好像交情不錯呢。」其中一位聽眾說。

「對啊，都互稱兄弟了，感情應該不會差到哪裡去吧？」另外一位聽眾回應。

「啊……這個嘛……達萊和蘇六的交情是不差啦，但達萊的情況是比較特殊的。」李小姐面露苦笑，「基本上，那時候的西拉雅人與荷蘭人都很防備漢人。對西拉雅人而言，漢人持續移民到臺灣，壓縮了他們的生存空間。而荷蘭人則擔心漢人會聚眾反叛，在郭懷一事件後，荷蘭人對漢人持有武器進行了嚴格的限制。」

聽眾們這時又再度陷入沉默，李小姐則繼續解說。

「另外，荷蘭人對原住民抽稅的方式，是把當地民眾進行交易的權利用競標的方式賣給承包商，得標的承包商只要付標金給荷蘭東印度公司就可以獨占交易活動。」李小姐看見聽眾好像有點不明白，趕緊再解釋，「簡單的說，就是只有得到交易許可的商人才能向原住民購買鹿皮等物品，而交易許可是用拍賣喊價的方式，由出價最高者得到。荷蘭人等於就是賺那個拍賣的金額。」

「也就是說，蘇六是擁有交易許可所以才能向達萊買鹿皮囉？」

「不，他沒有。」李小姐搖搖頭，「得到交易許可的商人，荷蘭人會給一面刻有標得村落名稱的銀牌。如果原住民發現有商人未持有銀牌，將可由村落決定要自行監禁，還是押送給荷蘭人換取獎賞。」

「那……蘇六豈不是等於非法商人？」

「正是如此，」李小姐一臉惋惜地說，「一六五二年郭懷一事件之後，東印度公司禁止荷蘭人競標交易許可，因此之後的交易許可都由漢人壟斷了。」

「得到壟斷交易權的漢人，總是用極低的價格向原住民買東西，使得原住民生活日益困難，這也造成原住民與漢人的關係緊張。於是有些像蘇六這樣的漢人就會私下以較高的價格向原住民買東西。」

「然而，如果被荷蘭人或擁有合法交易權的漢人查到，蘇六的下場是會很悲慘的……」

10

達萊在回家的路上，心裡想著蘇六的話。

由於不論蘇六說什麼，達萊都會相信，因此蘇六說那個女人是鬼怪的事讓達萊很不安。

當天晚上，達萊做了個夢。

他夢見他走在黑暗的森林裡，遇到了那個女人。

那個女人一邊微笑一邊走過來，等到她靠過來時突然伸出慘白的手抓住達萊。

達萊被女人抓住，全身都失去力氣，更可怕的是，他發現自己的身體漸漸乾枯。

女人抓著他的同時還發出可怕的笑聲，他的身體逐漸化成骷髏，意識也漸漸遠去……

他驚醒了過來，發現天已經亮了。

這一天是星期天，是安息日，是要去教堂聚會的日子。

達萊每個禮拜天都會參加教堂安息日聚會，今天也不例外。

他雖然因惡夢而嚇得一身冷汗，但還是趕緊起床穿衣，吃了點東西後就出門了。

遠遠的路上，達萊就看見一個高大的男人，背著大約一公尺高的陶壺，緩緩地走向教堂。

「早安！池烈！」達萊向男人打招呼。

男人給了一個微笑之後，繼續走向教堂。

麻豆社所有村落的信徒都會在禮拜天到教堂聚會。這座教堂是用紅磚瓦蓋成的歌德式教堂，可容納兩百多人聚會，是麻豆社裡最大、最漂亮的建築物。

達萊到了教堂，一如往常地坐在最前排的位置，因爲這個位置最能清楚聽到牧師講道。

池烈不久後也到了教堂，他把陶壺放在身邊，安靜地坐在位置上。

教堂來了很多人，大家都保持安靜。

當時間到了的時候，牧師走上講臺，大家於是開始唱聖歌。

達萊儘管因爲昨晚的惡夢心神不寧，可是悠揚的聖歌聲讓他安心了不少。

聖歌結束後，牧師做了個禱告，然後開始進行聖餐的儀式，讓所有與會者都分享了麵包以及水。所有參與的民眾包括達萊都把分到的水喝完，池烈則是只喝一半，另一半的水倒在陶壺裡。

聖餐儀式結束後，牧師帶領大家誦唸聖經。

達萊在誦唸聖經時，感到一股神聖的力量，好像有什麼東西充滿在胸口。他又想起當天那個女人幫他治療腳傷的情形，也是類似這種聖靈充滿的感覺。

然而，想起昨晚的惡夢，達萊感到很迷惘，他覺得他應該要去和牧師談談。

聚會結束之後，達萊前往牧師休息室。

「亨布魯克牧師！」達萊向牧師打招呼。

「哦，是達萊！你又要來請教聖經教義了嗎？」牧師亨布魯克露出慈祥的微笑。

「呃……事情是這樣的……」達萊向亨布魯克述說最近發生的事。

11

「荷蘭牧師講道的時候是用當地原住民的語言講的。」李小姐一邊說明一邊帶領遊客到另一個展示區。

「這是荷蘭人用羅馬拼音所寫成的西拉雅語聖經。」李小姐指著展示櫃裡的文書，「這些用羅馬拼音寫成的西拉雅文字又稱爲新港文書，在荷蘭人離開後，西拉雅人依然持續使用這些文字長達一百五十多年。」

「將整本聖經用羅馬拼音寫成西拉雅語……這可是大工程呢。」其中一名遊客發出讚嘆。

「對啊，那些傳教士眞有心。」另外一名遊客也表示佩服。

李小姐對遊客的反應表示贊同的同時繼續說道，「不過，荷蘭人當中，只有傳教士才會講漢語以及原住民語，東印度公司的職員基本上是不會講當地語言的。」

「你剛剛一直提到東印度公司，請問什麼是東印度公司？」

「那是荷蘭人治理臺灣的行政組織，」李小姐對提問的聽眾解釋，「荷蘭政府並不直接管轄臺灣，而是透過荷蘭東印度公司來管理。由於東印度公司是營利單位，只在乎營收，因此在治理策略上往往和當地住民甚至荷蘭傳教士起衝突。」

「傳教士不也是荷蘭人嗎？怎麼會起衝突？」

「只要是人就會起衝突呀！」李小姐笑著說，「荷蘭傳教士遠渡重洋來臺灣是來傳教的，不是來賺錢的，兩者的目的有根本性的不同。而東印度公司經常要求傳教士擔任翻譯或處理收稅、記帳等行政工作，這就壓縮到傳教士處理宗教事務的時間，因此荷蘭傳教士經常向東印度公司抗議這種情形。」

「那為什麼東印度公司不另外派人處理行政事務呢？」

「當然是為了節省營運成本呀，」李小姐笑著回答，「沒有人比傳教士更瞭解當地的狀況了，有許多問題總是要靠傳教士才能有效率地解決。而傳教士為了傳教上的便利也會與東印度公司合作，因此這些傳教士在當地也往往兼任行政官的角色。」

「不過傳教士最重要的任務畢竟還是傳教，因此他們主要的重點還是放在當地的宗教教育上。在一六五五年的時候，已經有很多西拉雅人熟知基督教的教理了，而達萊就是其中一位……」

12

「哦，你說那個神祕的女人救了你的命，所以你覺得她不是壞人。可是你的朋友認爲她是會害人的鬼怪，這使你心裡不安，還做了惡夢是嗎？」

亨布魯克聽完達萊的敘述，慈祥地微笑著。

「是的，」達萊雙手緊握，忐忑不安地回答，「我不曉得，如果我又遇到那個女人，到時候我該怎麼辦……」

「孩子，請不要擔心。」亨布魯克依舊慈容滿面，「萬事都有上帝安排，不必擔心你將會遇到什麼，把一切都交給上帝吧。」他拍了拍達萊的肩膀，「不要怕，只要信。上帝與你同在的。」

達萊聽了亨布魯克的話之後，心情突然變好了。

「你是個優秀的孩子，」亨布魯克讚嘆地說，「你不但熟讀聖經，還會講流利的荷蘭語，村裡沒有人比你更優秀的了。我眞的很希望你能去荷蘭留學。」

被尊敬的牧師如此稱讚，達萊的心情更好了。

達萊謝過亨布魯克之後就愉快地回家。

然而，在達萊離開後，亨布魯克卻若有所思。

只是用手按在腳上，傷口就好了？

達萊說的那個女人，難道是個尪姨？

可是……達萊說他聽不懂對方的語言，也許那女人根本不是西拉雅人？

眼睛會閃爍紅光……這的確是有些詭異……

就在這時，一位教堂執事走了進來對亨布魯克說，「有一些貿易進貨單，公司希望你能幫忙處理。」

「跟他們說我沒空！」

就在執事要離開時，亨布魯克突然叫住對方，「等等，我問你一個問題，如果有個女人，在喝了血之後眼睛會閃爍紅光，你認為她會是什麼？」

執事愣了一下，「什麼？喝了血眼睛會閃紅光？那她肯定是個惡魔！」

「可是她會幫人治病。」

「那她一定是為了迷惑人，用惡魔的力量治病。」

「是嗎……是這樣嗎……」

「怎麼了，牧師？是發生什麼事了嗎？」

「沒有，沒事，你去忙你的吧。」

執事於是告退，亨布魯克則是準備把東西收拾好回家吃午飯。

就在他準備回去時，有一名村人慌慌張張地跑過來。

「牧師！不好了！」村人驚慌地說，「士兵和我們村裡的人起了好大的爭執！」

「什麼！」亨布魯克聽到以後趕緊放下東西和村人出去了。

13

「尪姨就是西拉雅人的女祭師。」李小姐說，「當初荷蘭傳教士要宣揚基督教時，最大的阻力就是尪姨。」

她停了一下後繼續說，「西拉雅的傳統信仰，有許多地方和基督教信仰完全無法相容。尤其關於墮胎問題，更是讓傳教士下定決心要掃除這些尪姨。」

「墮胎問題？」

「是的，」李小姐有點感慨地說道，「西拉雅婦女結婚之後，必須等到三十五至三十七歲之時才能懷孕生子，在這之前所懷的胎兒都必須由尪姨進行墮胎。」

「哇啊！」遊客們一陣驚呼。

「傳教士一開始是用軟性的方式宣導，然而，由於尪姨的影響力很大，傳教士的宣導總是徒勞無功，最後傳教士只好和東印度公司合作，用武力強制把這些尪姨趕出部落。」

「怎麼有點宗教戰爭的味道……」一名男遊客說道。

李小姐露出一個表示贊同的微笑，「其實傳教士原本不打算和東印度公司合作的。他們相信可以靠宣教的力量來達到改變民風的效果。可惜結果是失敗了，畢竟幾千年來的信仰不是那麼容易改變的。而東印度公司爲了能有效控制原住民也不喜歡這些尪姨，於是就把尪姨全都強制遣送到山區，有許多尪姨都死在山區，最後能活著回家的不到四分之一。」

遊客們開始議論紛紛。

「哇！好可怕！荷蘭人好殘忍！」

「這根本是文化侵略！」

「可是，你們難道希望婦女三十五歲以前生的孩子都要墮胎嗎？這根本是那些尪姨不對！」

李小姐等大家稍微安靜之後繼續解說。

「其實傳教士的出發點是好的，大體而言，西拉雅人對傳教士都是非常敬重的，畢竟傳教士的確在原住民的生活上幫了很多忙。」

「也包括排解紛爭嗎？」一名遊客問道。

「是的，接下來的故事就會提到傳教士排解紛爭。」

14

拉迪斯走在路上，心裡不斷地嘀咕。

唉！難得的假日，卻沒錢也沒女人……

他看看四周，周圍都是樹叢與雜草，遠處有幾棟西拉雅人的房子陳列在那裡。

為什麼我得要在這種落後的地方當兵呀？

他又嘆了口氣。

原本以為到了東方，可以取得無數的金銀財寶……誰知道這裡不但沒有金銀財寶，還有許多可怕的毒蛇猛獸與瘟疫……

不過，最討厭的還是這個地方的原住民，他們簡直就是愚昧無知的代名詞……

拉迪斯邊走邊嘀咕，不久之後他看到遠方有特別的身影。

那是個身材高大的人，背著一個幾乎和他的背一樣高的陶壺，那是池烈。

拉迪斯走過池烈身邊，對於池烈背上的陶壺很感興趣。

這個壺是做什麼用的？

他用手摸了一下陶壺。
「不要碰我的，阿立祖！」池烈大吼，一拳打在拉迪斯臉上。
「哇啊！」拉迪斯慘叫一聲，跌倒在地上。
「可惡！你竟敢打我！」拉迪斯從地上爬起來，對池烈揮了一拳。
池烈挨了一拳後，放下陶壺抱住拉迪斯，兩人扭打成一團。
旁邊的村人看到這個情形非常驚慌。
「哇啊！怎麼會這樣啊！」
「趕快去請牧師來處理啊！」
不久之後，牧師亨布魯克趕到了現場。
「住手！」亨布魯克看見這兩人扭打在一起，趕緊出聲喝止，「你們在做什麼！今天是安息日啊！」
池烈一看見亨布魯克，趕緊把拉迪斯放開。
亨布魯克盯著兩人，「你們是爲了何事而打架呢？」
「牧……牧師先生！」拉迪斯趕緊向亨布魯克告狀，「是這個野蠻人突然打我！」
亨布魯克看向池烈，「池烈，他說的是眞的嗎？是你先打他的嗎？」
「是的，是我，先打他的。」池烈說完以後不發一語。

「看吧！牧師！他承認了！」拉迪斯大叫，「他傷害我！應該要被處罰！」

「池烈，你爲什麼要打他呢？」亨布魯克沒有理會拉迪斯，詢問池烈。

「因爲他，碰了，我的，阿立祖。」

「什麼阿立祖！不過是個破爛陶壺！」拉迪斯憤恨地說道，「不過是摸了一下而已，這樣就打人，眞是野蠻！」

亨布魯克看了一下池烈放在地上的陶壺，對拉迪斯說，「你知道這陶壺是做什麼的嗎？」

「我怎會知道？」拉迪斯不悅地回嘴，「我怎會知道野蠻人的想法呢？」

「拉迪斯！不得無禮！」亨布魯克斥責道，「就某方面來說，你碰了這個壺，就等於是冒犯上帝！你還不悔改嗎？」

「你……你說什麼？」拉迪斯大驚，「這壺……這……」

「池烈，這壺裡裝的是聖餐聚會時的水吧？」亨布魯克問道，池烈點頭。

「嗯……聖靈從水而生……你可以回去了，下次別人再摸你的壺，你好言相勸就是，不必打人，知道嗎？」

「是的，牧師。」池烈滿臉通紅，好像很羞愧。

「今天的事，就到此爲止。」亨布魯克對兩人說道，「大家都是上帝的子民，應當彼此相愛，你們都回去做悔改的祈禱吧！」

15

「荷蘭東印度公司駐守在臺灣的軍隊，士兵的組成幾乎都是傭兵。」李小姐說道，「這些傭兵只看錢打仗，榮譽什麼的是不怎麼在意的，軍紀也很差，經常和原住民起衝突。」

「而這個拉迪斯，並不是荷蘭人。」李小姐撥了一下頭髮之後繼續解釋，「他是德意志傭兵團的傭兵，是瑞士人。當時的瑞士非常貧窮，所以有很多男人就去別國當傭兵。」

李小姐接下來帶領遊客到別的展覽區。

「當時的臺灣並不叫臺灣，而是被稱爲福爾摩沙。」李小姐在帶路時順便解說，「由於荷蘭東印度公司的關係，福爾摩沙這個名字在當時的歐洲也有點名氣，也吸引了一些歐洲人來定居。」她說完時嘴角突然露出奇怪的微笑。

到了另一個展覽區，這裡展示著許多陶器、瓷器。這些器皿大小不一，顏色也各異。

「西拉雅人最特別的就是這種祀壺的信仰。」李小姐站在一面解說牌旁邊，牌子上密密麻麻地寫著西拉雅祀壺信仰的由來。

「許多人以爲西拉雅人把這些壺當作祖靈來膜拜，其實西拉雅人拜的並不是壺本身，而是壺裡面的水。」李小姐指著展示的各種陶器說，「他們認爲水是祖靈依附的地方。容器只是外在的形式，可以是瓶、碗、甕、缸。」

「所以池烈才把水倒進壺裡嗎？」一名遊客問道。

「阿立祖就是祖靈的意思，但是在池烈那個時代，並沒有其他人有祀壺的習慣。」李小姐一說完，遊客們都感到很驚訝。

「就像我們一開始提到的，西拉雅人原本有自己的信仰。可是在基督教傳入之後，由於西方文化是屬於強勢文化，因此西拉雅的傳統信仰逐漸消失，不再祭拜傳統的神明而只祭拜祖靈。而祖靈信仰和基督教信仰結合，就成了阿立祖祀壺信仰。」

「所以祀壺的信仰是在荷蘭人離開以後才有的嗎？」遊客回應道。

「正是如此。」李小姐繼續說道，「然而到了漢文化傳入後，西拉雅人的信仰再度受到衝擊，一神的祀壺信仰又變成多神的傳統漢文化信仰了。就像當初荷蘭文化傳入一樣，隨著漢文化的傳入，西拉雅人逐漸失去傳統的語言與文化。」

「爲什麼他們這麼容易失去自己本身的文化？」一名遊客問道。

「這是個很大的問題呢！」李小姐微笑的同時繼續說道，「其中一個原因可能是因爲他們的傳統文化都是用口傳，沒有用文字。一旦口傳的傳承中斷，很容易就失去傳承。」李小姐又補充說道，「我個人的觀察是，這個島上的人民非常喜新厭舊，他們不喜歡回顧過去而是喜歡放眼未來。因此不論是有多久歷史的文化傳統，只要他們覺得不合乎當前所用，他們就會捨棄過去而去接受新的東西。」

李小姐越說越亢奮，「所以你們不會珍惜古蹟，你們也沒興趣去知道古代人到底在想什麼。你們缺乏對過去的記憶，這導致你們總是犯下相同的錯誤，但是你們對新事物的追求也讓你們總是能很快地適應新的環境。雖然你們很愚蠢，老是犯同樣的錯，但是我愛你們！因爲你們連舊有的道德也能很快地捨棄！」

遊客們的臉上露出驚慌與疑惑的神情，李小姐發現自己失態了，趕緊道歉，「啊！抱歉！我好像太激動了，我剛剛說的話請各位不要放在心上，接下來我繼續說達萊的故事給各位聽吧！」

16

過了幾天，達萊在狩獵上的表現比往常還要糟糕，射出去的箭，甚至還沒到目標就落地了。

「達萊，你的弓該修理了。」同伴們如此說。

達萊也覺得自己的弓越來越不堪用。雖然之前就發現弓有問題，但是一直沒有去處理。

達萊雖然可以自己修弓，然而他想交給父親修理，因爲他的父親是修理弓箭器具等物品的好手。

一想到要去見父親，達萊的心情不禁沉重起來。

達萊非常尊敬他的父親，但是因爲某些原因，他和他的父親有著巨大的隔閡。

達萊帶著壞掉的弓到他父親的住處。

他的父親當時正在編織漁網，看到達萊時沒有什麼反應，還是繼續自己的工作。

「爸爸，」達萊先打個招呼，「我的弓壞了，我想請你幫我修好它。」

「放在那裡就好。」達萊的父親淡淡地回應。

「我什麼時候可以過來拿？」

「要等到明天，因爲今天下午我要去參加部落會議。」

「你……被選為長老嗎？」達萊感到有點驚訝，「要成為長老必須得到荷蘭人的認可不是嗎？」

「反正任期只有一年而已。更何況現在的部落會議根本起不了什麼作用。」達萊的父親說這話時似乎有點不太高興。

「你……不是到現在還是很討厭荷蘭人嗎？」達萊小心翼翼地詢問。

「是的，我到現在還是很恨他們。」達萊的父親坦然地說，「荷蘭人破壞了我們的文化，奪走了我們的尊嚴。更可惡的是縱容漢人大量捕殺野鹿，又用商業制度使我們生活困難！」達萊的父親越說越激動，眼睛幾乎都要冒火。

達萊知道二十年前父親曾經參加反抗荷蘭人的戰役，那場戰役的結果是麻豆社向荷蘭投降，結束了千百年以來獨立自主的地位。

達萊的父親曾經反抗過荷蘭人，對於這樣的反荷人士，荷方竟然還會通過長老任命，這讓達萊有些驚訝，不過荷方也許是想要藉此來強調對麻豆社有著絕對的支配權。

但是，對達萊而言，荷蘭人的到來卻不見得是壞事。

達萊的體格很瘦小，在運動或狩獵等活動表現都不突出，可是，在讀書與語言的學習上，他的表現卻勝過任何人。亨布魯克牧師總是誇獎他非常聰明，這讓他對自己總算有了點信心。

尤其，最重要的是，荷蘭傳教士所帶來的基督教信仰與達萊非常契合。

達萊非常喜歡上教堂，感覺好像神真的就住在教堂裡一樣。

可惜，他所喜歡的這一切，卻是他父親所憎惡的。

「你沒事的話就先回去吧。」達萊的父親說，「我也要準備去參加部落會議了。」

「是的……」達萊默默地離開父親的居所。

父親雖然討厭荷蘭人，但是也不會阻止達萊去信仰基督教與學習荷蘭的知識，這點達萊非常感激父親，儘管他與父親幾乎無話可說。

17

「由於麻豆社的西拉雅人不滿荷蘭的欺壓，因此在一六二九年發生麻豆溪事件，六十二名荷蘭士兵被麻豆人所殺害。」李小姐此時皺起了眉頭，「在一六三五年的時候，荷蘭展開報復，揮軍進攻麻豆社，並且在麻豆社進行大規模的屠殺。」她輕輕地嘆了一口氣，「麻豆社向荷蘭投降，並獻上檳榔與椰子樹苗，表示他們放棄所有土地，完全接受荷蘭政府統治。」

此時有一位遊客提問，「請問達萊的父親也是和其他兄弟一起住嗎？」

「達萊的父親基本上是一個人住。」李小姐遺憾地說，「他父親的兄弟，全都死了，大部分都是一六三五年的那場戰役死去的。」

遊客們都很震驚。

「荷蘭人殺了達萊那麼多親人，難道達萊不會想報仇嗎？」一位遊客問道。

「噢！首先，對達萊而言這已經是過去的事了，那場戰役發生時他都還沒出生呢。」李小姐微微一笑，「而且達萊受基督教教義的影響很深，這使他非常看重寬恕這件事呢。」李小姐說到這裡時態度好像有點輕蔑，但是沒有一位遊客看出來。

「順便提一下部落會議吧。」李小姐繼續解說，「首先要瞭解一件事，就是西拉雅人是沒有酋長或頭目的，村人的問題，基本上由部落會議決定，但是某些重大議題例如宣戰、講和，則必須要全體住民進行決議。」

「參加部落會議的代表被稱爲頭人或長老，由全體住民選出十二位良好名聲而且四十歲以上的人擔任，每兩年改選一次。」

「但是荷蘭人來了以後，長老的任命必須經過荷蘭人同意，而且每年都要改選。另外，所有的村落長老每年都要到荷蘭人指定的地方集會。」

「在一六五五年，部落會議基本上只處理村人的一些例如契約簽訂、財產紛爭等日常瑣事，基本上已經不具有什麼政治功能了。」

這時，展場內的遊客已經非常多，有越來越多的遊客停下腳步來聽李小姐的解說，這使得李小姐周圍聚集了一大群人。

爲了能讓更多人聽清楚，李小姐拿出了麥克風，「我剛剛已經把西拉雅人的生活形態大概講一遍了，相信各位對西拉雅人已經有了初步的瞭解。接下來要進入故事的主題囉。」

「什麼?現在才要進入主題?」

「是的，」李小姐笑容可掬地說，「這個故事有點長，希望各位有耐心……」

18

西元一六五六年，臺灣臺南熱蘭遮城（安平古堡）。

新上任的大員長官（臺灣最高行政官）揆一，正在廣場發表就任演說。

「我認爲，過去東印度公司對待原住民以及漢人的方式太殘暴了。」揆一的眼神充滿理想與抱負，「我擔任大員長官之後，將會善待當地的居民，讓每個人，不論是原住民、漢人還是歐洲人，大家都能在這個福爾摩沙島（臺灣）安心生活。」

「你打算怎麼善待當地的居民呢？」就在揆一講得口沫橫飛的時候，廣場上有一位聽演講的婦人突然提出了疑問。

這個婦人看起來像是歐洲人，大約三十多歲，有著帶點棕紅的黑色長捲髮，灰黑色的眼睛，一身深紅色禮服非常引人注目。

「我將會降低他們的勞役以及稅賦。」揆一說道，「我也會加強治安巡邏，讓來到這裡的荷蘭國民能住得安心，避免盜賊騷擾。」

聽到揆一的宣示，在場的荷蘭民眾無不歡欣鼓舞，只有這個婦人仍是一臉冷笑。

「請恕我冒昧，」婦人說，「加強治安意味著要更多的警備兵，這將會增加很多花費，可是你又說要降低原住民的勞役以及漢人的稅賦，這恐怕會造成公司的營收下降甚至虧損。」

「公司在福爾摩沙一直都很賺錢的。」揆一說，「我計算過增加警備兵的費用，以公司的盈餘來說這不會是問題。」

婦人聽到揆一的回答後微微一笑，不再說話了。

揆一演說結束後回到辦公室，他很在意剛才提問的那個婦人，於是就詢問副官漢斯。

「那個女人名叫安東妮雅・香吉士・盧比斯。」揆一的副官漢斯回覆道，「她是三個月前搬到福爾摩沙來的。」

「聽她的名字，應該是西班牙人？」揆一問道。

由於荷蘭從西班牙獨立之後與西班牙的關係一直很惡劣，因此領內如果有西班牙人需要特別注意，這點漢斯也瞭解。

「是的，我們調查過，她確實是西班牙人，但是她已經入籍荷蘭了。」漢斯繼續報告，「她說她是因爲在西班牙不安全所以才移居荷蘭，之後又來到福爾摩沙。」

「看她的服裝，應該算滿富裕的？」

「是的，她搬到福爾摩沙時還帶來很多金銀珠寶。聽說她從前是貿易商的妻子。」

「她現在住在哪裡？」

「好像是在麻豆社附近。她似乎是一個人住。」

「一個人住？那不是很危險嗎？」揆一皺起眉頭，「對於這樣的一個有錢人，我們應該要多注意她的人身安全。」

「是的，事實上，她有提出警備兵申請，希望能請一位士兵駐守在她的住處。她願意負擔警備兵的所有費用，相關的文件都已經備齊了，就等您批准。」

「知道了，我馬上就批准。就從麻豆社的警備兵調一名過去吧。」

19

在安息日聚會結束後，達萊沒有離開教堂，他在教堂的小房間裡，恭敬地抄寫聖經。這是亨布魯克牧師兩天前給他的一份新工作，就是用羅馬拼音的西拉雅語抄寫聖經。

「我希望每一位信徒都能有一本聖經。」亨布魯克對達萊說，「我們傳教士的年紀大了，這種抄寫工作對我們來說非常吃力，達萊你已經擁有完全的語言以及聖經的知識了，因此請你務必要擔任這項工作。」

達萊欣然同意，這不只是因爲這工作有薪水可以拿，更重要的是這工作可以證明他是個有才能的人。

由於薪水是以抄寫的頁數計算的，因此達萊減少了狩獵的日子，大部分的時間都在抄寫聖經，即使是在今天這個安息日也不例外。

夜已經很深，達萊把工作告一段落準備回家。

他走出教堂，外面漆黑一片，路上一個人都沒有。

路上好暗啊！

由於今晚的天空烏雲密布，星星與月亮都被蓋住了，達萊花了好一段時間才適應這種伸手不見五指的狀況。

他轉頭看看教堂，教堂上的十字架似乎發出微微的光。

就在他要離開時，他突然發現離教堂不遠的地方有一個人影。

咦？這麼晚了，還有誰會在那裡啊？

由於西拉雅人傳統上並沒有晚上容易遇到鬼的觀念，因此達萊並不害怕，他走向那人影想看個究竟。

那人影動也不動，這使得達萊有點懷疑那是否眞的是人影。

如果真的有人在那，也許對方需要幫助。

達萊繼續走向人影，越來越靠近，他發現人影似乎是個低著頭的人。

突然，人影抬起頭了，達萊看到對方的臉，不禁倒吸了一口冷氣。

是……是她！

人影是個女人，留著快到腰部的微捲長髮，慘白的臉，漆黑的眼睛，她正是半年前達萊受傷時所遇到的那個女人。

「對方是個鬼怪呀，你可不要被殺死呀！」達萊想起蘇六的話，頓時全身僵硬。

「不要怕！只要信！上帝與你同在的！」他又想起亨布魯克對他說過的話，這讓他又提起了勇氣。

「你……你好！」達萊試著向對方打招呼。

對方沒有反應，只是盯著達萊。

達萊這時才發現，對方的服裝，不像原住民，也不像漢人，反而比較像歐洲人，也許對方聽不懂西拉雅語。

「請問，你有什麼事嗎？」達萊用荷蘭語跟對方說。

「我……我在禱告。」

女人終於開口了，她的聲音像鈴鐺一樣。

原來她是荷蘭人啊！達萊稍微放心了。

「要禱告爲什麼不進教堂呢？而且爲什麼要這麼晚才來禱告？怎麼不在白天時過來？」

對於達萊一連串的提問，女人似乎不知如何回應。

「總之，進來坐坐吧。」達萊覺得自己好像太急了，趕緊先請對方進教堂。

20

女人與達萊進入了教堂。

達萊和女人站在一起，他比女人還要矮一個頭。

「對不起，裡面很暗，我先點個油燈。」

「不用了，不必浪費油，我看得很清楚的。」

達萊看著女人的臉，雖然現在很暗，但是女人慘白的臉好像會反光一樣。達萊認爲這女人的年紀應該只有二十初頭。

女人沉默地看著講臺上的十字架。

「呃……這個……對不起！」達萊突然向女人道歉。

「咦？怎麼了？」女人面露疑惑。

「就是……那個……我用石頭丟你的事。」達萊還記得半年前他用石頭砸傷女人的頭。

女人笑了出來。

「嘻嘻，那不是你的錯，當時是我嚇到你了。」

「對啊！那個時候，你的眼睛在閃紅光耶。爲什麼你的眼睛會閃紅光啊？」

「這是因爲……我體質比較特殊……」女人吞吞吐吐地說，「我當時，看見你受傷，想過來幫你看看，結果你就把石頭丟過來了。」

「眞是對不起！」達萊再度道歉，「那時候你好像有對我說話，可是我聽不懂。」

「我當時說的是我的母語。」

「母語？你不是荷蘭人嗎？」

「不是……不過我在荷蘭住過幾年，也會說一點荷蘭語。」女人若有所思地說，「我不知道你懂荷蘭語，早知道那時候我就用荷蘭語和你說話了。」

達萊對這個女人越來越感興趣了，這是他第一次跟歐洲的女性談話。

「我還沒有向你道謝，感謝你那時候救了我，我還記得你咬住蛇的樣子呢。」

「當時情況緊急，所以只好先把蛇咬死，希望沒有嚇到你……」

「不會嚇到啊，我們有時要吃蛇肉也是直接咬著蛇啊。」達萊興奮地說，「我好奇的是你幫我療傷。你那時候到底是怎麼辦到的呀？只是用手按住，我的傷就好了。」

「嗯……這是……我所學的一種用祈禱療傷的技巧……」

女人的回應有些含糊，這讓達萊的好奇心更旺盛。

「那個技巧好厲害喔，你可不可以教我啊？」

「啊……這個……」女人面露難色，「這技巧不是普通人能學的，需要有特殊的條件……」

「需要什麼樣的條件呢？」

「抱歉……這個我不方便說……」

「喔～」達萊並沒有感到失望，他隨即又有了新的問題，「你怎麼不在白天時來教堂呢？白天有牧師講道可以學更多道理呀！而且晚上的時候教堂通常都關門了。」

「我……白天有事……不方便……」女人含糊地回應。

「所以你只能晚上來嗎？沒關係，現在晚上教堂有我在，如果你來了，我可以幫你開門。」

「謝謝你。」

「對了，我還沒有自我介紹呢，我叫達萊，請多指教。」

「我叫瑪蒂娜・諾瓦科娃，請多指教……」

21

「達萊！醒醒啊！」

第二天早上，亨布魯克在巡視教堂時，發現達萊竟然在聚會堂的椅子上睡著了。

達萊睡眼惺忪地睜開眼睛。

「咦？已經天亮啦？」他打了個哈欠。

「你怎麼睡在這？你沒有回家嗎？」亨布魯克有些焦急地問道，「你晚上沒回去，難道家人不會擔心嗎？」

「我有跟媽媽說我會在教堂待很晚。」達萊回覆道。

「可是你怎麼不到裡面的房間睡而是睡在這裡呢？」亨布魯克臉上浮現擔心的神情。

達萊回想了一下昨晚，當他和女人互相自我介紹後，女人就靜靜地坐著禱告。達萊也坐在旁邊一起禱告，但是後來卻睡著了。

「牧師先生，昨晚我在這裡遇到一個女人，」達萊說，「我和她一起在教堂裡做禱告，但是她的禱告好長啊，所以我就睡著了。」

「很長的禱告？你是說就是這樣靜靜地坐著祈禱嗎？」亨布魯克坐在旁邊擺出祈禱的手勢。

「對，差不多就是這樣，她一句話也沒說，就這樣過了好久。」達萊想起一件事，「對了，那個女人就是半年前我打獵受傷時幫我療傷的女人喔！她說她叫做……叫什麼……瑪蒂娜……對！她叫瑪蒂娜・諾瓦科娃！」

亨布魯克大吃一驚。

長時間默禱是天主教的祈禱方式……那女人難道是天主教徒？亨布魯克在心中思索著。

叫做瑪蒂娜・諾瓦科娃？這名字我從沒聽過呢。而且這名字聽起來像是東歐地區的姓名……

達萊打斷亨布魯克的思緒，「對了！她會說荷蘭語耶！她說她曾經在荷蘭住過一段時間。幸好她會說荷蘭語，不然我和她就無法溝通了。」

「那女人有說她還會來教堂嗎？」

「這個……她沒說耶，不過她好像之前就有來過教堂了，只是因為她都是晚上才來，而那時教堂已經關門，所以她都是在外面做禱告。」

亨布魯克再度陷入沉思。

看來我可能要去熱蘭遮城查一查瑪蒂娜・諾瓦科娃這個人的資料了……這整件事讓我感到有一股……說不出的詭異……

「達萊，」亨布魯克神色凝重地說，「你遇到那女人的事，請你不要跟任何人說。」

「爲什麼呢？」

「總之，就是有一些疑問必須去釐清。我會處理這件事，所以希望你能保密。」

「喔！」

「時候不早了，你肚子也餓了吧？先來吃點東西吧！」

22

在熱蘭遮城，大員長官揆一，陷入了煩惱。

「眞是糟糕！」揆一嘆了口氣，「沒想到國姓爺（鄭成功）竟然下命令禁止商船到福爾摩沙做生意！」

「是的……」漢斯報告說，「我們現在等於不能和支那（中國）做生意了，這將會造成公司可怕的損失……」

「這種貿易封鎖對任何人都沒有好處呀！」才新官上任沒多久就遇到這種事，揆一覺得自己很倒楣，「而且他的理由也令人無法接受！」

「是的……國姓爺說因爲我們不顧他的禁令，堅持要和馬尼拉的西班牙人做生意，這讓他覺得受到冒犯，因此禁止商船前往福爾摩沙。」

「在商言商，他何必這麼大驚小怪？我們其實也不喜歡西班牙人呀！」揆一不滿地說，「現在這裡有許多漢人都在恐慌，他們打算離開這裡回到支那去！」

「我會盡力阻止漢人離開福爾摩沙！」漢斯說道，「漢人是我們重要的開墾力量。」

「公司在福爾摩沙的賺錢管道，就是海上貿易和土地開墾。」揆一拿起一張財務報表盯著看，「海上貿易這一塊受到打擊，至少土地開墾這一塊要保住。」他隨後皺起了眉頭，「唉！要不是那些原住民天性懶散，不願多花勞力開墾土地，我們也不用那麼累要去招募漢人來開墾。」

「漢人是我們的土地開墾主力。」漢斯附和說，「因為原住民又笨又懶。」

「國姓爺正在與韃靼（滿清）交戰，」揆一放下報表望向窗戶，窗戶外可以看到遠方的海景，「他幾乎都是靠海上貿易與海盜行為來籌措維持軍隊的經費，現在只希望他能早日認清這種貿易封鎖對他也是傷害，這樣或許我們可以和他談談解除封鎖的事宜。」

「是的……」漢斯唯唯諾諾地回應。

揆一回頭望向桌面的文件，這時他想到一件事，「對了，之前那位叫安東妮雅的婦人所提出的警備兵申請，已經調派警備兵過去了嗎？」

漢斯報告說，「是的，我們已經發出從麻豆社調派拉迪斯下士駐守安東妮雅宅邸的命令了。拉迪斯下士現在應該已經前往安東妮雅宅邸守衛了。」

一聽到拉迪斯這個名字，揆一皺起眉頭，「拉迪斯？我聽說這個人素行不良，派他到獨居的貴婦人家裡守衛，妥當嗎？」

「這個……事實上，是安東妮雅指名要拉迪斯當她的守衛……也許他們是熟人吧？」

「熟人？那不是更危險了嗎？萬一傳出了什麼不光彩的事，這有損公司的名聲呀！」

「這個……屬下認爲，就算不是熟人，也是有可能會發生事情……」

「唉！算了，」揆一回到辦公桌坐下，「跟我現在遇到的困難比起來，這種小事根本不算什麼，至少安東妮雅願意負擔拉迪斯的薪餉與費用，總也還是替公司省錢呀！就隨她去吧！」

23

拉迪斯走在路上，他正在前往安東妮雅的宅邸。

聽說是安東妮雅指名我的？可是我應該不認識她呀？

據說她是個美人，而且還很有錢……

像這樣一個有錢的美婦，為何要到這個蠻荒之地呢？

拉迪斯左思右想地走著，不久之後就來到了安東妮雅的宅邸。

好大的房子！拉迪斯心中吃了一驚。簡直就像城堡一樣！

那是一棟占地至少一百多坪的房屋，有許多五層樓的塔樓以及圍牆。

在這種地方出現這樣的一座城堡，其實是很奇怪的一件事，但是拉迪斯看得目瞪口呆，根本沒想那麼多。他來到門口，搖了一下門鈴。

不久之後，門自動打開了。

拉迪斯也不奇怪門怎麼會自動打開，進入了屋子裡。

一進入大廳，他就看見一個身穿深紅色衣服的女人好整以暇地坐在搖椅上。

這位就是安東妮雅吧？拉迪斯心想。

「歡迎光臨，拉迪斯先生。」安東妮雅打了招呼，「感謝你願意擔任我家的守衛。」

「不敢當，夫人。」拉迪斯行了個禮，「能請您詳細地告訴我守衛工作的內容嗎？」

「噢！這工作沒什麼的。」安東妮雅撥了一下她的長捲髮，「基本上你只要辦好我交代的事項就可以了。」

「交代的事項？」

「像是送東西、傳話之類的，」安東妮雅微微一笑，「相信你可以辦得很好的，我之所以選中你就是因爲你特別聰明。」

「我不用站在門外守衛嗎？」

「噢！不用！當然不用！」安東妮雅笑著說，「我會在一樓給你一個房間，你可以住在那裡。基本上，一樓的空間你可以自由行動。」

「不過呢，」安東妮雅臉色一沉，「二樓以上的地方，你不能隨便上來，必須要我叫你上來才能上來。聽清楚了嗎？」

「是的，我知道了，」明白自己不用整天站著，拉迪斯鬆了口氣，「一切聽您吩咐。」

「很~好！」安東妮雅再度露出微笑，「那麼，你現在過來幫我按摩肩膀吧！」

「按摩肩膀？」拉迪斯大吃一驚，他覺得身爲警衛兵做這種工作有點奇怪。

「我剛剛怎麼說的？」安東妮雅又沉下了臉。

「是，是，遵命！」拉迪斯趕緊過去幫安東妮雅按摩。

原來她不是要一個守衛，而是要一個打雜的呀……拉迪斯一邊按摩心裡一邊嘀咕。

算了，反正只要能賺錢，要我做什麼都可以。

24

達萊這幾天都在教堂裡抄聖經抄到很晚，這幾天晚上瑪蒂娜都沒有來教堂。

「達萊啊，晚上要把教堂的門關起來，免得野獸跑進來啊。」亨布魯克叮嚀道。

「是……我知道了……」

亨布魯克知道達萊是爲了讓瑪蒂娜晚上能進入教堂，才沒有把教堂的門關起來。他已經派人去查瑪蒂娜的資料，相信不久之後會有答案。

到了安息日的晚上，達萊放下抄書的工作，坐在教堂門口等著瑪蒂娜。

等了一陣子之後，瑪蒂娜果然現身了。

「晚安，瑪蒂娜，你今天好像比較早來。」

「是的，其實我本來是不想引人注意才那麼晚來，」瑪蒂娜行了個禮，「既然被你發現了，爲了能讓你早點回家，所以我提早上教堂了。」

瑪蒂娜說完後就安靜地進入教堂做禱告。

達萊一樣在後面安靜地看著，不知爲什麼，他看著瑪蒂娜的背影，竟然有一種幸福快樂的感覺，和半年前第一次見面時的恐怖感完全不可相提並論。

不知過了多久，瑪蒂娜表示她的祈禱已經結束，要回去了。

「這次你好像祈禱的時間比較短耶。」達萊說道。

「時間應該和上次一樣吧。」瑪蒂娜拿出懷錶，「我的祈禱時間是一小時，而現在已經過了一小時了。」

「什麼！這麼快！」達萊驚呼，「我以爲你才剛坐下沒多久呢。」

瑪蒂娜微微一笑，「我早點回去，你也不用待太晚啊。」

「你家住哪裡？要不要我送你回去？」達萊問道。

「呃……這個，不用了，謝謝你。」

和達萊道別之後，瑪蒂娜離開了教堂。

第二天，亨布魯克牧師遇到達萊時問了一些問題。

「達萊！昨天晚上那個叫瑪蒂娜的女人有來嗎？」

「有啊，牧師先生。」達萊滿面春風地回應道，「她是一個很漂亮的人呢。」

亨布魯克心想，我去調閱戶籍資料，發現根本找不到瑪蒂娜・諾瓦科娃這個名字……難道她是偷渡者？

雖然偷渡者並不是什麼大不了的事，可是這個女人實在令我感到疑惑。

看來我有必要親自出面了……

「達萊，」亨布魯克神色凝重地說，「下次安息日晚上，我陪你留在教堂，我想和那女人見個面。」

25

由於達萊瞭解到瑪蒂娜只會在安息日的晚間出現，因此這幾天他並沒有在教堂待很晚，太陽一下山就回家了。

這一週他用了三天的時間去參加打獵。達萊心裡還是希望自己能成爲一個孔武有力的勇士，參加打獵可以鍛鍊自己。

亨布魯克則是繼續調查瑪蒂娜的資料，但是仍然一無所獲。

又到了安息日的晚上，亨布魯克於是就和達萊留在教堂裡。

達萊和亨布魯克坐在聚會堂的椅子上，教堂的門是開啓的，由於只有一盞油燈，因此整個教堂十分昏暗。

「牧師先生，您不要緊吧？」達萊有些擔心地說，「您看起來好像很累。」

「我不要緊的。」亨布魯克儘管經過一天的教會活動有些疲勞，依然打起精神。

時間一分一秒地過去，亨布魯克閉起眼睛在位置上休息，達萊卻有點坐立難安。

終於，達萊發覺到有人進入了教堂。

「牧師先生！」達萊叫醒亨布魯克，「她來了！」

亨布魯克驚醒過來，他轉頭看看後面，只見一個黑衣長髮的女人站在門口。

「你就是瑪蒂娜・諾瓦科娃嗎？」亨布魯克說，「我是安托紐思・亨布魯克，是這裡的牧師。我有一些問題想問問你。」

瑪蒂娜沒有回應，她的表情有點緊張。

「請在這裡坐吧。」達萊趕緊幫瑪蒂娜安排位置，「牧師先生人很好，他不會爲難你的。」

「謝謝……」瑪蒂娜坐下以後，神情稍微放鬆了點。

「你是從哪裡來的？」亨布魯克開口詢問之後又補充說道，「我不是問你是從哪個港口來到福爾摩沙，而是問你的家鄉在哪裡。」

面對突如其來的盤查，瑪蒂娜有點不知所措，但是她看亨布魯克的神情不像是審問犯罪嫌疑人而是像關心鄰居的老人，於是就放心回答，「我的家鄉在波希米亞。」

亨布魯克聽了以後，沉思了一陣子才開口。

「我在入境名單和戶口名單上都找不到你的名字。」亨布魯克說，「你是波希米亞人，卻搬到距離不算短的荷蘭居住，最後又偷渡到福爾摩沙。」

「偷渡的事我很抱歉……」瑪蒂娜有點恐慌地說，「求您千萬不要檢舉我……」

「我不會檢舉你的，放心吧。」亨布魯克嘆了口氣說，「你一定是遭遇到很大的苦難才會一個人遠渡重洋來到這裡。」

瑪蒂娜聽到亨布魯克這麼說，想起了過去的往事，不禁悲從中來。她警覺到自己的眼淚要流下來了，於是趕緊別過頭。

「怎麼了？怎麼突然轉頭？」亨布魯克問道。

「對……對不起！」瑪蒂娜止不住眼淚流出，只好用手摀住臉，「我……我先告辭了！」

瑪蒂娜摀著臉離開教堂，達萊和亨布魯克都非常驚訝。

「怎麼會這樣？」亨布魯克非常吃驚，「她是怎麼了？我的問題才剛開始呢。」

達萊發現剛剛瑪蒂娜坐的位置好像有一些痕跡，於是用手去擦了一下。

「這是什麼？」達萊聞了一下味道，「這是……是血啊！」

「什麼！」亨布魯克也過去查看，發現從瑪蒂娜的位置一直到教堂門口都有不少血跡。

達萊和亨布魯克面面相覷，完全無法理解剛才到底發生什麼事了。

26

接下來這幾週的安息日晚上，達萊與亨布魯克都會在教堂等瑪蒂娜出現，可是幾週過去了，瑪蒂娜卻都沒有現身。

亨布魯克覺得很遺憾，「唉，我是說錯什麼話了嗎？爲什麼那位小姐再也不來教堂了呢？」

達萊坐在旁邊，一句話也不說。一想到以後可能都見不到瑪蒂娜，他就覺得胸口很難受，好像有東西在胸中糾結一樣，讓他呼吸困難。

幾個月過去了，仍然完全沒有瑪蒂娜的蹤影。

達萊在這幾個月間變得很沉默寡言。雖然他還是照常每天進行抄寫經文的工作，但是已經不像之前那樣熱情了。

亨布魯克發現達萊的抄寫進度似乎有些延遲。

「達萊，你是怎麼了？最近的抄寫速度好像變慢了呢。」

「對不起，牧師先生……」

「你是遇到什麼困難了嗎？還是身體不舒服呢？有什麼問題就儘管說。」

「對不起，我會注意的……」

達萊儘管道歉，可是他的工作進度還是沒能改善多少。亨布魯克發現達萊有時候抄寫到一半會突然發呆好一陣子。

也許這個年紀的年輕人就是容易多愁善感……

亨布魯克自己也有幾個女兒，這使他多少能瞭解年輕人的心情。

某一天的安息日聚會結束後，達萊一如往常要進入房間裡準備抄寫聖經，這時達萊的好友池烈來拜訪達萊。池烈的背上依舊揹著陶壺。

「達萊，最近，都沒有，看到你，參加，打獵，抓魚。」池烈邊寒暄邊把陶壺放好，「只有在，教堂，才能，看到你，有點，寂寞。」

達萊有點失落地說，「抱歉，最近都沒和大家在一起……」

「明天，我們，一起，去抓魚。」池烈提出邀約，「一起，抓魚，心情，愉快。」

「可是，我還有工作要做。」達萊指向桌上的抄寫紙。

「達萊，你就去吧。」亨布魯克這時突然走進房間，「你最近的心情看起來很不好，不如就和朋友一起去抓魚轉換心情。」

「好的，牧師先生……」

27

第二天，達萊和池烈一起去河邊抓魚。

「怎麼只有我們兩個呢？」達萊環顧四周，沒看到其他人，「我以為其他同伴們會和我們一起來呢。」

「其他人來，你，抓不到魚。」池烈笑著說，「抓不到魚，心情，不好。」

達萊很不好意思地拿起標槍，瞄準河裡的魚。

池烈也拿起標槍開始打魚，他的技巧很好，沒多久就打到好幾條魚。

達萊則是忙了老半天卻一無所獲。

池烈提著一籃子的魚對達萊說，「我去，烤魚。烤好，叫你。」然後去收集一些樹枝搭起火堆。

達萊繼續努力打魚，經過一番努力，他總算用標槍射中幾條魚，但是這時他發現天空開始烏雲密布，風也變大了。

達萊趕緊跑去池烈那裡，他已經可以聞到烤魚的香味了。

「魚，還沒好。」池烈說，「還要，再等一下。」

「好像要下雨了，」達萊指著天空說道，「要是下起大雨就不能烤魚了。」

達萊話才剛說完就有雨滴開始飄下。

池烈只好先拿出烤魚，他分一半的烤魚給達萊。

「先把這些，吃完。吃完後，再打魚。」

池烈認爲就算下雨了還是可以繼續打魚，可是達萊卻感到不安。

「要是下起大雨，河水會暴漲，」達萊憂心地說，「這樣不太安全。」

池烈很有信心地表示，「不必，擔心，我經常，雨天，打魚。」

他們很快地把魚吃完。池烈吃完魚之後又到了河裡。

這時已經開始下雨了，河水的水位有點升高，水流也變得有些湍急。

池烈依然舉著標槍射魚，達萊卻在岸上不知該如何是好。

雨越下越大，風也開始不尋常地吹動。

「池烈！」達萊大喊，「我覺得這風雨有點不尋常，好像是暴風雨耶！」

「我在，暴風雨，也打魚！」池烈頭也不回地盯著河面，「暴風雨，魚最多！」

這太危險了！達萊心想，他知道池烈是村裡身手數一數二的勇士，但是暴風雨時待在暴漲的河裡實在太危險，村裡也沒幾個人敢這麼做。

雨越下越大，甚至大到開始無法看清眼前景物的地步了。

此時河流已是凶猛異常，高漲的水流，幾乎要把池烈給淹沒。

就在達萊想再叫池烈回家時，一陣突如其來的高漲激流吞沒了池烈。

「池烈！」

達萊大喊池烈的名字，但是完全沒有回應，也沒有池烈的身影。

28

這場颱風帶給福爾摩沙島非常大的損害，連續幾天的豪大雨，各地都傳出嚴重災情。

揆一癱坐在辦公椅上，幾乎要陷入絕望之中。

「完了！完了！」揆一恐慌地呢喃，「這場颱風讓許多農田都泡湯了！」

「就在農作物要收成的時候來了這麼大的颱風……」漢斯惶恐地報告，「今年的收成完全不能指望了……」

「我知道這個島每年都有颱風！」揆一突然憤怒地說道，「尤其秋天的颱風雨非常大，經常會毀了農作物，可是如此規模的暴雨，爲何這三十年來的報告書上都沒有提到過？」

「也許我們遇上的是百年一見的颱風……」漢斯恐慌地回應。

揆一再度癱坐在椅子上，「我們是依照以往的規模來進行防颱工作，沒想到這次的暴雨大大超出預期。這下可好了，海上貿易被國姓爺封鎖，完全沒有任何貿易利益；土地開墾又被前所未有的颱風給破壞，公司今年在福爾摩沙的收益恐怕要出現負值了！」

「這將是公司在福爾摩沙最慘澹的一年……」漢斯不安地回應。

「必須要解決這種現況！」揆一猛然地恢復了精神，「在我任內出現負收益，這實在是太丟臉了！而且這樣赤字下去，我可能會被追究責任遭到判刑！爲了增加收益，我決定要提高漢人的人頭稅，還要增加開墾的人力進行更大規模的開墾！」

「請恕我直言，這恐怕行不通！」漢斯帶著緊張但堅定的語氣報告，「由於國姓爺的貿易封鎖，漢人幾乎沒有賺到什麼錢，提高人頭稅只會逼他們逃離福爾摩沙！至於增加人力，也因爲貿易封鎖的關係，我們光是要讓本地的漢人留下都很困難，要再去招攬漢人渡海來開墾根本辦不到！」

「可恨的國姓爺！」揆一咬牙切齒地說，「幾乎只要與漢人有關的事都被他給搞砸了！」

「我們現在也只能繼續跟他協商解除貿易封鎖了……」漢斯無奈地回答。

「現在只剩一個辦法！」揆一想了一下後說道，「去徵召原住民開墾吧！既然漢人的人力不足，就用原住民的勞力來補上！」

「可是，原住民非常懶惰，根本不願意像漢人那樣花勞力開墾……」

「那就強迫他們！」揆一怒聲說道，「無論是用打的還是用罵的，總之一定要讓他們努力開墾！這些又笨又懶的原住民也該是時候向漢人學習勤勞了！」

29

拉迪斯從熱蘭遮城做完例行報告後便返回安東妮雅的宅邸值勤。

嘖！這次的颱風可真夠瞧的了。他一路上邊走邊在心裡嘀咕。到處都在積水，連熱蘭遮城都泡在水裡了！

天空的太陽非常大，拉迪斯穿著全身鐵甲，鐵甲被陽光照得閃閃發光，他的身體卻汗如雨下。

福爾摩沙的太陽實在太強了！

在這麼熱的天氣，我卻還必須要穿這麼重的鎧甲！

趕快到夫人的宅邸吧！至少在屋子裡比較涼快點……

他在經過一條河流時，不經意地望向河面。雖然雨已經停了，河流的水位也消退了，但是水流依然湍急。

他回過頭繼續趕路，就在這時，他突然聽到一陣奇怪的聲音。

那聲音像是野獸的吼聲，但又像洪水衝擊的聲音。

就在拉迪斯還搞不清楚是怎麼回事的時候，河水突然發出非常巨大的轟隆聲。

拉迪斯看見了一個東西，「神啊！那到底是什麼？」他驚訝地大喊。

從河裡竄出了一隻大約五層樓高，非常巨大的物體，看起來像是西方傳說中的惡龍。牠的身體全是水做的，在空中緩慢地飛翔，還不時地發出既像洪水又像野獸的吼叫聲。

那是一隻水龍。

水龍長長地吼了一聲之後，從口中吐出一顆水球，那顆球打在河面上，就像砲彈打到一樣，激起猛烈的水花。

拉迪斯嚇壞了，他連滾帶爬地跑回熱蘭遮城，把看到的東西一五一十地告訴城裡的官員。

「你是不是天氣太熱被曬昏頭啦？怎麼可能會有那種東西。」城理的官員不可置信地嘲諷。

「是眞的！我眞的看到了！」拉迪斯雖然神色驚慌但是態度非常肯定，「那傢伙說不定就是這場颱風帶來的怪物！如果不謹愼應對，牠可能會造成很大的破壞！」

官員看拉迪斯說得那麼認眞，於是就半信半疑地跟著拉迪斯前去河邊，但卻什麼都沒有發現。

「下次要是再胡說八道，我就處罰你！」官員氣呼呼地回去了。

拉迪斯覺得很無辜，他悻悻然地前往安東妮雅的宅邸。

安東妮雅看見拉迪斯來了，問他爲什麼今天比較晚來。

「啊！沒什麼！夫人，不過是一些公務延遲罷了，請不用擔心。」

拉迪斯隨便搪塞了幾句，他不想再跟任何人提起那隻水龍的事了。

30

由於颱風的關係，村人們在過了幾天後才去尋找在河裡失蹤的池烈。

大部分的村人都在村裡修整被颱風破壞的房屋，去找池烈的只有幾個年輕人，達萊也在其中。

「已經過了這麼多天了，恐怕沒什麼機會生還了……」

「池烈雖然很強壯，但是頭腦不太好……」

「他如果死了，對我們村裡是很大的損失呀……」

伙伴們你一言我一語地評論，大家似乎都覺得找不到池烈了。達萊聽了心裡很難過。

他們猜測池烈應該是被河水沖到下游，因此沿著河床往下游找。但是找了一整天，沒有任何收穫。

接下來這幾天，村人們也成群結隊去找池烈，可惜依然一無所獲。

就在大家準備要放棄時，某個村人無意中發現離河岸不遠的地方有一間小木屋。小木屋附近的草木都已枯萎而禿黃一片，因此在一片綠油油的平原上很顯眼。

「池烈會不會就在那裡？」

「不會吧？他如果還活著，應該會主動回家才對，有必要留在那裡嗎？」

「不管怎麼說，還是去看看好了。」

在大家的好奇之下，村人們進入小木屋查看。

木屋的窗子是封閉起來的，裡面有點暗。他們在木屋裡沒有發現任何人，只看到一個木箱。

這是長度將近兩公尺，寬度接近一公尺的木箱。雖然屋裡很暗，但還是可以看出這木箱是紅色的。木箱的年代似乎很久遠，上面的花紋有些模糊。

「好奇怪喔，這裡怎麼會有一個木箱啊？」其中一個村人問道。

達萊看著這個箱子，「這好像不是普通的木箱……」他看見木箱上的十字架雕飾，覺得這箱子應該是某個東西，但他不敢肯定。

「我們把箱子打開來看看吧！」其中一個好奇的村人在箱子上面摸索一陣子之後，就把木箱的蓋子打開。

蓋子打開後，大家都嚇了一大跳，因爲箱子裡面，竟然躺著一個女人。

「怎麼會有女人躺在這裡？」

大家好奇地檢查一下之後，發現女人沒有呼吸也沒有心跳，看起來已經死了。

達萊看見這個女人，突然感到一陣暈眩，因爲女人正是幾個月前在教堂見過面後就再也沒有出現的瑪蒂娜。

原來她……已經死了……所以才不再來教堂了……達萊感到一陣悲痛。

同伴們發現女人已死，驚訝得一句話都說不出來。現在他們知道這個箱子其實是棺材，於是趕緊關上蓋子離開小木屋。

達萊依依不捨地看著棺材，久久不願離開。

「達萊！怎麼了？該走囉！」

由於同伴們的催促，達萊只好轉身離開棺材。

就在達萊要走出屋外時，突然聽到同伴們在外面歡呼。

達萊趕緊走出屋外看看到底發生什麼事，他一到外面，立刻就知道大家歡呼的原因。

因爲他看到了池烈。

31

池烈提著一個竹簍，吃驚地看著大家。

「池烈！原來你還活著！」

「你怎麼不趕快回來呢？我們好想你啊！」

「你在這裡做什麼呀？」

村人們你一言我一語地詢問池烈，池烈神色驚慌，一個問題也沒有回答。

達萊立刻跑到池烈面前，「池烈，我們在這個屋子裡發現一個女人的屍體！」

「啊！那個，女人！」池烈才剛開口，「我……這個……」然後又是一副欲言又止的樣子。

「那個女人，我認識她喔。」眼看池烈說不出話，達萊於是接著發言，「一年前我在打獵時受了傷，那時就是她幫我治好的。」

池烈顯得相當驚訝。

「當時我還不認識她。然後在半年前，我在深夜的教堂外面看見她，並且請她進教堂來坐，那時我有和她聊了一下。」

「你會講，她的，語言？」池烈驚訝地問道。

「我講的是荷蘭語，這個女人也會荷蘭語。但她是一個我沒聽過的歐洲國家的人。」達萊回覆道。這時，他發現池烈似乎也認識這個女人。

池烈與達萊的對話讓旁邊的村人們摸不著頭緒。

「這個女人叫做瑪蒂娜，」達萊向大家解釋，「自從半年前亨布魯克牧師在教堂裡和她見過面之後，她就再也沒有來教堂。我本來不知道原因，直到今天才知道，原來她已經死了……」

達萊說到這裡的時候，突然發現到一個很大的問題：如果瑪蒂娜半年前就已經死了，爲何她的屍體到現在還沒有腐爛？如果她是剛死不久，那這半年間又發生什麼事了？她又是怎麼死的？達萊一想到這裡，又說不出話了。

池烈滿臉漲紅，好像很緊張，他沉默了一陣子之後對大家說，「各位，能不能，幫我，一個忙？」

所有的人都看著池烈。

「我想，請你們，幫我，把屋子裡的，棺材，抬到，教堂裡。」

聽到池烈的請求，村人們開始騷動起來，「我們是要請牧師幫她做葬禮是吧？」

「不……不是做葬禮，」池烈呑呑吐吐地說道，「還有，抬棺的時候，要注意，千萬，不能，讓棺材，蓋子，打開。因爲，現在，太陽，很大……」

儘管村人們不明白太陽很大跟棺材不能打開有什麼關係，但還是進入屋子把棺材抬了出來。

就在大家抬著棺材回村時，達萊注意到池烈在抬著棺材時身上還是帶著那個竹簍。竹簍裡面好像有東西，不知是什麼生物在動。

「池烈，你這竹簍裡裝的是什麼？」達萊問道。

「這是，我抓的，蛇。」池烈回應道。

喔，晚餐是要吃蛇嗎？達萊心裡想著的同時，也浮現出一股說不出的異樣感覺。

32

亨布魯克知道事情的經過後，請眾人把棺材抬到教堂裡的一個小房間。

這時，天色已經轉暗，村人們紛紛回家，只剩達萊和池烈以及牧師還留在教堂的聚會堂。

池烈抓著裝蛇的竹簍，很不安地坐著。

「你們兩個也先回去吧，葬禮的事我會準備的。」亨布魯克說道。

「牧……牧師……」池烈口齒不清，神色驚慌地說：「等等，你會，看到，驚人，的事。所以，我，留下，陪你……」

「什麼？驚人的事？這是什麼意思？」亨布魯克不明所以地提問，但池烈沒有回應，只是緊張地望著亨布魯克。

三人都沉默不語，現場沉寂一片，不久之後，一道聲響劃破了寧靜。

那聲響，像是打開木頭門的聲音，是從放著棺材的房間裡傳出來的。

達萊嚇了一跳，亨布魯克也是滿頭冷汗，他們全都不敢動，池烈雖然緊張但卻沒有害怕的樣子。

從房間裡傳來腳步聲，一步步地接近聚會堂，沒多久就有個人影出現在聚會堂走道口。

達萊和亨布魯克都不敢回頭看，因爲他們害怕回頭會看見很可怕的東西。

池烈則是率先向對方打招呼，但是對方沒有反應。

「對不起，我不會，講，荷蘭話。」池烈對達萊以及亨布魯克說，「我被，洪水，沖走，就是，她，救了，我。」

兩人大吃一驚，趕緊回頭看，只見一個女人一臉吃驚地站在那裡。

「是……是你！」達萊十分驚訝，「你是瑪蒂娜！你不是已經死了嗎？」

「我沒有死啊！」瑪蒂娜也非常驚訝，「我怎麼會在這裡？」

「是池烈要我們把你的棺材搬到這裡的。」達萊驚慌地說道，「我們去找池烈，發現到一個小木屋，裡面有個棺材。打開棺材，就發現你躺在裡面。你沒有呼吸，也沒有心跳，在場的人都認爲你已經死了。只是池烈不知爲何，要求大家把你的棺材抬到教堂，我們以爲是要請牧師幫你做葬禮，結果……」

「啊……眞是抱歉，」瑪蒂娜不好意思地說，「我還是有呼吸和心跳的，只是頻率比平常人還要低，在睡覺的時候又會更低。」

「頻率？那是什麼？」達萊不解地問道。

「就是次數的意思，」亨布魯克解釋道，「正常人一分鐘的心跳次數是七十到九十下，但是這位小姐可能不到正常人的一半，甚至更低……這眞是不可思議啊……」

「你既然沒有死，那爲什麼要躺在棺材裡呀？」達萊對瑪蒂娜問道，「還有，爲什麼你不再來教堂呢？」

33

瑪蒂娜看看達萊、池烈以及亨布魯克，無奈地說，「看來是無法繼續隱瞞下去了……」她在靠近大家的位置坐下，「我躺在棺材裡的原因是爲了避免陽光照射到我的身體。」

「避免陽光照射?你……難道你……」亨布魯克的表情突然驚恐了起來。

瑪蒂娜說，「我的身體一旦被陽光照射到就會受傷，所以我不能見到太陽……」

「你到底是什麼東西!」亨布魯克突然大聲怒喝，達萊與池烈都嚇一大跳。

「牧師!你怎麼了?不能見到陽光有什麼問題嗎?」達萊這句話是用西拉雅語問的，一旁的池烈聽到後也看向牧師。

「只有邪惡的靈才會怕光!」亨布魯克也用西拉雅語回應，「歐洲有個古老的傳說，有一種邪惡的吸血怪物，會在晚上從棺材裡爬出來吸食人的血液!這種怪物有很可怕的力量，但是陽光可以殺死牠們!所以牠們必須避開陽光!這女人一定也是那種惡魔!」

「你果然……也是這種反應……」瑪蒂娜雖然聽不懂西拉雅語，但是看到亨布魯克的樣子，她知道對方一定把她當成邪惡的怪物了。

「牧師！不是這樣子的吧！」達萊突然向亨布魯克抗議，「就算眞的有那種怪物存在，也不能斷定瑪蒂娜就是怪物啊！就算瑪蒂娜眞的是怪物，至少她也沒有害人啊！甚至她還救了我的命！」

「她也，救了我。」池烈在一旁附和道。

亨布魯克愣了一下，因爲這是達萊第一次以這樣的口氣跟他說話。他搗著頭，隨後冷靜了下來。

「呃……抱歉……」亨布魯克用荷蘭語說，「我剛才太激動了……我所受到的訓練與教導是不可與邪惡者妥協……可是我們不能隨便評斷一個人是否邪惡。」

聽到亨布魯克這麼說，瑪蒂娜並沒有馬上放心，她看了看教堂四周，臉上顯露濃濃的不安。

「喂！池烈！」達萊輕聲地對池烈說，「你說她救了你，那你知道她家在哪嗎？」

「不，我，不知道。」池烈搖搖頭，「當我，醒來時，已經是，晚上，就在，那個，屋子裡，那女人，當時，就在我，旁邊。」

「她沒有回家嗎？」

「沒有，我爲了，答謝她，於是，每天，抓蛇，給她。因爲她，好像，喜歡，吃蛇。」池烈吞吞吐吐地說道，「她，天亮時，就躲到，棺材裡，到了晚上，才出來。她說，她的家，不是，那個屋子。她的，棺材，才是。所以，我，請你們，把她的，家，抬到，教堂裡。」

34

達萊看見瑪蒂娜很不安的樣子，於是想和她說話讓她安心。

「那個……感謝你救了我的朋友。」達萊道謝的同時掩不住再度見面的興奮表情，「很高興我們又見面了。」

瑪蒂娜凝視著達萊，過了一陣子之後才開口，「我很抱歉半年前不告而別。」她低著頭說，「我那個時候太驚慌，只想著要避開你們……」

「你走的時候，位置上有血跡。」達萊露出擔憂的神情，「我以為你受傷了，擔心你這樣跑出去不知會不會有危險。」

「我沒事，謝謝你的關心。」瑪蒂娜這時終於露出了微笑，她的微笑看起來宛如小女孩。

達萊看瑪蒂娜總算笑了也感到很開心，「池烈說那個棺材才是你的家，所以就請我們把你的『家』給搬到教堂裡。」

「可是，我不方便住在教堂裡，」瑪蒂娜勉為其難地說道，「我擔心會給牧師帶來麻煩……」

「你儘管住下，沒有關係。」亨布魯克溫和地說，「這座教堂本來有時就會充當旅館接待歐洲來的旅客。」

瑪蒂娜這時突然盯著亨布魯克看。

亨布魯克被瑪蒂娜凝視，感到有點不太自在。

「怎麼了？有什麼問題嗎？」亨布魯克難爲情地說，「如果你是因爲剛才我對你的態度不好，我向你道歉。」

「不，不是那個問題，」瑪蒂娜說，「您跟我在歐洲遇到的神職人員，好像有點……不太一樣。」

「不太一樣？」亨布魯克大惑不解，「怎麼說呢？」

「就是……您肯承認自己的錯誤。」

「這……不會吧！」亨布魯克大吃一驚，「肯承認自己的錯誤……我以爲這是基督徒最基本的美德……畢竟我們總是不斷地說要悔改啊！」

「但是，就我所看到的，」瑪蒂娜露出悲傷的笑容，「絕大部分的人，總是要求他人悔改，卻很少反省自己。」她隨後低下頭說道，「我一直以來……都是努力要和人們和睦相處的……只可惜……擁有權勢的教會及政府……卻完全不給我機會……總是當我是怪物……要處死我……」

「所以，你其實是爲了躲避追殺，才偷渡到這福爾摩沙？」亨布魯克緊張地問道。

瑪蒂娜點點頭，「我原本的家，在三十年戰爭時被毀了……我只好四處躲藏。可是，不論我躲哪裡，最後總是會被發現……」一提到三十年戰爭，瑪蒂娜的神情迅速地陰暗下來。

「我聽達萊說，他是在教堂這裡發現到你的。」亨布魯克說，「我看你似乎是天主教徒，爲何要到這個新教的教堂來呢？雖然三十年戰爭之後，新教與舊教之間的關係比較緩和了，可是也絕不是很融洽。」

「我雖然是天主教徒，但我認爲，不論是哪一個教會的基督徒，最重要的還是對神的信心與對自己的悔改。」瑪蒂娜說道，「在這個地方的教堂，就只有新教的教堂，我當然就來這裡囉。」

「可是你只在晚上來……是因爲不想被人發現吧？」

「也不完全是這樣，」瑪蒂娜憂愁地說道，「我不能曬到太陽，這其實才是最主要的原因。白天出來活動對我來說太冒險了，尤其福爾摩沙的太陽比歐洲還要烈得多。」

35

「你在歐洲的時候，也會在安息日的晚上跑到教堂附近嗎？」亨布魯克繼續提問。

「是的……我知道這樣容易暴露我的行蹤……可是……我無法捨棄安息日上教堂的習慣……」瑪蒂娜低聲說道，「在教堂做禱告，哪怕只是在教堂門外，都會讓我感到心裡平靜……」

「結果這反而讓你被人發現，導致教會的人要殺你，你只好又四處躲藏？這樣我知道爲何半年前你要避開我們了。」亨布魯克這時轉頭看池烈，「是你救了池烈，如果你沒有救他的話，你也不會被我們發現了。」

「他當時的情況眞的很緊急。」瑪蒂娜也看向池烈，「我的確有萬一救了他可能會讓自己行蹤暴露的想法，可是我立刻又覺得這種想法很可恥。不過現在看來，我救了他，結果讓自己得到一個更好的住所呢。」

「池烈是個正義的人。」亨布魯克喃喃地說，「有些基督徒雖然常上教堂卻不太願意助人，以這點來看，不管你是怪物還是什麼的，你已經比許多自稱是虔誠基督徒的人都還要正義了。」

聽到亨布魯克的誇獎，瑪蒂娜覺得很不好意思，「我其實也沒那麼好……我也做過很多……不可原諒的壞事……」

「每個人都會犯錯的，」亨布魯克露出慈祥的笑容，「所以聖經才說人必須要悔改啊。」

池烈在一旁聽著亨布魯克與瑪蒂娜的對話，雖然他聽不懂荷蘭語，但是看瑪蒂娜的樣子有些緩和，於是就拿出竹簍遞給她。

達萊對瑪蒂娜說，「這是池烈要給你的，他說你喜歡吃蛇。」

「我其實不是喜歡吃蛇，而是只有蛇可以吃……」瑪蒂娜尷尬地微笑，「我已經有年紀了，光憑草木的生命能量不足以讓我維持生命。」

瑪蒂娜的話讓達萊一頭霧水，但是他沒有多問。

瑪蒂娜拿著竹簍，準備離開教堂。

「你要去哪裡？」達萊問道，「要吃蛇的話，在教堂裡也可以啊。」

「我到教堂外面去比較好。」瑪蒂娜笑著說，「吃飯的時候，讓別人看到嘴是不禮貌的。」

36

在瑪蒂娜離開後，達萊向亨布魯克道歉。

「對不起，牧師，我剛剛好像對你太凶了……」

「不！你做得很好，剛才是我糊塗了，感謝你提醒了我。」亨布魯克有些自嘲地說，「我的性格有些衝動與強硬，是我要反省……」

達萊開始問亨布魯克一些問題，「請問，你們剛剛說的瑪蒂娜在逃亡，是什麼意思呢？」

「歐洲目前，還是有獵殺魔女的現象。」亨布魯克皺起眉頭，「像瑪蒂娜這樣特異的人，的確很容易成爲下手的對象，因爲教會當局就是這樣教導大家的。」

「什麼是魔女？」

「就是使用邪惡法術害人的女人。」亨布魯克解釋，「她們是一群和惡魔簽訂契約換取魔力的人，是惡魔的爪牙。」

「人們要怎樣才能知道她們和惡魔訂契約呢？」

「嗯……這個……」亨布魯克一時不知該如何回答這個問題，「總之，會有專門的人來分辨就是了。」他隨後轉移話題，「現在已經很晚了，你們要不要先回家休息呢？」

達萊覺得自己還有很多問題想問，可是牧師看起來好像很累的樣子，覺得還是不要打擾比較好。

「那麼，牧師，我就先回家了。」達萊於是就離開了教堂，池烈也跟著離開。

瑪蒂娜回來之後，發現達萊和池烈都不在，於是就問亨布魯克他們去哪裡。

「我讓他們先回去，現在已經很晚了。」

「是這樣子的啊……」瑪蒂娜覺得有點可惜，「我原本想和他們聊聊。」

「你對福爾摩沙島上的人感興趣嗎？」亨布魯克問道。

「雖然我接觸這裡的人還不是很多……但是就目前的感覺……這個……該怎麼說呢？」瑪蒂娜想了一下之後說道，「他們和歐洲人很不一樣……我說的不一樣不是指外型，而是指其他方面……」

「他們是很單純的一群人，而且對任何事物都充滿著好奇心。」亨布魯克說道，「只不過他們還是有些地方需要被教導。」

「您不是爲了宣揚上帝的福音才來這裡的嗎？」

「宣傳福音當然是最重要也是最主要的目的，但是我想做的不僅是這樣而已。」亨布魯克瞇著眼睛笑著說道，「我希望能培養出將來可以去荷蘭留學，學習各種科學技術知識的學生。等這些學生學成之後，回到這裡將可以進一步地帶動這裡的發展。」

「那位叫達萊的年輕人會講荷蘭語……他就是您所計畫栽培去留學的對象嗎？」

「達萊是個很聰明的年輕人。」亨布魯克的聲音慢慢變小，「等到局勢安定之後，應該就可以讓他去歐洲留學了……」

「局勢安定？請問這是什麼意思呢？」瑪蒂娜提出疑問時，發現亨布魯克一臉倦容，非常疲勞的樣子。

「對不起，現在應該是您休息的時間了，請您早點休息吧。」

亨布魯克沒有反應，他已經睡著了。

37

第二天，亨布魯克醒來時，發現自己在家裡的床上。

「咦？我不記得我昨天有回家啊？」

他想起自己昨天應該是在教堂裡，於是就去問妻子昨晚自己怎麼回家的。

「昨天晚上，有一位年輕的女士，揹著你到這裡的。」亨布魯克的妻子說道，「她說她怕你著涼，因此詢問村人這裡的位置之後，就把你帶過來了。」

「喔……沒想到她這麼熱心啊……」亨布魯克喃喃地說。

他準備好東西，吃完早餐之後到了教堂。

他進入教堂的書寫室，達萊一如往常地在那裡抄寫聖經。

「早啊！牧師！」達萊愉快地打招呼。他看起來非常高興，完全沒有先前憂鬱的樣子。

嗯……這是因為她的關係吧……亨布魯克思考的同時望向隔壁的房間，那房間裡放著瑪蒂娜的棺材。

她現在應該在裡面熟睡了。

亨布魯克想到這裡時，突然有一種異樣的感覺，但是很快就釋懷。

自從來到福爾摩沙之後，他看過許多奇奇怪怪的風俗文化，如果對福爾摩沙的風俗文化只是一味地排斥而不加以瞭解的話，是無法進行傳教工作的。也由於看多了怪人怪事，像瑪蒂娜這種睡在棺材裡的人，這種教會當局絕對會大發議論的人，似乎也沒什麼好排斥的。

讓活死人住在教堂裡……這到底是包容呢？還是墮落呢？

不知其他的牧師怎麼看這件事？

不管他們怎麼看，畢竟這教堂的負責人是我，我必須要負起最終責任……

還是靜觀其變吧……

到了中午的時候，達萊表示要去摘點水果吃，等他回來時卻看見他帶著好幾個水果。

「這是晚上的時候要給瑪蒂娜吃的。」

到了晚上，池烈也來到教堂，他一樣帶著一個裝著蛇的竹簍。

「你們……至少應該也準備一些飯食吧？」亨布魯克邊說邊去拿麵包，可是教堂裡的備用麵包硬得跟石頭一樣，他有點不好意思拿出來。

38

「眞是不好意思，讓你們準備這麼多東西。」

在教堂的用餐室裡，瑪蒂娜看著桌上給她的食物，難爲情地向達萊等人道謝。

「你肚子應該餓了吧！不要客氣，快吃啊！」達萊興奮地催促著。

瑪蒂娜拿起水果，試著咬了一口。

「怎麼樣？好吃嗎？」

「對不起……我嚐不出味道……」瑪蒂娜發現大家都看著她吃東西，覺得很不好意思，「你們……也一起吃吧！」

亨布魯克拿起一個果子，咬了一口之後，覺得實在難以下嚥。

池烈從竹簍裡把蛇拿出來之後，用獵刀把蛇切成一塊一塊，然後拿起蛇肉就吃。

哇！這種吃東西的方式真是野蠻啊！亨布魯克在心裡叫苦，這種生吃蛇肉的景象對他來說太可怕了。他在這裡傳教十幾年，並不常跟當地人一起吃飯。

達萊也拿起一塊蛇肉吃，令亨布魯克吃驚的是，瑪蒂娜也跟著達萊拿蛇肉來吃。

而且，亨布魯克還發現，剛剛瑪蒂娜吃的那個果子，已經變得乾扁，好像水分都被吸乾了一樣。

那個果子怎麼會變成那樣？她是怎麼吃的啊？

此時亨布魯克已經完全沒有胃口，他決定要先離開這裡。

「你們慢慢吃吧，我有點累，先回去休息了。」亨布魯克隨後對瑪蒂娜說，「諾瓦科娃小姐，很抱歉我不能繼續招呼你了，你可住在這座教堂裡，但是這座教堂沒有管理員在，我擔心你一個人住在這裡不安全。」

「我不會有事的，請不用擔心。」瑪蒂娜笑容可掬地回應。

亨布魯克露出一陣苦笑之後，離開了用餐室，他沒注意到瑪蒂娜生吃蛇肉後雙眼正在閃爍紅光。

「他和我在歐洲遇到的神職人員完全不一樣。」亨布魯克離開後，瑪蒂娜如此說道。

達萊聽了以後覺得奇怪，「牧師們不都是好人嗎？」

瑪蒂娜笑而不答，她拿起一個果子，沒多久，果子就乾枯了。

達萊和池烈看了以後都很驚訝，「這個果子……爲什麼會變成這樣？」

「因爲我吸收了果子的生命力。」瑪蒂娜淡淡地說，「原本我是不能讓其他人看到這個的，但是對於你們，我覺得可以放心。」

達萊和池烈的表情充滿好奇，沒有任何驚恐，這讓瑪蒂娜更加感到放心。

池烈拿起乾枯的果子，咬了一口，覺得很乾澀，但還是能吃。

剛剛池烈砍蛇的時候，有許多蛇血都流進竹簍裡。瑪蒂娜拿起竹簍，沒多久竹簍就冒出一陣紅霧，這些紅霧碰到她臉上與手上的皮膚就消失，宛如被吸進去一樣。

過沒多久，竹簍裡的蛇血都消失無蹤了。

39

「剛才那陣紅霧是怎麼回事啊？」達萊如此問道，他和池烈很好奇地盯著瑪蒂娜。

瑪蒂娜把竹簍遞給達萊與池烈看，當他們看見竹簍裡的蛇血都不見的時候非常驚訝。

「我可以把乾掉的血化成霧方便吸收。不過霧化的血會喪失很多生命能量，比不上原始液狀的血。」瑪蒂娜有點尷尬地說道，「而且我不想讓你們看見我張嘴吸收血霧的樣子，只好用身體皮膚來吸收，用皮膚所能吸收到的生命能量又更少了……」

達萊把瑪蒂娜的話翻譯給池烈聽，池烈聽了以後大感驚奇。

「你可以，請她，教我們，怎樣，把血，變成，霧嗎？」池烈滿懷期待地對達萊說，「只要，學會，這個，方法，就可，減少，浪費的，蛇血，還可以，減少，洗竹簍，麻煩。」

「池烈你不是好幾次拿裝蛇的竹簍給她嗎？怎麼不知道她會把血變成霧呢？」

「她要，吃蛇，都，避開我，我從來，沒看過，她吃蛇。」池烈回想當時的情景，「她把，竹簍，還我，竹簍，很乾淨。我以爲，是她，特地，洗好，再還我。」

達萊想起昨天瑪蒂娜要吃蛇還特地跑到外面，因此理解了池烈的問題。他把池烈的要求講給瑪蒂娜聽，瑪蒂娜聽了以後極爲震驚。

「你們……不會感到害怕嗎？」瑪蒂娜瞪大正在閃著紅光的眼睛，非常驚訝地問了這個問題，達萊卻感到很疑惑。

「害怕？是害怕什麼呢？」達萊把問題翻譯給池烈聽，池烈也不知所以。

「沒有……沒什麼……」瑪蒂娜決定不多做解釋。她原本想說，她在歐洲就是被人發現會把血化爲霧吸收還有雙眼會閃紅光，因此被當作吸血怪物讓人害怕。她不論到哪裡都會被當作怪物而遭到教會的追殺，因此不得已離開歐洲。她其實並沒有預定要去歐洲海外哪一個地方，會來到福爾摩沙完全是偶然。她來到福爾摩沙後，幾年間都沒有跟任何人接觸。不過因爲對宗教的渴求，她還是會去教堂祈禱，但都只在教堂外面，而且是在無人的深夜。

「把血化爲霧是我的特有能力，很抱歉我沒辦法教你們。」瑪蒂娜這麼說的同時，想起達萊也曾經請求她教授按手療傷的方法。

達萊把回答翻譯給池烈聽，池烈感到有點失望。

「這些麵包給你們吃吧！」瑪蒂娜指向桌上的黑麵包，「我只吃有生命的東西。麵包對你們會比較有幫助。」

「可是這是牧師特地招待你的，平常我們只有安息日的時候才有機會吃到麵包呢。」

「沒關係，我們一起吃吧。」瑪蒂娜說完就拿起麵包，把麵包一片片地撕下。

達萊也拿起麵包，但是麵包很硬他撕不太動，只好拿起瑪蒂娜所撕下的麵包片來吃。

40

「你的眼睛為什麼會閃紅光？」達萊邊吃麵包邊問道。

「我天生就這樣，只要吃了血，雙眼就會發紅，我也不知道為什麼。」

「喔。」達萊聽了以後也沒問什麼，繼續吃麵包。

瑪蒂娜一邊咬著麵包一邊思考一些事。

原本她以為她把血化成霧以及雙眼閃紅光會讓達萊等人感到害怕。但是，出乎意料的是，達萊與池烈的反應和那些歐洲人完全不同，不但不感到害怕，甚至還覺得好奇而想要多瞭解。

她之所以吃飯時要避開人，就是因為人們看見她雙眼的紅光會把她當成魔鬼，然而達萊與池烈卻好像覺得沒什麼大不了的。

她想起亨布魯克說過福爾摩沙的人有很強烈的好奇心，這點她算是體會到了。

對於亨布魯克，其實她還是感到不放心。儘管亨布魯克的表現已經大大優於她以前所遇到的神職人員，可是，由於過去不好的經歷，她始終無法眞正相信教會系統出身的人。

無論如何，至少現在她相信以後應該可以平靜地過日子了。

「喔，這麵包很香啊！」儘管麵包又黑又硬，達萊還是吃得津津有味。

「是嗎？我嚐不太出來……」瑪蒂娜只吃了幾塊麵包之後就沒再吃了。

這時，池烈和達萊正在講話，瑪蒂娜看池烈好像很高興的樣子，可是卻聽不懂池烈的話。

「池烈說他很喜歡你。」達萊翻譯道，「他說他以後每天都會抓蛇給你吃。」

瑪蒂娜聽了瞬間臉紅，「等等……你說什麼？喜歡我？」

「是的，他很喜歡你。」達萊開心地說，「我也很喜歡你，以後我會每天摘果子給你吃。」

「呃……你們所謂的喜歡，到底是……什麼意思？」瑪蒂娜突然覺得自己好像反應過度。

「喜歡就是喜歡啊，就是這個意思啊！」達萊不假思索地回答，瑪蒂娜卻感到更困惑。

這時，池烈又和達萊說了些話。

「池烈說我們以後可以一起出去玩。」達萊熱切地說，「他知道你白天不能外出，但是晚上也有很漂亮的月亮。」

「喔，你們不會覺得晚上出去外面是不好的事嗎？」瑪蒂娜想起在歐洲，男女一起晚上外出很容易和不道德聯想在一起。

「怎麼會不好呢？晚上在外面唱歌很有趣呀！」達萊興高采烈地回應。

達萊與池烈的熱情讓瑪蒂娜有點招架不住。

「這個……我知道了……這事以後再說吧……」她羞紅著臉說道，「我等一下要去看書了，對不起，請你們先回去吧，這裡我來整理就可以了。」

41

第二天晚上，達萊和池烈果然又拿東西來教堂要給瑪蒂娜，但是亨布魯克表示說要和瑪蒂娜單獨談談，因此接過達萊與池烈的東西之後就把他們打發回去了。

亨布魯克來到瑪蒂娜的房間，發現她正坐在她的棺材旁看著一本書。

「你在看什麼書呢？」亨布魯克問道。

「拉丁文版的聖經。」瑪蒂娜把書遞給亨布魯克，「這是我爸買給我的，雖然他從不看這個的。」

亨布魯克接過這本聖經看了一下，覺得這書的年代應該很久遠，恐怕有上百年。

「我很好奇你的家人。」亨布魯克把書還給瑪蒂娜，「你似乎是自己一個人來到福爾摩沙。但是你看起來還很年輕，你的家人呢？他們怎麼沒有跟你在一起？」

瑪蒂娜頓時陷入哀傷，「我的家人……都已經不在這世上了。」

「是因爲戰爭的關係嗎？你說你的家在三十年戰爭時被毀掉了。」亨布魯克如此問，但瑪蒂娜沒有回答。

亨布魯克嘆了口氣，「唉，我也曾經歷過三十年戰爭。我所看過最悲慘的事都在那段時間發生。」

聽到亨布魯克這麼說，瑪蒂娜更加憂愁了。

亨布魯克似乎沒有注意到瑪蒂娜的表情，繼續說道，「這場戰爭的起因是天主教徒與新教徒對於宗教上的看法不同所造成的。現在回想起來，這種教義上的爭執實在很愚蠢。」

瑪蒂娜沒有回應，只是靜靜地聽。

「雖然你是天主教徒，但是你不用擔心在這裡會被排擠。這裡的牧師和我一樣都有宗教寬容精神。我們不會像某些激進的新教徒那樣把天主教徒當成魔鬼。」

「也許我……真的是魔鬼也說不定……」瑪蒂娜愁容滿面地輕聲說道。

亨布魯克吃驚了一下。

「三十年戰爭……悲慘的三十年戰爭……」瑪蒂娜無神地說道，「爸爸曾經想要阻止這場戰爭……可是我……我不瞭解他的意思……自以為是地反抗他……」

瑪蒂娜這番話讓亨布魯克更摸不著頭緒。

「雖然……爸爸確實是做錯了事……可是……我應該給他機會……一起思考如何解決困難……結果我……不但沒能聽進他的解釋……還殺了他……」

亨布魯克震驚極了，「你……你剛才說什麼?你父親……是被你殺死的?」

「是的……我和父親因為某件事起了爭執，我在盛怒之下，拿劍刺進他的胸口……」瑪蒂娜這時突然冷靜了下來，「父親倒了下去，我以為事情就此完結，可是我的同伴卻在這時背叛我，用劍把我也砍倒在地上了。」

「這……你到底是發生了什麼事啊？」亨布魯克既驚恐又疑惑。

「我以爲我會就此死去，沒想到，爸爸竟然站了起來，用他最後的力量把我救活……」

「你的意思是……你殺了你父親，結果你父親還是要救你的命嗎？」

「父親救了我之後，生命耗盡，倒在地上，再也起不來……」瑪蒂娜說到這裡時，兩眼開始流下深紅的血淚。

42

亨布魯克看見瑪蒂娜眼角流出血，嚇得倒退幾步，「你……你的眼睛！怎麼會這樣？」

「啊……沒事……沒什麼……」瑪蒂娜趕緊把眼淚擦乾，「我的眼淚，和一般人不同，是紅色的。」

「你說那是你的眼淚？可是我看那明明是血啊！你的眼睛眞的沒有受傷嗎？」

「沒事的，眞的沒事，我只要休息一下就好了。」

亨布魯克這時突然想起半年前第一次和瑪蒂娜見面，瑪蒂娜突然離開，留下一灘血在地上的事。

「你果然……不是一般的正常人……」亨布魯克嘆了口氣，「不過，爲什麼你要對我說這些事呢？這應該是你很痛苦的回憶。」

「我一直很想找個神父來進行告解，但都沒有機會。」瑪蒂娜這時情緒稍微緩和些，「雖然您是新教牧師，可是把心裡的話告訴您，好像也有告解的效果呢。」

「我們新教牧師雖然不像天主教神父那樣爲人告解，可是我們也會和心裡有煩惱的教友面談。」亨布魯克說道，「如果你有什麼煩惱，不妨和我談談吧。我保證絕不會批評你。我也會通知其他的牧師比照辦理。」

「謝謝您，牧師。」

亨布魯克望向瑪蒂娜手上的拉丁文版聖經，「拉丁文很深奧，你竟然能看得懂，這表示你的學問也不錯。」

「沒那回事……我也只是一知半解而已……」

「這個地方的人們講的是西拉雅語，但是他們沒有自己的文字。」亨布魯克向瑪蒂娜提議，「我正在進行用羅馬拼音抄寫西拉雅語聖經的工作。你有沒有興趣參與這項工作呢？」

「我很願意幫忙，可是我不懂西拉雅語……」

「我可以請達萊教你。」亨布魯克說道，「達萊也是抄寫聖經的工作人員，他每天都會到教堂裡進行抄寫工作。我可以請他在晚上的時候留下一點時間教你西拉雅語以及羅馬拼音。」

一想到要和達萊單獨在教堂裡，瑪蒂娜突然覺得有些尷尬。

看見瑪蒂娜似乎有些為難，亨布魯克趕緊說明，「這個地方的原住民對外來的人是沒有偏見的，所以不必擔心他們會用異樣的眼光來看待你，尤其達萊更是如此。」

「我不是擔心這個……不過，我願意接受您的提議，反正我在這裡也沒有其他的事可以做。」

43

達萊知道他被委託要教瑪蒂娜西拉雅語時，高興得不得了。天還沒黑，他就守候在瑪蒂娜的棺材前。

瑪蒂娜醒來，把棺材板打開，還沒從棺材裡爬出來的時候，達萊就興奮地呼喊，「瑪蒂娜！牧師說從今以後我要教你西拉雅語還有羅馬拼音！」

瑪蒂娜愣了一下，達萊這樣的行爲就好像闖進剛睡醒的女生的房間裡，這是非常失禮又冒昧的行爲，但是瑪蒂娜一點都沒有生氣。

「是的……從今以後請多指教了。」

「你應該餓了吧？先吃點東西吧！」

瑪蒂娜與達萊來到用餐室，發現池烈已經在那裡。池烈依然帶著裝蛇的竹簍。桌上一樣擺著果子，瑪蒂娜拿起果子，咬了幾口，果子就乾枯了。

「我今天不吃蛇。」瑪蒂娜說，「只要果子就可以了。」

達萊把瑪蒂娜的話翻譯給池烈聽，池烈有點失望。

「等你學了西拉雅語，就可以直接跟池烈溝通了。」達萊說道，「池烈真的很喜歡你呢！」

瑪蒂娜一陣臉紅，趕緊轉移話題，「你要教我西拉雅語，你打算怎麼教呢？」

「我會給你一本羅馬拼音寫成的西拉雅語聖經。」達萊比手劃腳地說道，「你只要照著羅馬拼音唸，很快就能學會發音。你也懂聖經，所以拼音的意思也能瞭解。你只要把西拉雅語聖經讀過一遍，相信很快就能學會我們的語言了。」

瑪蒂娜目瞪口呆地望著達萊。

「怎麼了？有什麼問題嗎？」看到瑪蒂娜這樣望著自己，達萊有點不好意思。

「沒有……沒問題，」瑪蒂娜用一種佩服的眼神看著達萊，「事實上，這個方法太妙了，這是你自己想出來的嗎？」

「是啊。」達萊點了頭。

「對不起，」瑪蒂娜羞愧地說道，「我一直把你們當成頭腦不好，沒有文化沒有知識的野蠻人，我爲我的傲慢感到慚愧……」

「你不需要道歉啦，我覺得你並沒有瞧不起我們啊！」達萊笑著說，「要學習的東西還有很多，我也不敢說自己多有知識啊！」

瑪蒂娜這時才眞正明白，何以亨布魯克如此看重達萊，甚至想安排達萊去歐洲留學。

這時候，教堂外面突然傳出吵雜的聲音，好像有許多人在喊叫。

「奇怪，外面怎麼這麼吵啊？」達萊離開位置到教堂外面看看發生什麼事。

不久之後，達萊焦急地跑進來。

「不好了！」他驚慌地大喊，「有山豬！好大的山豬！闖進村子裡來了！」

44

達萊和池烈都跑出教堂去幫忙趕山豬。

瑪蒂娜坐在教堂裡，她不知道是否該出去幫忙。

也許是基於防衛心理，她不想讓太多人知道她的存在。在她過去的經驗裡，當別人知道她奇特的行爲舉止時常帶給她很大的麻煩甚至是殺身之禍。

池烈和達萊都是勇士，他們一定有豐富的打山豬經驗！瑪蒂娜如此安慰自己。他們沒問題的！所以我就好好待在這裡，不要讓任何人發現！

但是，今晚烏雲密布，星夜無光，因此外面非常暗，幾乎是伸手不見五指。瑪蒂娜儘量不去想這些對人們不利的因素，只是低下頭來努力禱告。

時間一分一秒地過去，瑪蒂娜在祈禱，腦中不斷浮現山豬的影像。

她曾在山裡遇過山豬。山豬有著一對巨大的尖牙，只要被劃到很容易重傷，更可怕的是，山豬的衝撞速度很快，體積龐大的山豬一旦撞到人，那人就算不死也去了半條命。

達萊的體格很瘦小，萬一那山豬像座小山一樣大豈不是很危險？

瑪蒂娜越想越擔心，幾乎是坐立難安。

就在這時，有個人跑進教堂裡，那個人正是達萊。

「瑪蒂娜，快點來救命啊！」達萊大喊著，「池烈受傷了！」

瑪蒂娜還沒回神過來，達萊已經抓著她的手帶她來到教堂外面。

達萊走得很急，瑪蒂娜亦步亦趨地跟著，不久之後來到一個廣場。

雖然天很暗，但是瑪蒂娜還是看得很清楚，廣場上有許多受傷的人，有些人在呻吟，有些人則躺在地上動也不動。

瑪蒂娜一眼就看到池烈所在位置，他的腹部受了傷，許多血流了出來。

有幾個人在交談，瑪蒂娜聽不懂他們說的話，她去看了幾個躺在地上不動的人，確認他們只是昏過去沒有生命危險後才到池烈身邊。

「那隻山豬很巨大，我從未見過那麼大的山豬！」達萊對瑪蒂娜說道，「我們十幾個人一起合作，不但抓不到牠，好多人還被牠撞傷。」

在這麼晚的時候還能一下子動員這麼多人，這讓瑪蒂娜有些讚嘆。

瑪蒂娜治好池烈的傷之後，順便把其他受傷的人也治好了。

村人們對瑪蒂娜道謝之後，又開始交頭接耳地談論。

「他們在說什麼？」瑪蒂娜有點在意村人是否在談論自己，於是問達萊。

「他們說要繼續抓山豬，或至少把山豬趕出村子。」達萊說，「讓那麼大的山豬在村子裡亂竄太危險了。」

「可是現在天很暗，視線不良。」瑪蒂娜問道，「我看你們也沒有帶火把，這樣要怎麼辨別方向？」

「我們用手上的鈴鐺來辨認彼此的方向。」達萊揮動手臂上的鈴鐺回應道，「但是正如你所說，現在太暗了，我們很難掌握山豬的動向……」

達萊話還沒說完，從遠方就傳來一陣咚隆咚隆的聲音，地板開始晃動，好像地震一樣。

45

在瑪蒂娜還沒搞清楚是怎麼一回事之前，周圍的村人們已經站起來警戒。

「小心！山豬要來了！」達萊對瑪蒂娜說道，「你站在這裡吧！」

村人們拿起刀或槍圍成一個大圓圈面向圈外，瑪蒂娜就站在圈子裡。

山豬的腳步聲越來越響，不久之後，村人們突然都面向同一個方向。

什麼？山豬已經到了嗎？瑪蒂娜在心中驚嘆，在黑暗中，他們應該看得沒有我清楚，可是他們竟然能光憑聲音就知道山豬來襲的方向！

山豬確實出現了，牠往村人們聚集的方向狂奔，幾個村人往前丟出標槍，其中一支標槍射中山豬，可是山豬稍微退了一下之後又繼續往前衝。

瑪蒂娜看見山豬了，那山豬幾乎和人一樣高，寬度則相當於一個人展開雙臂，牠沒有跑得很快，可是氣勢驚人。

「糟了！牠往這裡來了！」達萊焦急地說，「瑪蒂娜，你先離開這裡吧！我帶你到林子裡，那裡比較安全！」

達萊話剛說完，山豬就衝向他。他閃開之後抓著瑪蒂娜的手往樹林狂奔，其他的村人則把山豬圍起來。

呃……達萊……跑得還真快啊！瑪蒂娜覺得自己都快跟不上達萊的腳步了。

當他們跑進樹林裡時就聽到村人們的慘叫聲。

瑪蒂娜回頭一看，村人們正在和山豬纏鬥。他們拿起獵刀要砍山豬，可是山豬的力量很大，光是轉身甚至就可以把人撞倒。

有好幾個人倒在地上了，有些人的肚子破了個洞，有些人則是胸口裂開。

「不行！我不能就這樣走掉！」

瑪蒂娜話剛說完，就衝出林子往山豬的方向狂奔。達萊還來不及叫住她，她已經站在山豬的面前。

瑪蒂娜抓住山豬的頭，山豬的衝擊力讓她覺得全身都在震動。

她咬緊牙關，和山豬角力了一陣子之後，一轉身將山豬摔在地上。

村人們看見山豬被摔倒了，驚訝得說不出話，他們不敢相信一個體格嬌小的女人竟然能擊倒這麼大的山豬。但是他們吃驚的同時也沒停下手上的動作，紛紛用槍或刀攻擊山豬，山豬沒多久就不動了。

46

「你眞是太厲害了！」達萊用一種崇拜的眼神看著瑪蒂娜，「沒想到你的力氣那麼大！竟然能摔倒那麼大的山豬，眞是太驚人了！」

「是……是這樣子的嗎？」瑪蒂娜感到有點不好意思，她看見村人們正在熱切地談論，有幾個人還用一種好奇的眼睛看著她。

「大家都在稱讚你，說你是勇士呢！」達萊興奮地說。

「不，這是因爲山豬已經受傷，我才能戰勝。話說回來，達萊你跑步速度還眞快，我光是要跟上你都有些吃力呢！」

「這沒什麼……論腳力，這裡的每一個人都比我行……」達萊不好意思地說，「我遇到野獸從來沒打贏過，總是要逃命。如果跑得慢了，我可能早就死了……」

瑪蒂娜陷入了沉思，她在打倒山豬後其實有點後悔自己的莽撞行動。在歐洲時她曾經幫一群旅人打跑了強盜，但是她展現出來的可怕力量卻反而讓旅人們懷疑她是魔女而要殺死她。

但是，這個村子幾乎沒有人把她當成怪物，這點讓她感到很欣慰。

「經常會有山豬跑進你們的村子裡嗎？」瑪蒂娜轉移話題問道。

「不，這也是我第一次看見山豬跑進村子裡，以前從未發生這種事。」達萊不解地說，「我不知道爲什麼山豬會跑進來，而且還是這麼大的一隻山豬。」

「也許，牠是因爲原有的棲息地遭到颱風破壞，爲了找食物而到處走動，因此闖進村子裡吧……」瑪蒂娜邊說邊環顧四周，發現爲數不少的房屋殘骸。看來村人還沒完全從這場颱風造成的破壞復原。她突然覺得村人們很可憐，可是這時村人們卻興高采烈地歡呼。

「只不過是打倒了一隻山豬，有必要高興成那樣嗎？」瑪蒂娜疑惑地向達萊問道。

「當然值得高興啊！爲什麼不高興呢？」

「可是，大家的房子，在颱風當中都受到摧殘，這不是很悲慘嗎？」

「房子壞了再蓋就好啦！」

「……」

瑪蒂娜一言不語地看著達萊，又看看正在慶祝的村人，不知該如何評論他們的樂觀。

村人們的慶祝持續了一整晚。

47

到了第二天晚上，瑪蒂娜剛離開棺材，達萊就興沖沖地跑來找她。

「瑪蒂娜！快點過來吧！」達萊非常興奮，「大家正在外面慶祝打敗大山豬，你也一起來吧！」

「大山豬？是昨天那隻大山豬嗎？」瑪蒂娜感到很訝異，「昨天你們已經慶祝一整晚了，今天還要慶祝嗎？」

「當然要啊！今天的慶祝才是眞正的慶祝！我們一起走吧！」

達萊於是就拉著瑪蒂娜的手離開教堂前往廣場。

還沒到廣場，瑪蒂娜就聽到喧鬧聲，那是原住民的歌聲與叫聲。快到廣場的時候，她遠遠地望見廣場上有一個很大的篝火，篝火周圍有許多烤肉串。幾個村人坐在篝火前吃烤肉，許多人在篝火附近唱歌跳舞。

「你是打敗大山豬的勇士，大家都在等你呢！」

「是……嗎……」瑪蒂娜突然感到身體有點不舒服，腳步也慢了下來。

那個篝火，是由許多樹枝與木材構成。篝火的體積不小，長約三公尺，寬約二公尺。瑪蒂娜一接近這篝火，就感到身體變得沉重，呼吸也開始感到困難。

「不……不行了……」瑪蒂娜停下腳步，好像要虛脫一樣在喘氣。

篝火就在眼前二十步左右的距離，瑪蒂娜卻已無法再往前走一步。

「你怎麼了？怎麼氣色突然變得這麼差？」瑪蒂娜突然變得虛弱讓達萊很吃驚。

「對不起……」瑪蒂娜覺得頭昏腦脹，幾乎要站不穩，「我……我不能接近那個火堆……因爲它的火光太強烈……」

達萊驚訝極了，「原來你……不只害怕陽光，連火光也害怕嗎？」

「如果只是蠟燭般的小火並沒有影響，可是那個篝火的火焰太強烈，我不能靠近。」瑪蒂娜原本就很蒼白的臉色此時更加蒼白，「我要先……在這裡休息一下……」

她於是就搖搖晃晃地走到旁邊一棵樹下坐下來休息。

「眞是太可惜了……」達萊覺得很遺憾，「沒有篝火的慶祝，不算眞正的慶祝。可是你卻怕篝火……」

「麻煩你告訴大家，我無法參加你們的慶祝會。」瑪蒂娜利用樹幹擋住火光之後身體稍微舒服一點，「讓大家掃興，眞是不好意思。」

「不，該道歉的是我。」達萊臉上浮現羞愧，「我沒有考慮到你的不便就帶你來這裡，是我的錯……」

達萊於是就跑到篝火附近告訴村人瑪蒂娜不能參與慶祝，村人們聽到後都表示很驚訝。

「那麼厲害的勇士，竟然會怕火！」

「太可惜了，本來想和她一起在篝火旁跳舞呢！」

村人們紛紛表達遺憾。這時，有一位女性村人拿出一塊腐肉給達萊。

「這是我家最好吃的東西，麻煩你拿給那位勇士吧！就當作是幫我們打倒大山豬的謝禮。」

達萊帶著腐肉，跑到瑪蒂娜休息的樹下。

「這個給你吃。」他把腐肉拿到瑪蒂娜面前，「感謝你幫忙打敗大山豬，這是村人的謝禮。」

瑪蒂娜一看那腐肉，上面爬滿白色的蛆，在月光照射下蛆的身體閃閃發亮。

「多謝了。」她抓起幾隻蛆塞到嘴裡，開始咀嚼了起來。

「好吃嗎？」

「我其實嚐不出味道，不過蛆的生命能量對我有幫助。」

「是嗎？眞是太好了。」達萊鬆了一口氣，「以前我把這個拿給亨布魯克牧師的時候，牧師好像受到很大的驚嚇，還叫我以後不要把這個拿給任何人。」

「呵呵，我知道歐洲人根本不會吃這種東西。」瑪蒂娜想像亨布魯克看到一堆蛆的恐慌表情，不禁面露苦笑。

「可是這個眞的很好吃呢，我們只有在慶祝的時候才會拿出來吃。」達萊不解地問道，「爲什麼歐洲人不喜歡呢？」

「應該是風俗習慣不同吧。」瑪蒂娜苦笑地說道，「我在歐洲時，曾經因爲吃蛆被人看到而被以爲是妖魔鬼怪呢。」

瑪蒂娜把腐肉上的蛆吃完後，身體舒服多了。

達萊看瑪蒂娜氣色變好，心裡感到很高興，「吃了慶祝的食物，這樣也算是有參加慶祝了。」

達萊與瑪蒂娜道別後就跑去篝火那裡和村人一起跳舞，瑪蒂娜則回到教堂從她的棺材裡拿出聖經來看。

48

麻豆社的村落有許多空曠的廣場，這些廣場每晚都會架設篝火。除非遇到大雨，否則篝火通常都是燒一整晚。

達萊本來想帶瑪蒂娜到村裡逛逛，就是因爲這些篝火，使得瑪蒂娜很難在村裡自由行動，只好讓她每晚留在教堂裡幫忙做抄寫聖經的工作。

瑪蒂娜漸漸學會西拉雅語以及羅馬拼音。她在幫達萊抄寫西拉雅語聖經的同時也感到心靈平靜。有一天晚上，達萊向瑪蒂娜表示很擔心父親的身體健康。

「父親現在病得很厲害，只能躺在床上。」達萊憂愁地說道，「他年紀已經很大了，我覺得他似乎快要離開我了。」

「他幾歲？」

「今年五十四。」

「五十四歲？」瑪蒂娜微微地感到驚訝，「你還不到二十歲，你父親就已經五十幾歲了嗎？」

「在他們那個年代的習俗就是快四十歲的時候才能生孩子。」達萊說道，「亨布魯克牧師說這樣是不對的，應該要在二十幾歲的時候就生小孩。」

「風俗習慣差異的事，我不予置評。」瑪蒂娜說道，「你父親現在病重，如果可以的話，我想試看看能否幫你的父親治療身體。」

「就像你當初幫我治好腳傷那樣嗎？」瑪蒂娜的提議讓達萊很開心，「我現在就帶你去看父親。他住在田裡的小屋，那裡不會有篝火，所以你不用擔心身體會被火光傷害。」

達萊於是就帶著瑪蒂娜到父親住的小屋。

瑪蒂娜一進小屋，就看見一個面容嚴肅的老人躺在石頭堆成的床上。

「您……您好……」瑪蒂娜緊張地打招呼，「我是達萊的朋友，我叫瑪蒂娜。」

達萊的父親瞪著天花板，沒有反應。

「瑪蒂娜是來幫你驅除疾病的。」達萊對父親說道，「她很厲害喔，我受傷的時候就是她幫我治好的。」

達萊的父親還是沒有任何反應。

他已經病得無法說話了嗎？瑪蒂娜走到達萊父親的身邊，將手按在對方額頭上。

「我們在天上的父，願人都尊你的名爲聖……」

瑪蒂娜不斷地唸著禱告詞，將自己的生命力量傳送到對方身上。

可是，她的力量一傳到對方身上，就好像被什麼東西吸走一樣，一下子就消失了。

這是怎麼回事？

瑪蒂娜又試了一陣子，還是徒勞無功，達萊父親的病情似乎沒有任何好轉。

「達萊，現在很晚了，你先回去吧！」瑪蒂娜對達萊說道，「你父親的狀況……有點麻煩，我可能要多花點時間。」

達萊看瑪蒂娜苦惱的樣子，雖然覺得很憂慮但也只能先回去。

「那就麻煩你了。」

達萊於是離開小屋，只留下父親以及瑪蒂娜在小屋裡。

49

達萊離開之後，瑪蒂娜繼續嘗試替達萊的父親進行治療。

奇怪，這個人的體質比較特殊嗎？為什麼我的治療都沒有效果？

她不斷傳送生命力量，自己也感到有些疲勞，於是坐在床邊休息。

「你是達萊的朋友？」

達萊的父親突然開口說話，瑪蒂娜嚇了一跳。

「您……醒了？」

「從你進到這屋子裡的時候，我就一直醒著。」

達萊的父親看起來好像不太高興的樣子，瑪蒂娜有點擔心自己是不是冒犯到對方。

「對不起，我是受達萊的委託來幫您治病的。」瑪蒂娜向對方行禮，「如果有冒犯之處，還請見諒。」

「我即將要離開人世。」達萊的父親說道，「我其實並沒有生病，我只是靈魂與身體已經到了要分離的時刻。」

達萊父親的聲音，雖然沒有很宏亮，但也沒有很虛弱。看他說話的樣子，並不像是重病將死的人。

「您說您的身體與靈魂即將分離？」瑪蒂娜疑惑地問道，「那不就等於是要進入死亡嗎？」

「那並不是死亡，只是生命型態的轉變。」達萊的父親喃喃地說道，「生命的型態有很多種，肉體只是其中一種。」

達萊父親的話讓瑪蒂娜完全摸不著頭緒。如果達萊的父親真的沒有生病，是否就能解釋為何瑪蒂娜的治療沒有效果？至於死亡其實是生命型態的轉變，瑪蒂娜從未想過這件事，她一直以為人死了之後就是到了另一個未知的世界。

瑪蒂娜在沉思的時候，達萊的父親繼續說道，「達萊是個好孩子，可惜卻被基督教給污染了。」

「這話怎麼說？」瑪蒂娜覺得對方的話攻擊到很多人，包括瑪蒂娜自己。

「基督教太強調個人責任。」達萊的父親盯著天花板說道，「這讓達萊陷入一種自卑的情緒裡，因為他總是在打獵時拖累大家。」

「每個人本來就要負起自己的責任，這有什麼問題嗎？」瑪蒂娜不知不覺地想爭辯，「至於達萊會自卑，可能是因為他的體格不如人的關係。會有這樣的想法不也是很正常嗎？」

「在我們麻豆社的傳統教育下長大的人，只會專注享受打獵的過程，不會在意結果。但是達萊卻不是這樣。」達萊的父親說道，「就是因為他太在乎結果，才會不顧同伴跑出去追野鹿而受傷。」

「達萊認為那是他的責任，他想要負起這個責任。」瑪蒂娜說道，「我認為這是他的美德。」

「他的心太過緊張，因此靈魂無法進入更高的層次。」達萊的父親閉上了眼睛，「自從他接受基督教以後，就變得會為一些小事緊張了，真是可惜……」

瑪蒂娜並不瞭解原住民的信仰，達萊父親的話對她來說非常艱深難懂。她可以理解原住民被荷蘭人征服會感到憤怒與失落。但是要說荷蘭人帶來的基督教是污染原住民心靈的東西，她是完全不能接受的。

達萊的父親似乎睡著了。瑪蒂娜因為治療無效，只好也離開小屋。

50

幾天之後，達萊的父親去世了。

達萊很哀傷，提不起勁做抄寫工作。瑪蒂娜也是一副失落的樣子。兩個人就坐在抄寫桌旁發呆。

「我父親沒有接受耶穌基督做他的救主。」達萊憂愁地說道，「那他的靈魂，現在是不是已經在地獄裡了呢？」

「我不知道……」瑪蒂娜有氣無力地回應，「你的父親……是個很奇特的人……我從未遇過那樣的人……」

「他的想法，非常老舊，總是認為荷蘭人都是侵略者、壞東西。」達萊遺憾地說道，「我跟他說牧師是好人，他卻說什麼牧師帶來的壞影響比東印度公司還要大。」

「他可能認為東印度公司只是侵略原住民的財產，荷蘭傳教士卻是侵略原住民的心靈。」瑪蒂娜回想與達萊父親見面時的情景，試著想要理出頭緒，「我不清楚他是怎麼想的，總覺得，他對道德的看法，和我們似乎有些差距……」

「我父親說就是因為荷蘭人沒有道德，所以才要強調道德。」達萊說道，「他說荷蘭人的道德是死的，我也不懂他到底在說什麼。」

兩人談話的聲音傳到外面，亨布魯克聽到後就好奇地進來看看。

「你們在談論什麼事呢？」亨布魯克有點責備地說道，「我要你們兩個一起工作，是希望能加快抄寫進度。你們可不要因爲有人聊天反而延誤工作了。」

「對不起，牧師。」瑪蒂娜表示道歉，「因爲達萊的父親去世了，所以他心情不好。」

「喔，達萊的父親。」亨布魯克沉默了一下，「他是個堅持原住民傳統信仰的人，我拜訪過他一次，那一次雙方都很不愉快。」

「原住民的信仰……到底是什麼呢？」瑪蒂娜疑惑地問道。

「都是一些沒有根據的迷信罷了。就是因爲這些迷信，原住民才會這麼落後。」亨布魯克直接了當地回答。

可是，瑪蒂娜卻不覺得原住民的信仰只是迷信。與達萊父親見面的那個晚上似乎讓她感受到某個東西，雖然她說不上來。

「達萊如果覺得心情不好，今天早點回家也沒關係。」亨布魯克說道，「抄寫聖經是上帝拯救人們的事工，最好還是用歡喜的心來做比較好。」

「我沒問題的，牧師。」達萊露出微笑，「我相信只要做這個工作，父親的靈魂也會得救的。」

51

幾天之後，在揆一的辦公室，揆一很不高興地盯著手上的文件。

「淡水地區的原住民發動叛亂！」揆一把文件丟在桌上輕蔑地說，「這些沒教養的野蠻人！要他們種田竟然就叛亂！」

「可是，據說這是因爲我們的人毆打原住民，所以才……」

漢斯話還沒說完就被打斷。

「我不想聽叛亂的理由！」揆一生氣地說道，「我們要把煽動叛亂的人找出來！並且嚴加懲罰！」

「是的，是的……」漢斯唯唯諾諾地報告，「另外還有一件事，就是亨布魯克牧師說有一位移民到這裡的歐洲女性，她是波希米亞人，可是她好像沒有身分證，牧師希望能幫她申請身分證……」

「我現在沒空去管身分證這種小事！」揆一不耐煩地說，「我們要在反抗勢力還沒坐大前制止它！你趕快去做視察的準備！」

漢斯於是慌張地走出辦公室。

另外一方面，拉迪斯一如往常地在安東妮雅家裡値勤。

大廳裡只有他一人，他悠閒地坐在椅子上。

這椅子坐起來真舒服，應該很昂貴吧？

「你在想什麼呢？」

突然出現女人的聲音，把拉迪斯嚇了一大跳。

安東妮雅不知何時出現在拉迪斯旁邊。

「沒有……沒什麼……夫人……」拉迪斯趕緊起身，「對不起，我不知道您已經到了。」

「我一直都在這裡，在你還沒到的時候。」安東妮雅露出詭異的微笑，「明天是基督教的安息日，我想要去這個地方的教堂拜訪一下，因此明天要請你看家。」

「您的意思是說我明天不能休假嗎？」

「你可以後天休假，還是說你明天也要上教堂？」安東妮雅說這句話的同時態度有點輕蔑。

「沒有……沒有，我知道了，看家的事包在我身上。」拉迪斯回應的同時心裡也在嘀咕，真是的，最近夫人總是這樣一聲不響地突然出現，她是幽靈嗎？

52

到了安息日，教堂裡擠滿了來禮拜的村民。

「沒想到這裡的信眾那麼多，」安東妮雅站在教堂門外張望，「不過好像都是當地人，除了牧師以外沒看到有歐洲人呢！」

「對不起，請問您也是要來做禮拜的嗎？」有一位牧師發現安東妮雅在門外，於是過來問候。

「噢！不，我只是來找人而已。聽說有個歐洲女人住在這裡，她在哪裡呢？」

「她白天都在睡覺，晚上才會醒來，您找她有什麼事呢？要不要我轉告？」

「哦~晚上才會醒來，」安東妮雅不禁嘴角上揚，「那我晚上再來找她好了。」

她說完後就離去，留下一臉錯愕的牧師。

到了深夜，瑪蒂娜在教堂的聚會廳裡祈禱。

達萊已經先回去了，整個聚會廳裡空蕩蕩的，沒有其他人。

「你爲什麼在這裡做沒有意義的事呢？」

一個女人的聲音打斷了祈禱，瑪蒂娜驚訝地抬起頭，發現不知何時，她的旁邊已經坐著一位婦人。

「呃……請問……您有什麼事嗎？」旁邊突然出現一個人讓瑪蒂娜有點嚇一跳。

「我叫做安東妮雅，」婦人說道，「我知道你是什麼東西。」

瑪蒂娜立刻警戒起來。

「人之所以尋求宗教，是因為人會死。」安東妮雅說道，「死亡令人感到不安，所以人才需要宗教來平衡內心。」她隨後盯著瑪蒂娜看，「對於不死者而言，宗教並沒有意義，不是嗎？」

「我不同意你說的，」瑪蒂娜也盯著安東妮雅，「人們尋求神並不完全是害怕死亡，更多的是要找到人生的意義。」她隨後看向講臺上的十字架，「而且，我也不是什麼不死者，你可能搞錯了。」

「神是人創造出來的，」安東妮雅微微一笑，「人因為自身的無力，所以會想像出一個大有能力的神作為心靈寄託的對象。」

「我以前認識一個人，說過和你相同的話，」瑪蒂娜不悅地說，「而他是我所見過最卑鄙的人！」

「卑鄙不卑鄙，只是價值觀的認定不同，」安東妮雅以一種無關緊要的口吻說道，「同樣的，善與惡，正與邪，都只是人類創造出來的觀念。世間其實沒有什麼善惡與正邪。」

「你廢話說夠了嗎？」瑪蒂娜愈來愈生氣了，「沒事的話，請你離開這裡！」

「我們會再見面的。」安東妮雅站了起來，「到時候，還要請你多多指教。」

瑪蒂娜抬起頭來看向安東妮雅，卻發現對方突然消失了。

「奇怪的人……」瑪蒂娜喃喃自語的同時，心裡浮現出不祥的預感。

53

幾天以後，達萊在進行抄寫聖經的工作時，池烈突然來找他。

「我們，有事，要請你，幫忙。」池烈說，「是關於，打獵。」

「打獵？你們是要我參加打獵嗎？」達萊訝異地說，「我打獵技巧不好，就算沒有我也不影響大家吧？」

「我們，想請你，幫忙，賣，獵物。」

「這是什麼意思？」達萊更訝異了，「賣獵物你們不會自己去賣嗎？」

「我們，賣的，價錢，不好。」

達萊立刻知道池烈的意思了。

由於荷蘭東印度公司提高了漢人交易商的稅賦，漢人交易商為了增加收益，把原住民獵獲物的價格壓得很低，這造成了許多原住民生活困難。有些原住民於是就會去找無照商人進行交易，由於這是非法的行為，交易雙方都承擔很高的風險，因此能進行這樣的交易者都是極少數。

達萊知道同伴們希望由他幫大家把獵獲物賣給無照商人，這樣可以賣到比較多的錢，大家的生活也比較能過得下去。

「我知道了，」達萊對池烈說，「你跟大家說，我很願意幫忙。」

「謝謝！謝謝達萊！」池烈高興地回去了。

池烈回去後，達萊陷入沉思。

好久沒有去看蘇六大哥了。

不知他現在是否安好？

「你又要去找蘇六那個非法商人嗎？」不知何時，亨布魯克已經來到達萊身旁。

「牧師……」達萊滿臉通紅，「蘇六他是好人，我不明白為何不能跟他交易。」

「這是為了確保公司利益的政策。」亨布魯克嘆了口氣。

雖然亨布魯克身兼荷蘭行政官，有義務要檢舉非法交易，但是考量到原住民生活困苦，加上他很關照達萊，因此對於達萊與蘇六的非法交易總是睜一隻眼閉一隻眼。然而自從對外貿易被鄭成功切斷之後，公司財務急速惡化，之前的颱風又重創尚未收成的農作物，荷蘭東印度公司為了彌補損失只好增加漢人的稅賦，並且嚴加取締非法交易。亨布魯克擔心達萊與蘇六的非法交易被其他人發現恐怕會有生命危險。

亨布魯克雖然想阻止達萊去找蘇六，可是他知道達萊絕不會退讓。從達萊完全無法理解不能進行交易的邏輯，就可以知道達萊絕不可能為了不知所謂的公司利益就犧牲村裡同伴的福祉。

「你去找蘇六時要小心，」亨布魯克慈祥地叮嚀著，「萬一你被荷蘭的官員發現，我會保護你的。」

54

達萊把池烈拜託的事告訴瑪蒂娜。

「因爲現在抓非法交易很緊，所以只能在晚上進行。」達萊說道，「因此，我這幾天晚上應該是不會在教堂裡。」

「做這種非法的事，不太好吧？」瑪蒂娜有點擔心地說，「萬一被查獲，恐怕會有生命危險……」

「村裡的兄弟們平常很照顧我，我應該要回報他們。至於生命危險……我們每天都處在生命危險當中啊。」

不論是打獵、天然災害還是疾病，原住民總是處在生死交關的場合，從小就住在城堡裡被呵護長大的瑪蒂娜最近才逐漸瞭解到這點。

自從瑪蒂娜住進教堂後，即使是在半夜還是常聽到有村民在唱歌，這讓她很不解。

「你們的生命總是受到威脅，爲什麼還能這麼快樂地度過每一天呢？」

「正是因爲生命隨時會消失，所以才要在生命還在時盡情快樂啊。」達萊的表情好像瑪蒂娜問這個問題很奇怪似的，「痛苦地過是一天，快樂地過也是一天，既然如此，爲什麼不快樂地過呢？」

瑪蒂娜沉默了，她不知該如何回應原住民的這種樂觀。

「既然如此，」沉默了一陣子之後，瑪蒂娜再度開口，「我和你一起去吧！」

「咦？你要和我一起去？」達萊顯得有些爲難，「可是，當初蘇六大哥說你是個會害人的鬼怪……我想他可能很怕你……」

「如果他對我有誤會，我會向他解釋。」

「而且，如果被官員查到，你會被連累……」

「我早已習慣被人拿著刀子在後面追趕了。」

這次換達萊沉默了。

「話說回來，村人委託你販賣的獵獲物應該很多，」瑪蒂娜補充說道，「你一個人也沒辦法拿吧？我可以幫你減輕負擔。」

達萊想了一陣子之後，點頭答應。

「如果出了什麼事的話，你不要管我，自己要先逃走喔！」達萊如此叮嚀。

瑪蒂娜只是微笑，一句話也不說。

55

第二天早上，達萊跑去蘇六家裡。

「兄弟！好久不見啊！爲什麼現在都看不到你了？」

「對不起，蘇六大哥，我現在已經很少打獵了。」

達萊把在教堂的工作對蘇六說明，蘇六一臉惋惜。

「不過，今天晚上，我會把村裡同伴打到的獵物拿來賣。」

「眞的嗎！太好啦！」

於是兩人協議好今晚見面的地方。

到了傍晚時，池烈以及幾個村人把獵獲物拿到教堂裡，達萊於是開始整理這些東西。等瑪蒂娜醒來的時候，達萊已經把要賣的東西都包裹好了。

「這個給你拿吧。」達萊特地把比較小的那一份包裹交給瑪蒂娜，自己則揹起比較大的那一份，可是走沒幾步身體就搖搖晃晃。

「還是都讓我拿吧，你只要帶路就好，晚上很暗的。」瑪蒂娜於是就接過達萊的包裹，這包裹幾乎快跟她的身體一樣大，可是她很輕易地就揹起來。

達萊很不好意思地帶瑪蒂娜走出教堂。

一路上，達萊一句話也沒說，他前進的同時也小心翼翼地觀察四周，瑪蒂娜知道他是怕被人發覺，因此也不說任何一句話。

走了好一陣子之後，他們總算來到與蘇六約定的交易地點，那個地方是一個河口。

蘇六站在一艘停在岸邊的小船上，他發現來的人是達萊就猛烈地揮手。

「請你把東西放在船上。」達萊小聲地對瑪蒂娜說。

瑪蒂娜於是走向小船，當蘇六看到她慘白的臉頰時，不由得打了一個寒顫。

瑪蒂娜默不作聲地放下東西，蘇六也一句話都不說，冒著冷汗把東西秤重算價。

計算完成後，蘇六把錢交給達萊，然後就把小船開走了。

「今晚很順利，」達萊對瑪蒂娜說，「這要感謝你，如果沒有你，我無法這麼快就把東西拿到這裡。」

「不必客氣，」瑪蒂娜微微一笑，「我覺得這個工作沒什麼難度啊。」

56

第二天，當池烈又把獵獲物帶來時，達萊便把昨天交易的錢拿給池烈。

「這一部分……是要……給你的。」池烈把不少錢拿給達萊，不過達萊只願意收一點點。

到了晚上，瑪蒂娜一樣幫達萊搬東西。

今天的交易地點一樣是在河口，不過和昨天的位置不一樣。

蘇六依然用一副驚恐的樣子看著瑪蒂娜，瑪蒂娜也發覺對方在害怕自己，但是爲了避免引人耳目，她並沒有說話。

祕密的交易持續了幾天之後，有一天早上蘇六突然跑到教堂來找達萊。

蘇六走進達萊進行抄寫工作的小房間，隔壁的房間放著瑪蒂娜的棺材，但是蘇六並沒有注意到。

「蘇六大哥，你怎會來這裡？」

「我說兄弟啊，」蘇六的臉色很難看，「那個跟你一起來的女人到底是誰啊？她的臉簡直就像鬼一樣慘白得可怕啊。」

「她叫瑪蒂娜，是我的朋友。」

「我這幾天都睡不好覺，」蘇六驚恐地說，「我只要看到她那個樣子就感到害怕，晚上都做惡夢呢。」

「不需要害怕啊，瑪蒂娜是個好人啊。」

「可以的話，我希望她不要來。」蘇六好像沒聽見達萊說話，「否則我會變得疑神疑鬼，這樣下去我晚上會不敢出門的！」

「沒那麼嚴重吧？」達萊爲難地說，「我都是請她幫我把東西搬到你那裡，如果沒有她，我一個晚上能拿來的東西會很少。」

「你可以請別人幫你！」蘇六依然很惶恐，「我本以爲我是個不怕鬼的人，可是看到她，我眞的覺得害怕了。」

「她不是鬼！大哥！請相信我！」達萊堅定地說道，「我們今晚在老地方見面，我會請她和你好好談一談。」

蘇六眼看說不過達萊，只好垂頭喪氣地回家。

就在蘇六快回到家時，他發現有一群漢人聚集在他的家門口，那些人看起來非常不友善。

57

當瑪蒂娜起來的時候，達萊跟她說了關於蘇六的事。

「蘇六大哥果然很怕你，以爲你是鬼。」達萊說，「我跟他約好了今晚見面的時候，由你向他解釋你不是什麼鬼怪。」

瑪蒂娜點點頭，但是心裡有點沉重。

雖然她在歐洲已經很習慣被人當成鬼怪，但是來到福爾摩沙後，被這裡的人當成怪物還是第一次，這使她多少有點感到失望。

當初亨布魯克以爲她是妖魔時她都沒這麼失望，這是因爲她對神職人員本來就有戒心，甚至即使到現在，她還是沒有完全信任亨布魯克，儘管她認爲亨布魯克是個好人。

不過話說回來，她到目前爲止還沒有向漢人打過交道。也許漢人的文化和習慣與原住民不同？也許她眞的有些特質在漢人的文化裡就是會被當成鬼怪？這使她突然意識到，要和蘇六解釋恐怕不是件容易的事。

「你和蘇六大哥講話時要小聲一點。」達萊特別叮嚀，「其實在交易時講話是很危險的一件事，因爲隨時會有巡察的人出現。可是我覺得無論如何都要讓蘇六大哥安心。」

達萊與瑪蒂娜於是就拿起交易品出發了。

當他們到達和蘇六約好見面的地點時，卻沒看到蘇六的身影。

「咦?奇怪，蘇六大哥怎麼還沒來?他從不遲到的呀?」

「你確定是這個地方嗎?」由於每天交易的地點都不一樣，瑪蒂娜在想會不會弄錯地方了。

「不，雖然每天交易的地方都不同，但我們也只是固定的幾個點在輪流交替而已，絕對不可能搞錯的。」

「那……會不會，出事了?」瑪蒂娜突然感到不安。

「這……不會吧?」達萊這時也緊張了，「我們再等看看好了，也許蘇六大哥現在正在路上呢。」

可是，幾個小時過去了，蘇六依然沒有出現。

58

第二天，達萊到了蘇六家裡，他想知道爲什麼蘇六沒有赴約。

「我丈夫昨天被一群人抓走了。」來應門的是蘇六的妻子，她愁眉苦臉地說，「他們說他進行非法交易，要把他抓去給荷蘭人領賞金。」

達萊驚訝極了，趕緊跑回教堂找亨布魯克求助。

「我很抱歉幫不上忙，」亨布魯克爲難地表示，「如果是你被抓了，我還可以用宗教協助的名義保你，可是對於蘇六，我眞的無能爲力。」

「那……至少，能不能幫我查看看蘇六大哥現在人在哪裡？」

「我可以幫你找，不過你可別做傻事啊。」

亨布魯克於是就前往熱蘭遮城的市政廳去詢問那裡的辦事官員。

「我們確實是有收到一個抓到非法交易商人要求換賞金的案件，」官員對亨布魯克說，「可是，因爲公司現在財務困難，所以沒有發賞金給他們，而是讓他們自行處理非法商人。」

亨布魯克得知後趕緊返回教堂。

回到教堂時已經是晚上，這時瑪蒂娜也起來了。

「蘇六大哥如果不在荷蘭人那裡，那會是在哪呢？」

「我想應該是在合法的漢人交易商那裡。」亨布魯克推測道，「由於非法商人會直接侵害到自己的利益，所以這些合法的漢人交易商反而比東印度公司更加積極地尋找非法商人。」

「而一個村子裡只能有一個合法商人！」知道蘇六的下落，達萊掩不住心裡的興奮，「我知道蘇六大哥在哪裡了！我現在就去救他出來！」

「我不是叫你別做傻事嗎？」亨布魯克慌張地阻止達萊，「蘇六如果是被交到荷蘭人那裡，現在還有可能活命，但如果是落在漢人交易商手中，可能早就已經被用私刑處死了。」

「不論如何，我還是要過去！也許蘇六大哥現在還活著而且正在受苦呢！」

「我和你一起去吧！」在一旁沉默許久的瑪蒂娜這時開口。

「唉，沒辦法，隨便你們吧。」亨布魯克搖頭嘆氣，「為了避免事情鬧大，你們還是得要慎重行事呀！」

59

為了避免事情鬧大，所以要慎重行事？一路上，瑪蒂娜心裡不斷在嘀咕。

我以為他會叫我們要注意安全呢……

看來亨布魯克還是把我當成可怕的怪物……

「瑪蒂娜，你在想什麼呢？」達萊突然停下腳步問道。

「啊！沒有……沒什麼，我們快到了嗎？」

達萊指著前方一棟豪宅，「我們已經到了。」

瑪蒂娜看著這棟豪宅，雖然牆壁是用荷蘭風格的紅磚蓋的，可是屋頂以及大門的雕刻與裝潢是她從未見過的漢式風格。

「好漂亮的房子！」瑪蒂娜不由得驚嘆，「跟村人簡陋的房舍比起來，這房子實在太豪華了，簡直可以跟荷蘭人蓋的教堂媲美。」

「這是徐經這個黑心商人用不義之財蓋的！」達萊沒好氣地說，「他仗著自己的專賣權，用極低的價格向我們買東西，然後再高價賣到國外。」

「可是，低買高賣不正是商人該做的事嗎？」

「我不滿的不是低買高賣，而是爲什麼我們只能任由黑心商人喊價卻一點辦法也沒有？」達萊不高興地說，「我之所以要支持蘇六大哥這樣的非法商人，除了替村人多賺點錢，同時也是表達我對這些合法商人的抗議！」

「……」達萊的話讓瑪蒂娜沉默了一下。

豪宅大門緊閉，兩名精壯的漢子正站在門口看守。

「我們要怎麼進去呢？」瑪蒂娜望著著前面守門的人問道。

達萊走了過去，用漢語對守門人說，「我是蘇六的朋友，我要找蘇六。」

「這裡沒這個人！」守衛冷冷地回應。

「蘇六一定在這裡！你們把他抓起來了！」

「你這個番人怎麼這麼煩？我說這裡沒這個人就是沒這個人，你還不快走嗎？」

「我要找蘇六！」

「你再不走我就要打人喔！」

瑪蒂娜看著達萊和對方吵架，雖然她聽不懂漢語，但是她可以猜到達萊應該是在問對方蘇六被關在哪裡。

爭吵的聲音越來越大，不久之後，大門打開了，好幾個精壯的漢人男子走了出來，他們和達萊又爭吵了一陣子，不久之後，他們把達萊圍起來打倒在地上。

60

達萊被打倒在地，又遭到一連串的腳踢，但是他並不喊叫，只是不斷地用漢語喃喃自語。

瑪蒂娜原本以爲達萊會叫她幫忙打跑這些人，可是達萊似乎完全沒有要叫她的意思，只是不斷地試著和這些漢人溝通。

達萊不斷地被毆打，沒多久就被打得頭破血流。瑪蒂娜看到血，心裡不由得悸動了起來，她覺得她不能再看下去了。

她走了過去，一手抓住其中一個正在踢達萊的人的衣領，一反手就將對方摔得老遠。

被摔倒的人慘叫一聲，其他人看見了，一邊大聲咒罵一邊向瑪蒂娜打過來。

瑪蒂娜不慌不忙地閃過對手們的攻擊，邊閃邊出手，一下子就把所有人都摔倒了。

被摔倒的人雖然沒有明顯的外傷，可是地面的強烈撞擊還是讓他們痛苦呻吟。

瑪蒂娜解決所有人之後，趕緊過去看達萊。

達萊滿臉都是血，一副不省人事的樣子。瑪蒂娜盯著達萊臉上的血，心裡的悸動不斷湧現。

只……只是舔一下，應該沒關係吧？

她於是舔了一下達萊臉上的血。

這個感覺……真是太棒了……已經好多年沒有嚐到了……

她又繼續舔達萊臉上的血。

蛇血果然還是比不上人血……明明蛇血的生命能量比人血還高，可是……為什麼我嚐人血所得到的力量反而更多呢？

瑪蒂娜沒多久就把達萊所流出的血都舔乾淨了。

達萊依然不省人事，他臉色蒼白，很虛弱的樣子。

瑪蒂娜將手按在達萊的頭上，喃喃地念了一段禱告詞之後，達萊的氣色稍微好些。他張開眼睛，看了一下四周。

剛才毆打達萊的人，現在還躺在地上。達萊看到他們，馬上就知道是怎麼一回事。

「瑪蒂娜……謝謝你。」

61

達萊與瑪蒂娜進入了豪宅，他們走沒多久就驚動了豪宅裡的人們。

「有番人闖進來了！」

十幾名家丁衝了出來，他們每個人都拿著刀，將達萊與瑪蒂娜圍了起來。

糟糕，他們人數不少，而且有刀！瑪蒂娜心中暗叫不妙。

雖然我一個人就可以擺平他們，可是達萊沒帶武器，如果不殺死對方幾個人，我沒有信心保證達萊的安全……

殺人乃是重罪……不到最後關頭絕不能輕易動手殺人……還是先問達萊的意見吧……

「怎麼辦？達萊？要跟他們拚命嗎？」

「我不想動手，我只是要找蘇六大哥。」

「可是如果不動手，他們不會放人……」

「我會跟他們說說看。」

達萊於是用漢語說道，「我不是來找麻煩的，我只是要把蘇六帶回去！只要交出蘇六，我馬上離開！」

「蘇六是非法商人，我們不能交給你。」其中一個像是帶頭的家丁說道，「而且看起來你是蘇六的同夥，我們也不能放你走！」

達萊聽到他的話，雖然沒有任何害怕，可是陷入了煩惱。瑪蒂娜看見達萊煩惱的樣子，決定要再出頭一次。

「達萊……」瑪蒂娜輕聲地向達萊問道，「請問『交出蘇六，否則殺光你們』的漢語要怎麼說？」

達萊雖然不知道瑪蒂娜要做什麼，還是把那句話的漢語發音告訴瑪蒂娜。

瑪蒂娜於是瞬間衝到帶頭家丁的背後，同時開口露出尖牙咬住對方的頸子。

「呃啊！」

被咬住的家丁試圖反抗，可是完全動彈不得，沒多久就翻了白眼。

這一切都發生得太突然了，其他家丁一下子陷入恐慌當中。瑪蒂娜瞪著他們，雙眼閃爍著紅光，張開血盆大口露出尖牙用漢語吼道，「交出蘇六，否則殺光你們！」

她的樣子非常猙獰可怕，就連達萊看了也不禁吸了一口氣。

「哇！妖怪呀！」

家丁們全都驚恐地逃跑了。瑪蒂娜丟下手中的人，一下子就追上其中一名逃跑的家丁並抓住他。

「拜託！別殺我！」被抓住的家丁哭喪著臉害怕地哀求，「我告訴你蘇六被關的地方，請饒我一命！」

62

當達萊和瑪蒂娜找到蘇六時，蘇六悲慘的樣子讓他們都嚇了一跳。他倒在地上，額頭青一塊紫一塊，眼睛腫得幾乎睜不開；嘴唇破裂，手腳也有骨折。

「蘇六大哥！」

達萊叫了蘇六好幾次，蘇六只是稍微動了一下身體。

「瑪蒂娜，你能把蘇六大哥治好嗎？」

「他傷得太重，只能做一些應急處理。」

瑪蒂娜於是過去幫蘇六治好外傷，但蘇六還是虛弱得說不出話。

「我們還是先把蘇六大哥送回家吧。」

瑪蒂娜於是扛起蘇六和達萊一起離開了豪宅。

第二天，「番人與妖女闖宅行兇」的消息不脛而走。

荷蘭的官員到出事現場調查，被瑪蒂娜咬傷的家丁指著自己的頸子，透過翻譯人員把昨晚的事加油添醋地說了一遍。

「這個咬痕！這是吸血惡魔啊！竟然在福爾摩沙出現了！」

荷蘭官員一方面將消息上報給揆一，另一方面繼續展開調查。

經過幾天的調查，荷蘭人在蘇六的家裡將達萊逮捕了。當時達萊正在探望蘇六的傷勢，由於荷蘭官員認為非法商人蘇六之前已經被裁定交由漢人交易商自行處理，因此沒有帶走蘇六。

達萊被帶走後，亨布魯克很緊張，他前往拘留所想要保釋達萊。

「這個番人不是普通的番人，他可能和歐洲傳說中的吸血惡魔有勾結。」荷蘭官員對亨布魯克說道，「我們現在還在追查那個吸血惡魔的下落。」

「達萊是替教會工作的，他對上帝的信仰也很虔誠，怎麼可能會勾結惡魔？」亨布魯克不滿地抗議。

「敬愛的牧師先生，這件事有許多人可以作證。」面對亨布魯克來勢洶洶的質問，荷蘭官員依然很客氣，「我看過被咬的人的傷痕，正常的人類絕不會有那樣的咬痕。另外還有十幾個人作證看到那個吸血惡魔，她還是一名女性。」

「女性！」亨布魯克驚訝極了，他立刻想起瑪蒂娜的事。

63

到了晚上，亨布魯克依然留在教堂裡。他神色凝重地走進擺放瑪蒂娜棺材的小房間，盯著棺材思緒萬千。

聖經說不可吃血，因為血是生命。吃血者必須被上帝剪除……

如果只是吃動物的血，我還可以妥協，可是，吃人血這件事，實在太可怕太邪惡！

這個女人……也許真的是個惡魔？

如果她真的是惡魔，讓她住進教堂的我豈不是犯了可怕的大罪？

主啊……請原諒我吧……

就在亨布魯克低頭禱告時，棺材板緩緩地移動了。

瑪蒂娜探出頭來，看見亨布魯克臉色非常難看地在旁邊禱告。

平常她起來時都會看到達萊在旁邊，今天達萊卻不在。

「達萊去哪裡了？」

「他被逮捕了，因爲你們闖進別人家裡的關係。」

「我們是爲了救蘇六！」

「我知道，但現在的重點不是這個。」亨布魯克用一種嚴厲的眼神盯著瑪蒂娜，「你，是否在別人家裡咬人吸血？」

「您是說當晚救蘇六的事嗎？」瑪蒂娜有些緊張地回應道，「因爲他們都拿著刀，我爲了達萊的安全，就想要用嚇唬他們的方式讓他們知難而退，所以才咬了其中一個人。」她緊接著補充說道，「如果眞的打起來一定會有死傷，我是爲了把傷亡降到最低才不得已用這種方式！」

「他們說你雙眼閃爍紅光，還露出可怕的尖牙，這是眞的嗎？」亨布魯克依然嚴厲地逼問。

「……」瑪蒂娜無言地點了頭。

「噢……神啊……」亨布魯克摀住頭嘆氣，「即使到了這個地步，我還是相信你不是惡魔，因爲如果你眞的是惡魔，你應該早就把我給殺了。」

「您相信……我不是惡魔嗎？」

「外表看起來像惡魔的，不一定就是惡魔。」亨布魯克又嘆了口氣，「比起喝人血，福爾摩沙還有更可怕的獵人頭風俗呢！如果隨便就把對方當成惡魔，那根本就不能在這裡傳教了。」

亨布魯克的話讓瑪蒂娜不禁感到羞愧。一直以來，瑪蒂娜總認爲亨布魯克還是把她當成怪物來防備她，因此對亨布魯克總是抱持著不信任感。然而，現在看來，是她一直以小人之心度君子之腹。

「對不起……」瑪蒂娜向亨布魯克道歉，「這是我的錯……」

「不，這也許是神給我們的考驗。」亨布魯克打起精神說道，「達萊現在被逮捕了，因爲他被懷疑和吸血惡魔有牽連，但是，這件事我會極力替他辯護的。」

「再次感謝您……」

「但是，我擔心這裡可能會遭到調查。」亨布魯克很遺憾地說道，「雖然對你有些不好意思，可是能否請你這一陣子暫時先離開麻豆社到別的地方？如果沒有找到你，等風頭過了以後，相信達萊終究會被釋放的。」

64

瑪蒂娜揹著她的棺材，連夜離開麻豆。

雖然棺材很重，她還是必須要揹著。萬一在天亮時還沒找到棲身之所，就必須躲進棺材裡避免被陽光照到。

這次離開，不知要多久才能回來……

瑪蒂娜現在的心情很不好，這使她覺得背上的棺材似乎又更重了。

天氣有些冷，雖然福爾摩沙的冬天不像歐洲那樣低溫，可是濕冷的天氣讓人也不好受。

她低著頭步履蹣跚地走著，在黑暗的林道中緩步前進。

「結果亨布魯克就這樣放你走了。」

突然間，有個聲音引起她的注意。

瑪蒂娜抬頭一看，一個穿著深紅色華服的女人不知何時站在她的面前。

「你是……安東妮雅？」瑪蒂娜看著對方問道，「你找我有什麼事？」

「我從一開始都在看著呢。」安東妮雅露出冷冽的微笑，「你的力量果然很可怕，普通的人類完全無法抵擋你呢。」

「你跟蹤我們？」瑪蒂娜心頭一震，她回想與達萊去救蘇六的那一夜，完全沒察覺有人跟蹤。

「我以爲你會把那棟豪宅的人全部殺光，」安東妮雅的微笑依然冷峻，「沒想到你只是咬傷一個人而已。眞是令我失望啊！」

「全部殺光？你怎麼會有這麼可怕的想法？」瑪蒂娜又驚又怒。

「那棟豪宅是獨棟的，附近沒有任何人家。」安東妮雅面不改色地說道，「殺光所有人，消息就不會外漏，那個原住民弟弟也不會被逮捕了。」

這個人……是個危險人物！瑪蒂娜在心中暗叫不好。

「還有那個叫亨布魯克的牧師，我原以爲他會把你這個妖魔送去曬太陽，結果他卻讓你離開了。」

瑪蒂娜沒有答話，她知道亨布魯克是可以這麼做的。

「我以前就聽說福爾摩沙的神職人員，對聖經的內容並沒有很堅持，」安東妮雅的口吻十分輕蔑，「所以他們才會讓一個嗜血妖魔住在教堂裡，最後還把妖魔放走了。」

「你如果沒事的話就請離開！」瑪蒂娜非常不悅，「我還要趕路。」

「你會再回來的。」安東妮雅話一說完就突然消失了。

她是女巫嗎？對方突然消失讓瑪蒂娜很吃驚。

她……接下來不會要做什麼壞事吧？

65

達萊的懲處被決定了。

在亨布魯克的奔走下，達萊雖然免於牢獄之災，可是卻必須要在漢人交易商徐經家裡當長工。

達萊到了徐經家裡，每天都要做許多粗重的搬運工作。

由於他的體格不佳，因此工作非常吃力。他的伙食只有剩菜剩飯，晚上則是睡在豬圈裡。吃得不好，睡得不好，工作很重還常受到打罵，這些達萊都可以忍受，只是安息日的時候他也必須工作不能上教堂，這讓他非常難受。

有一天，達萊實在受不了，於是向管家請求安息日時能讓他上教堂，他也很想念亨布魯克。

「你只要告訴我當天晚上跟你在一起的那個妖女現在在哪裡，我就讓你去。」

「我……我不知道她到底在哪裡，我也很想見她……」

管家於是把達萊痛打了一頓，「你這個番仔，事情做不好，又愛偷懶！」他邊打邊怒罵，「你自以爲了不起是吧？想要掩護那個妖女不被抓到！我告訴你，那個妖女如果不被除掉，你永遠別想離開這裡！」

達萊被打得頭破血流，他想起瑪蒂娜和亨布魯克，眼淚不禁流了出來。

「喲！原來番仔也有眼淚啊？」

正當管家準備繼續動手時，有一名家丁跑過來報告，「外面有一群番仔的朋友，他們要求和這個番仔見面。」

「怎麼不趕走他們呢？」

「因為他們人數不少，如果硬要趕恐怕會出事……」

「怎麼那麼煩啊！」管家沒好氣地說道，「好吧，就讓他們見一面吧。」

管家也不管達萊現在遍體鱗傷，就叫人把達萊拖到門口去。

達萊被拖到了門口，看見來找他的人，原來是池烈以及村裡的年輕人。大家看見達萊的樣子都難過得哭了。

「對不起！」池烈哭著對達萊說，「都是，我們，害你！」

「不要……難過……」達萊勉強站了起來安慰大家，「亨布魯克牧師……現在還好吧？」

「牧師，他，擔心你。不久，也要，來看你。」

「那……有瑪蒂娜的消息嗎？」

「沒有……」池烈遺憾地回答，「沒人，知道，她，在哪……」

66

池烈等人把達萊的慘狀回報給亨布魯克。

「唉，怎麼會這樣呢？」亨布魯克嘆了口氣，「達萊這樣比坐牢還慘，簡直就是成了奴隸啊！我眞不應該答應那個漢人交易商的要求！」

「牧師，請你，一定，救達萊！」池烈這樣說，其他人也都附和。

「我沒有權力去管漢人交易商，」亨布魯克無奈地說道，「基本上，只要他們如實繳稅給公司，在地方上就可以有很大的權力。我無法要他們放人，但是我願意去懇求他們。」

亨布魯克於是來到漢人交易商徐經的豪宅。

這個徐經，大家都叫他徐老闆。

徐老闆與亨布魯克在會客廳裡見面，達萊這時還在辛苦地工作著。

「這個番人眞的很不中用！」徐老闆滿面笑容地對亨布魯克說，「我以爲番人都是身強力壯，所以才要求他來替我工作，沒想到他根本搬不了多少東西，有時甚至還會昏倒，眞是傷腦筋。」

一聽到達萊曾經昏倒，亨布魯克不禁一陣心痛，「既然他這麼不中用，那不妨放他走吧？」

笑容立刻從徐老闆臉上消失。

「你如果是要來談這件事，那就請回吧！」徐老闆不悅地說，「我們也是做生意的，那個番人進行非法交易，損害我們的利益，本來就應該要賠償！」

「非法交易商是蘇六啊。」

「我們已經教訓過蘇六了，而且蘇六有付一筆可觀的贖金當作賠償。你如果想讓這個番人回去，也請拿錢出來！」

亨布魯克知道無法繼續談下去，他要求見達萊一面，可是也被拒絕，只好悻悻然地回家。

他早就知道蘇六是因爲付了錢才免於被追究，可是那是一筆很大的金額，就算達萊的同伴們一起出錢也是付不起的。

他無法救達萊出來，只好替達萊禱告。

67

達萊每天都在進行搬運工作。

搬運的內容大都是木材、石頭等建材以及砂糖、棉花等貨物，然而有一天，他竟然被管家安排搬運人的屍體。

「這個人是得了瘟疫死掉的。」

死者的臉上布滿紫色的疹子，樣子很可怕。由於怕被傳染，沒有人敢碰屍體，因此搬運屍體的工作就全部交給達萊。

起初達萊只是幾天才需要搬一具屍體，可是沒多久就變成每天都要搬一具屍體，到後來甚至一整天都在搬屍。

瘟疫已經蔓延開來了，死者急速增加。得到瘟疫的人會全身起疹子，然後發高燒，伴隨嘔吐，如果沒有治療過幾天就會死。

福爾摩沙大部分地區都處於瘟疫之中，這讓揆一再度陷入愁雲慘霧之中。

在揆一的辦公室，他面如土灰地聽著漢斯報告。

「我們必須取消今年的長老集會。」漢斯報告道，「由於各地都發生瘟疫，如果在這時進行集會，恐怕我們都會被傳染，因此今年的集會建議取消。」

「集會取消不打緊，」揆一無神地說，「因爲這場瘟疫，我們僅剩的貿易對象，就是那些日本商人都不敢來交易了；我們的開墾計畫也因爲死了太多人而更受打擊……」

漢斯一言不發，無奈地沉默著。

「國姓爺至今，依然沒有解除貿易封鎖。」揆一沮喪地說，「去年因爲貿易封鎖以及颱風，公司是負收益；今年才剛開始就碰上瘟疫，如果不想辦法解除貿易封鎖，今年的收益恐怕又要負値了。」

「我們派人去和國姓爺交涉吧。」漢斯提議，「貿易封鎖對國姓爺也沒有任何好處，相信他終究會同意解除封鎖的。」

「也只能這樣了……」

揆一於是開始準備派人和鄭成功接觸談判。

68

瘟疫的情況依然非常嚴重。

達萊除了搬運屍體，還必須要挖坑去埋這些死屍。他的工作量變大，飲食和睡眠卻沒有變好。原本就虛弱的他，變得更加疲勞，感覺好像自己也染病了。

某一天，他一如往常地將屍體運到埋屍的地點。

這次搬運的死者是一位大約二十多歲的漢人青年。

這麼年輕就死了，真是可惜啊……

他一定也是為了生存下去，才會不辭辛勞冒險渡海到這裡吧？

達萊一邊挖坑一邊感嘆。

不知蘇六大哥現在還好嗎？他的身體健康嗎？

達萊想起蘇六，他不知以後是否還有機會和蘇六見面。

達萊忙了整天之後，拖著疲憊的身體回到休息的豬圈。

第二天，達萊依然要去搬運死去的漢人屍體。

這次瘟疫死去的漢人真多啊！

雖然我沒有很喜歡他們，可是這樣的大量死亡也是令人感傷……

達萊將屍體運到往常的埋屍地點，卻發現有點不太對勁。

奇怪？昨天有人挖過這裡嗎？

原本埋好的屍坑好像被翻過土，達萊去檢查了一下，發現裡面一具屍體也沒有。

包括昨天埋的漢族青年在內，幾乎所有的屍坑都被翻過了，裡面的屍體全都不翼而飛。

有人把屍體偷走了嗎？應該不會吧？

不安的感覺浮上心頭，達萊認爲應該把這件事告訴管家，於是在工作結束後，將屍體不見這件事跟管家報告。

「你這個番人！胡說八道些什麼！怎麼可能有人偷走屍體？」管家沒好氣地把達萊罵了一頓。

「可是，這件事很奇怪……」

「我說不要再提了你沒聽見嗎？還有以後不要再靠近我，你不知道你很臭嗎？」

達萊沒辦法，只好無奈地回到豬圈。

69

從那之後，達萊只要搬運新的屍體到埋屍地，就會發現昨天運來埋的屍體不見了。

由於這也意味著他不需要再重新挖坑，等於減少了工作，所以他也不再去想到底屍體爲何會消失。

這次的瘟疫，不僅是漢人受害，原住民也是死者甚多。

某一天，池烈又來看達萊。

「……」

池烈看到達萊的樣子又更慘了，感到非常難過。

「池烈……」達萊有氣無力地說，「這次的瘟疫，死了好多漢人……」

「我們，有很多，同伴，也死了……」

「是嗎……」達萊聽到以後心裡很難過。

「那麼，亨布魯克牧師，他還好嗎？」

「牧師，還好，只是，很忙，因爲，病人，太多。」

見不到亨布魯克雖然讓達萊有些遺憾，但是至少亨布魯克還活著的消息令他安心了不少。

「同伴，死了，打獵，收穫，更少了。而且，獵物，價錢，更低了。」

徐老闆又壓低原住民的獵獲物價格，達萊聽了雖然生氣，但是也沒有辦法。

「對了，池烈，」達萊突然想起一件事，「死去的人，他們被埋起來之後，有任何動靜嗎？」

「？」池烈盯著著達萊，一臉疑惑。

「沒有……沒事……」達萊決定還是不要多說。

當池烈回去以後，達萊覺得累極了，但是，他知道現在部落裡的親友們，在瘟疫與經濟的雙重壓迫下過得也很不好。

神啊……求您救助我……

達萊跪下來祈禱，神情非常哀淒。

70

達萊被安排了新的工作，是與其他漢人農夫一起耕田。

「這次瘟疫死了太多人，因此人手不足，」管家嚴厲地對達萊說，「你好好幹，要是做不好就有得你受了！」

達萊從未耕過田，這個工作對他來說異常吃力。拿著鋤頭彎腰翻土，這和拿鏟子挖土完全不同，翻土必須要注意土的狀況，缺乏經驗的達萊，經常分不清到底怎樣才算是翻好的土。

某一天，管家來巡視工作時，看見達萊翻過的土之後大發雷霆。

「這土根本沒翻好，這樣要怎麼播種啊！」管家於是舉起鞭子猛烈地往達萊身上招呼，「你這個死番仔，就是想偷懶！」

「啪！啪！」鞭子發出清脆的聲音。

「死番仔！看我打死你！」管家邊罵邊揮鞭。

達萊被打得遍體鱗傷，他倒在地上也不叫喊，只是心裡不斷默唸上帝保佑。

「好了，管家大人，請不要再打他了。」一位中年漢人農夫請管家住手，「我會好好教他如何翻土，我還會教他如何播種，請管家大人放過他吧。」

這個農夫面無表情，態度不卑不亢，管家看了他一眼，兇狠的神情立刻收斂了不少，他收起鞭子悻悻然地回去了。

「這位小兄弟，你不要緊吧。」

農夫扶起了達萊，達萊勉強地站了起來，拿起鋤頭繼續準備翻土。

「你這樣翻不對，」農夫指正達萊，「我來教你怎麼做吧！」

儘管身上的傷口還在疼，達萊依然努力學習翻土的動作。而農夫彷彿沒看到達萊受的傷，只是面無表情地指導達萊翻土。

到了晚上的時候，大家準備收工了。

「我該回家了，小兄弟你也該回去了吧？」

「我不能回家……」達萊面露難色，農夫看到了立刻明白是怎麼回事。

「你身上都是豬屎的味道，所以你是睡在徐老闆家的豬圈裡吧？」農夫面無表情地說，「那你來我家睡好了，徐老闆那邊我會和他說明。」

「對了，你是叫達萊對吧？我名叫黃雄，你叫我老黃就好了。」

71

黃雄的房子是一棟很簡陋的木屋。

達萊一進屋子，就看見屋裡有一座簡陋的神壇，上面放了一尊木雕神像。

這神像看起來像是一個女人的雕像，黃雄一進屋就立刻到神像面前，很恭敬地拜了幾拜。

達萊沒看過這神像，可是他對黃雄恭敬的樣子產生興趣。

「黃大哥，請問你是在拜什麼呢？」

「叫我老黃就好，」黃雄面無表情地說，「這是媽祖婆的神像，是我渡海來這裡時帶在身上的寶物。祂可以保護人們避免遇到海難。」

「可是，這只是一個木雕像，要怎麼保護人呢？」

「木雕當中有神明的靈！」黃雄白了達萊一眼，「我的朋友就是沒有帶媽祖像，結果渡海來這裡時遇到船難死了！」

達萊又繼續看著這尊木雕神像，他開始理解這木雕就像某些部落的圖騰一樣，是神聖不可侵犯的。

「你今晚就睡這裡吧！」黃雄指著屋子裡一處空地，「這裡總比豬圈好。」

黃雄隨後又去櫃子裡拿出一些乾糧，「你應該餓了吧？我這裡有點東西，請你吃吧！」

「謝謝……」達萊的確很餓，事實上他在徐老闆家裡都沒有好好吃過東西。他接過乾糧後放在桌上，雙手合十開始做禱告。

「你在做什麼？」黃雄看到達萊這個樣子，不解地問道。

「我正在做禱告，感謝上帝賜給我食物。」

「這食物是我給你的，不是什麼上帝啊？」

「不是這樣的，這世上所有的一切，都是上帝創造的，包括食物也是，所以我們要心懷感謝……」

「喔，我明白了，」黃雄似笑非笑地說，「你所謂的上帝就是那些紅毛人所信的神對吧？」

「上帝是全人類的神，所有的人都應該歸向祂……」

「夠了，夠了。」黃雄對達萊揮揮手，「我不會要你也來拜媽祖婆，但是請你不要跟我提紅毛鬼的上帝！天已經很晚了，你吃完飯後就趕快休息吧，明天還要幹活呢！」

72

接下來的一個月，達萊都與黃雄一起工作。達萊發現，自從他跟在黃雄身邊之後，管家就再也沒找過他的麻煩。

不僅如此，其他的農夫對黃雄都是一副尊敬的表情，有些農夫甚至直接叫黃雄「黃老大」。

不過，達萊雖然不再受到管家的欺淩，可是黃雄對達萊的指導也是很嚴格，不論是翻土還是除草，只要達萊的動作稍微不確實，黃雄就會要求達萊重做。

有一次除草的時候，達萊只因爲用力的方式不對，儘管草已經除完了，黃雄還是要求達萊重複做除草動作。

「事情做完了就好，爲什麼要重做？」達萊不滿地抗議。

「這是爲了避免下次又用錯誤的方式做！」黃雄面無表情地訓斥，「事情不是只看結果，怎麼做才是重點！」

達萊沒辦法，只好照黃雄的意思做。

雖然黃雄很嚴格，達萊還是非常感激黃雄，畢竟黃雄無償提供達萊食物與睡覺的地方。而且也因爲黃雄的指導，達萊學會了翻土、除草、播種等耕田的技巧。

有一天中午吃飯時，達萊正在吃黃雄給他的食物。幾個農夫就坐在達萊旁邊聊天。

「你這番人，運氣不錯呢，竟然讓黃老大看上了。」

其中一個農夫對達萊這樣說，達萊感到很莫名其妙。

「請問，黃大哥是個怎樣的人呢？爲什麼你們看他的眼神，好像他很了不起一樣？」

「他的確很了不起！」其中一個農夫回應道，「包括我在內，這裡的農人有很多都是跟他一起渡海來的。我們的船來這裡時遇上颱風，當時風雨很大，船搖得很厲害，很多人都落海了。」

「是啊是啊！」另外一個農夫插嘴說，「連掌舵的人也掉到海裡了！當時如果不是黃老大冒險出來掌舵，我們今天就不會坐在這裡啦！」

「當時好可怕啊，大浪不斷打在黃老大身上，可是黃老大好像有神功護體一樣，不管浪怎麼打完全不動搖，堅持掌舵穩住了船。」

「那場颱風，除了我們這艘船，其他的全都沉沒了，死了好多人呀！」

「黃大哥的朋友……也死了嗎？」達萊突然想起黃雄曾說朋友因爲沒帶媽祖像死在海難的事。

「那是跟他一起長大的好朋友，當時在另一艘船上，但是除了我們這艘船，其他的船都沒有生還的人。」

「所以我們對黃老大只有佩服與感激，而且據說黃老大還是個很厲害的使刀好手呢！」

農夫們口沫橫飛地述說黃雄的英雄事蹟，達萊則聽得目瞪口呆，他沒想到原來黃雄那麼厲害。

黃大哥其實還是遇到海難了……但是他還是很相信那個叫媽祖的神……

達萊想到這裡，突然有一種複雜的感覺。一方面他認為那個叫媽祖的神根本就不存在，另一方面卻又很佩服黃雄堅定的信仰心。

73

「播種結束之後，接下來就是澆水與除蟲。」

某一天，黃雄一如往常地指導達萊工作的內容。這時，有個人來到了田邊。

由於那個人來的時候引起農夫們一陣小騷動，因此達萊很快就注意到他。

那個人正是蘇六。

達萊一看到蘇六，不知該驚訝還是高興，不過蘇六倒是自己跑來和達萊打招呼。

「達萊啊！兄弟啊！」蘇六興高采烈地對達萊說，「你可以回家啦！不必在這裡當奴才啦！」

「蘇六大哥……這是什麼意思？」

「我已經替你贖身啦！」蘇六興奮地說，「你是因爲我才受苦的，所以這一陣子我一直在籌錢，總算達到徐老闆要的金額，讓你回家的事徐老闆也同意了。」

「我可以……回到部落裡去嗎？」達萊不敢相信自己聽見的，他原本以爲自己一輩子都要當奴隸。

「恭喜啊，小兄弟。」黃雄恭賀時依然面無表情，「我原本還想多教你一些東西，眞是可惜啊。今晚我請你喝一杯，明天再走吧。」

「好的……」

達萊也打算好好地向黃雄道謝，不過這時他發現這裡的農夫好像不太歡迎蘇六，連黃雄也完全沒和蘇六打招呼。

晚上在黃雄家，達萊和黃雄提到蘇六的事。

「那位蘇六是我的好朋友，他幫過我很多，我本來想介紹你們雙方認識，可是你們好像不喜歡他？」

「我們都知道他，他現在雖然改行當小販，但之前是幹非法交易的走私商人。」黃雄提到蘇六時好像不太高興，「我們不喜歡他，因為他是客家人。」

「客家人？你們不都是漢人嗎？」

「漢人也有分很多族群，就像你們番人也分很多族群一樣。」黃雄邊喝酒邊說道，「我和這裡的農夫都是閩南人，我們都是老實的農民，但是那些客家人，很喜歡做買賣。他們不但小氣，總是斤斤計較，而且有了些錢以後就賄賂當政者換取權利賺更多錢。」

「那個沒心肝的徐老闆也是客家人，他老是找理由剝削我們這些閩南人佃農。不過徐老闆儘管黑心，對客家人同胞卻非常優待。今天蘇六如果不是客家人，恐怕已經被吊死，更不要說和徐老闆談條件了。」

黃雄喝了酒之後話也變多。

「客家人跟紅毛鬼一樣可惡，總有一天一定要把他們全部趕走！哼！」

達萊感到很苦惱，因爲黃雄是達萊很尊敬的人，但是蘇六也是好朋友，更是讓自己得到自由的恩人。他原本還以爲以後大家可以一起喝酒，現在看來機會很渺茫了。

74

這天晚上，達萊依然在黃雄家睡覺。

這是他在黃雄家的最後一晚，可能是這個原因，達萊有點睡不著。

他心中想著荷蘭人、閩南人、客家人……彼此之間的恩怨。他並沒有特別喜好哪一種人，因爲在這三種人當中他都有很好的朋友。

但是，正因爲都有朋友，所以對他們彼此之間的不合感到很遺憾。

達萊想著想著，眼皮也漸漸沉重。

就在這時，他似乎聽到外面有人在喊叫。

達萊起了身，看黃雄睡得很熟，於是就沒叫醒他，自己走到戶外。

他看見遠方有幾個人，慌慌張張地在奔跑。

是失火了嗎？

「喂！番仔！」達萊正在疑惑時，一個滿臉驚恐的農人看見了他，對他叫喊，「趕快通知黃老大！說有鬼出現了！」

農人說完就跑掉了。

「鬼？」

達萊完全不知到底發生什麼事，就在這時，他聽到了一陣怪聲。

那個聲音，像是動物的呻吟聲，又像是低吼聲。

達萊心中浮現出不祥的預感。

他趕緊進屋，把黃雄搖醒。

「幹什麼啦！」黃雄睡得正好，突然被吵醒有些不愉快。

「外面好像有奇怪的事，有人說有鬼出現了……」

黃雄立刻起身。

他並沒有眞的認爲有鬼，而是覺得可能有外敵入侵。畢竟在福爾摩沙，沒有做好隨時進入戰鬥的準備很容易就沒命了。

他拿起床邊的鋤頭出了門，達萊跟在他的身後。

他們走沒多久，就看見一個人緩緩地向他們走過來。

由於天太黑，黃雄看不清對方的長相，他於是扛著鋤頭走過去想問對方一些問題。

然而，當他看清對方時，不由得嚇出一身冷汗。

他看見的「人」，臉已經腐爛了，一隻眼珠還掛在臉上，喉嚨不斷發出低吼聲，好像狗要準備咬人所發出的聲音一樣。

對方突然張開大口撲向黃雄，黃雄及時閃開，然後用鋤頭擊向對方。

鋤頭打在對方的肩膀上，肩膀立刻垮掉，裡面的內臟都露了出來，可是對方好像沒事一樣，還是繼續撲向黃雄。

「這是什麼妖怪啊！」

黃雄再度奮力揮擊，這次打中對方的頭，頭飛了出去，身體則倒了下來。

達萊目瞪口呆地在後面看著這一切，尤其當他看見那顆落在地上的頭還是不斷張嘴蠕動時，許久未有的恐懼感襲上心頭。

「這是……惡靈出現了嗎？」

75

黃雄與達萊繼續走進村裡，不久之後就碰到一群村人，大家手上都拿著鋤頭或鐮刀。

「黃老大！」其中一名村人大喊，「你平安無事眞是太好了！」

「這到底是怎麼一回事？」黃雄問道。

「不知道，突然就出現一大群像死人一樣的傢伙，也不知是打哪來的！」

「這些死傢伙見人就咬，就像瘋狗一樣。」

黃雄皺起了眉頭，「這難道是……傳說中的殭屍？」

所有人都沉默不語。

「大家保持警戒！」黃雄下達指令，「不要獨自活動！以三人爲一組行動！一有狀況就立刻前往這個中央廣場！」

「黃大哥，那你呢？」村人問道。

「我跟這位番人小兄弟在這廣場中央留守，一有狀況就向我回報！」

村人們於是各自分組行動。

達萊看著這一切，心裡也有些緊張，他手上沒有任何武器，如果遇到怪物，恐怕只能逃跑了。

「黃大哥，我有問題，爲什麼大家都拿農具當武器，而不用眞正的刀呢？這樣遇到那些怪物不是很危險嗎？」達萊想起黃雄據說是使刀好手，可是黃雄也沒帶刀。

「一想到這個我就氣！」黃雄很不高興地說，「紅毛鬼把我們的刀都沒收了，說什麼避免我們造反！也不想想看如果日子好過誰想造反啊！」

就在黃雄還在抱怨時，遠方突然有人大喊，「救命啊！牠們來啦！」

「！」

黃雄一看遠方，發現一群黑壓壓的物體往廣場這裡緩緩前進。

「糟糕！沒想到有這麼多！」

幾十個殭屍，成群結隊地走了過來，達萊看見他們，覺得有些眼熟。

「這些人……不就是之前瘟疫死去的人嗎？」

「你說什麼！」黃雄非常震驚。

「是的，之前瘟疫盛行時，我擔任埋屍的工作，每天都要埋葬很多死者，可是有一天，我發現埋好的屍體，竟然都不見了……」

「你的意思是……有人偷走屍體？」

「我不知道……說不定是這些屍體自己爬出來的……」

此時殭屍群已經快要接近，村人們都已經逃得無影無蹤。

「我們也快逃吧……」黃雄嘆了口氣，「現在只能先離開這裡了，雖然不甘心，可是我們只能向紅毛鬼求援了。」

76

達萊與村人們躲在村外的樹林裡。

爲了避免殭屍群來襲，他們警戒了一整晚，可是殭屍並沒有來。

到了早上的時候，黃雄帶著達萊以及幾名村人回到村裡察看。原本大家以爲村子應該被破壞得很嚴重，可是當他們回去時，發現村子完好如初，好像什麼事都沒發生過一樣。

他們仔細檢查村子各角落，沒有看到殭屍，也沒有破壞的痕跡，昨晚的一切，好像是作夢一樣。

「奇怪，這到底是怎麼一回事？」黃雄大惑不解，達萊以及村人們也是摸不著頭緒。

「無論如何，還是先回報紅毛鬼吧。」

然而，當黃雄回報給荷蘭人時，荷蘭官員卻是一副不可置信的樣子。

「殭屍？這怎麼可能？」

「這是眞的，大人。」黃雄對官員說道，「昨晚我們的村子受到一群殭屍的攻擊，我們所有人都可以作證。」

「你們……該不會是想要找藉口聚眾造反吧？」荷蘭官員不屑地說，「如果眞的有那麼多你說的那種怪物的話，我們這裡應該會察覺啊！」

「我說的都是眞的！我可以用我的人格保證！」

「你的人格值多少錢呢？」荷蘭官員嘲弄地說，「如果你有進一步的證據，那就拿出來吧！隨口胡說殭屍什麼的，這謊言可不怎麼高明啊！」

黃雄漲紅著臉，憤怒得很想一拳打在荷蘭官員的臉上，可是他忍了下來。

「大人，眞的有怪物，您看我這個咬痕，就是被怪物咬的！」一名昨晚被殭屍咬到的村人，伸出自己被咬到的手臂給荷蘭官員看。

「你這個傷痕，怎麼看都像是被人咬的呀！我怎麼知道你是不是跟別人打架被人咬的呢？」

「可是……大人，這眞的是被殭屍咬的呀！」

村人們與荷蘭官員於是起了爭執。

達萊在旁邊看著這一切，覺得不可思議。之前他和瑪蒂娜闖入徐老闆的豪宅時，荷蘭官員可是很輕易就相信了怪物的存在。

村人們與荷蘭官員爭執沒有結果，只好悻悻然地回去了。

77

達萊與黃雄告別後，回到了部落裡。

他回到家裡看看母親，母親與兄弟姊妹們看到他回來都很高興，大家開始準備食物來慶祝達萊回家。

他們並沒有問達萊這段日子受到什麼苦，達萊也沒跟任何人說這些日子的遭遇。

達萊的朋友們，聽到達萊回家的消息也趕到達萊的家裡一起慶祝。

「達萊，歡迎，回來。」

「池烈！我好想你啊！」

池烈的身後跟著一群年輕人，他們都是達萊的朋友。

「可惜，有些人，因為，疾病，走了。」池烈惋惜地說。

達萊一聽到這番話，突然感覺好像被電到一樣。他慌張地對池烈說，「那些去世的同伴……他們，埋在哪裡？」

「就在，村外，附近。」看見達萊突然這麼慌張，池烈有點不知所措，「怎麼，了嗎？」

「池烈，你可以帶我去看嗎？」

「現在，嗎？」

「沒錯！」

池烈不曉得達萊爲什麼突然要去看同伴們的墳墓，但還是帶著達萊到村外的墓地。

達萊看到墳墓，立刻就看出墳墓有被動過的痕跡，於是立刻就徒手挖墳。

「達萊！你……幹什麼？」池烈看見達萊在挖同伴們的墳墓，驚訝極了，「住手！這是，不禮貌的！」

達萊不理會池烈，只是拚命地挖。他越挖越深，可是除了一堆泥土，他什麼都沒發現。

一陣寒意襲上達萊的心頭。

「池烈……你確定是埋在這裡嗎？」

「是的，我，確定！」

「可是……我沒有找到同伴的遺體，這墳墓是空的！」

池烈這時才發現事情有些不對勁。

達萊又開始挖另一個墳墓，這次池烈沒有阻止。

這個墳墓也是空的。

「怎麼會，這樣？」池烈開始感到不安，「在埋葬，他們的，時候，我也，在場，親眼，看見，他們，埋在，這裡……」

「難道……他們也……」達萊想起前天晚上的事，突然感到一陣反胃。

「達萊？你，怎麼了？」

池烈看見達萊突然昏倒，非常驚慌。

78

達萊醒來的時候，發現他在教堂裡的一個小房間。

「你終於醒來了。」

這是亨布魯克的聲音。

「牧師……」

達萊看看窗外，現在是晚上，亨布魯克在書桌前好像在看什麼資料。

「我怎麼會在這裡？」

「你回來後，不曉得受到什麼刺激，突然昏倒。你在昏迷時還在喊什麼惡靈惡靈的，你的家人於是就把你送到這了。」亨布魯克停了一下之後繼續說道，「你已經昏迷好幾天了。」

達萊坐在床上，看起來非常虛弱。

「你應該是受了很多苦，才會那麼虛弱。」亨布魯克很關心達萊的狀況，他示意達萊繼續躺著，「好好休息吧！你會昏倒應該是因爲太累的關係。」

「不是的……牧師……」達萊有氣無力地說，「我在……漢人的村子裡……看到……可怕的東西……」

「可怕的東西？」

「是的，」達萊稍微振作起精神後說道，「是死人，會走路的死人。」

「死人？會走路？你在說什麼呀？」

「就是，因為瘟疫而死去的人，不知什麼原因，又起來走動了。」達萊驚恐地喃喃說道，「他們的身體都腐爛了……卻還是能動……就算把頭打下來……還是會動……而且他們就像野獸一樣……沒有思想……看見人就咬……」

「這怎麼可能！」

「是眞的！牧師！」亨布魯克不相信的樣子讓達萊有些激動，「我親眼看見了！黃大哥……還有許多漢人也都看見了！」

「這件事……我可能還要去調查。」達萊恐慌的樣子讓亨布魯克也開始感到不安，「死人會走動……還會攻擊人……這太可怕了……」

「還有一件事，」達萊繼續說的時候又顯得很害怕，「我回到部落裡時，去看了埋葬死去朋友的墳墓，發現他們也都不見了……」

「上帝啊……」亨布魯克低下了頭，神色凝重。

79

接下來的幾個月裡，達萊依然在教堂裡進行抄寫聖經的工作。

達萊相信，透過抄寫聖經，上帝會保護他免於惡靈的侵害。

另外一方面，亨布魯克則去調查達萊所說的死人走動的事。他確實在一些漢人農夫裡聽說過這個傳聞，可是荷蘭官方卻只是當成鄉野奇談，不加以採信。

「現在各地都有反抗事件，我們沒空去理會死人走路這種民間傳說。」荷蘭官員對亨布魯克說道，「就算眞的有這種事發生，那也是應該由身爲神職人員的閣下來處理才對。」

接下來這幾個月都不再有任何人看過死人走路，亨布魯克也漸漸地不將這件事放在心上。

然而，那一晚的可怕記憶依然在達萊心裡揮之不去。有一天他在抄寫聖經時，抄到「你們往普天下去，傳福音給萬民」這句話時，突然有了感受。

神的福音是真理！可以拯救人！

我應該要把這個福音告訴蘇六大哥與黃雄大哥才對！

達萊從未有如此強烈的渴望要傳教，於是興沖沖地跑去漢人的村莊。

他先去找蘇六，跟蘇六說只有信耶穌才能得救。

「兄弟啊，我的神就是錢財。」蘇六笑嘻嘻地對達萊說道，「人要活下去，需要錢不是嗎？要做好事，也得要有錢才能辦到呀！」

「可是，錢財無法保護你免於惡魔的傷害！」達萊振振有詞地說，「只有信靠上帝才可以！」

「兄弟啊，有錢能使鬼推磨，就算眞的有鬼怪，只要給對方好處就可以了呀！」

「鬼怪才不要錢財，他們要的是你的靈魂！」

「這可難說呀！跟你在一起的那個吸血妖怪，她有拿走誰的靈魂嗎？」

達萊愣了一下才意會到蘇六指的是瑪蒂娜。

「瑪蒂娜不是妖怪……」達萊的神情變得有些哀傷，「而且她消失很久了……」

「她走了嗎？眞可惜，我還沒有感謝她當時來救我呢！」蘇六的笑容有些收斂，「雖然她是吸血妖怪，但卻是好人啊。」

「我已經說過了，她不是妖怪！」達萊覺得有點不耐煩，「蘇六大哥，我是爲你好。今年初的瘟疫死了很多人，這些人全都變成妖怪，起來攻擊人了！」

「妖怪？不是強盜嗎？」蘇六想起年初的騷動，當時他以爲有強盜來了，躲在家裡都沒出門。

「你沒看到嗎？是會走路的死人！他們跑進村莊裡了！」

「我當時躲在家裡，眞的什麼都沒看到。」

「總而言之……」達萊看蘇六一臉茫然，只好提醒他，「不知道什麼時候這些怪物會再出現，你要小心！」

80

第二天，達萊去找黃雄。

黃雄依然在田裡工作，他看見達萊，就放下手邊的工作。

「好久不見了，小兄弟。」黃雄面無表情地打招呼，「這幾個月過得還好吧？」

「我很好。」達萊眼看黃雄依然身體健康，心裡感到很開心，「在上帝的恩典下，我每天都過得很愉快。」

「你有什麼事呢？」

「我邀請你安息日的時候上教堂。」

「我不是跟你說過不要跟我提紅毛人的上帝了嗎？」黃雄儘管有些惱怒還是面無表情，「我只想拜媽祖婆。」

「但是，上帝是全能的。」達萊迫不及待地說道，「媽祖只能保佑你出海平安，但是上帝能保佑你所有的事。」

「你說上帝是全能的？」黃雄質疑地問道，「那爲什麼祂要讓這麼多壞事發生呢？」

「上帝讓壞事存在，是為了要讓人堅強。」達萊不假思索地回應，這個道理是亨布魯克教他的。

「哦？這麼說荷蘭人欺壓我們，甚至殺害我們，也是為了讓我們堅強？這是什麼鬼道理？」黃雄臉上開始顯現不悅，「你們番人信了紅毛人的上帝，紅毛人有減輕你們的生存壓力嗎？」

「信靠上帝並不是為了得到世俗的獎賞……」

「說得真好聽！」黃雄有點憤怒地說道，「紅毛人要你們信他們的神，這樣他們壓榨你們的時候你們就不會反抗，在我看來，這根本是個詭計！」

「不！不是這樣子的……」達萊辯解道，「欺壓我們的是荷蘭東印度公司的官員，傳教士並沒有欺壓我們……」

「有差別嗎？那些傳教士也為東印度公司工作呀！」黃雄不滿地說，「東印度公司的翻譯幾乎全都是傳教士擔任，他們有時也會擔任官吏找我們的麻煩！」

「和東印度公司合作是為了傳教，不是賺錢，」達萊向黃雄解釋，「當官並不是傳教士們的本意。」

「小兄弟，看來你知道得不少呢！」黃雄又恢復面無表情，「紅毛人的上帝太複雜了！總之我不會相信！」

由於黃雄非常堅持，達萊只好和黃雄道別，失望地回去了。

81

當亨布魯克結束禮拜之後，他看見達萊好像有心事的樣子，於是就問達萊發生什麼事。

達萊把傳教失敗的事告訴亨布魯克。

「對漢人傳教是很困難的，」亨布魯克說道，「因為他們有許多古老的經書，這造成他們很難接受新的觀念。」

「那到底該怎麼辦呢？」達萊憂愁地說道，「我擔心他們會因為沒有信靠上帝而遭到惡靈的傷害……要是那些會走路的死人又出現了，該怎麼辦呢？」

「不必擔心，上帝自有安排，」亨布魯克安慰地說，「而且這幾個月都沒有死人走路的消息，也許上帝早就讓這件事結束了。」

「這幾個月也沒有瑪蒂娜的消息……」達萊還是陷入低落，「不知她現在到底在哪裡？在做什麼？」

「瑪蒂娜是個充滿謎團的人……」亨布魯克若有所思地說，「我的直覺告訴我她不是壞人，可是，世間上有些事，不是那麼的絕對……不！應該說除了上帝以外，沒有什麼事是絕對的。也許她還有我們不知道的另一面……」

亨布魯克說到這裡時，想起瑪蒂娜總是躺在棺材裡。就某方面來說，她也算是個「死人」了。這麼說，死人走路的傳聞和瑪蒂娜有關嗎？

然而，比起這件事，亨布魯克更擔心的是最近福爾摩沙的局勢。現在各地都傳出民眾反抗，尤其淡水地區反抗最劇烈，東印度公司幾乎要無法控制當地了。

不曉得這個麻豆地區何時也會發生反抗事件？

亨布魯克看了看達萊，達萊正在準備進行抄寫聖經的工作。亨布魯克看他工作的樣子，知道他確實有眞正的信仰心，絕對不只是應付而已。

可是，除了達萊之外，其他人很有可能只是貪圖教會的物資才來受洗成爲信徒。一旦局勢有變，他們還會保持溫順謙卑嗎？

82

另外一方面，在熱蘭遮城，揆一收到了一個好消息，就是鄭成功終於決定解除貿易禁令，恢復福爾摩沙的貿易往來了。

「國姓爺已經答應八月的時候解除貿易禁令。」漢斯如此報告。

「終於……終於解除了。」揆一露出許久不見的微笑，「已經好久沒有聽到好消息了。」

「是的，等貿易重新恢復之後，相信公司的收益應該可以由負轉正。」

「但願如此……但是，還有一件事令我很不放心，」揆一問道，「在與國姓爺交涉的過程中，有沒有發現到什麼……國姓爺對福爾摩沙有領土野心的跡象？」

「這個……目前還沒有報告傳來國姓爺對福爾摩沙有任何奇怪的動作。」漢斯報告道，「國姓爺目前正忙著與韃靼進行戰爭，好像也沒空理會福爾摩沙。」

「是嗎……」

「據說國姓爺因爲與韃靼進行戰爭的關係，非常需要軍費，他也希望透過貿易多賺點錢，因此才會取消貿易禁令。」

「這個貿易禁令本來就是莫名其妙！如果不是這個禁令，公司也不會虧損！」揆一說完後低下頭來開始整理桌上的文件。

「那個是？」漢斯看見揆一在整裡的好像是軍隊的資料。

「貿易問題解決了，現在該處理民眾反抗的問題了！」揆一咬牙說道，「淡水地區的居民三番兩次地叛亂，如果放著不管的話只怕會鼓勵其他地區也跟著叛亂！因此我決定派兵到淡水去！」

「請恕我直言，這恐怕不是個好主意！」漢斯勸諫揆一，「民眾會反抗的原因是因爲賦稅太重了。現在既然貿易限制解除了，那麼就沒必要收那麼重的稅了。相信只要把稅降低，民眾自然就不會反抗。」

「不行！他們既然敢反抗，就要付出代價！」揆一不聽漢斯的勸諫，執意派兵鎮壓淡水。

83

由於淡水地區的民眾頻頻反抗，揆一決定派兵懲罰當地居民。

西元一六五七年，東印度公司派出士兵兩百四十人，水手六十人，水陸並進前往淡水。

當軍隊出發的時候，拉迪斯依然在安東妮雅的宅邸裡值勤。

幸好我不必參加淡水的遠征軍！

拉迪斯在心裡慶幸著。他之所以當兵只是想混口飯吃，並不是真的想打仗，更不想拚命。

事實上，由於福爾摩沙反抗事件頻傳，這使得東印度公司維持秩序的兵力非常不足。在這種人力不足的情況下竟然還能繼續擔任安東妮雅宅邸的守衛，拉迪斯感到自己真的很幸運。

由於安東妮雅出遠門了，因此這個宅邸現在只有拉迪斯一個人。

話說回來，最近這幾個月，夫人老是出門，一出門就好幾天沒回來。

她到底是去哪裡了呢？現在到處都有暴民，她一個人在外面不是很危險嗎？

安東妮雅從來沒有跟拉迪斯說要去什麼地方，甚至是去多久也沒有透露，拉迪斯也不敢多問。

算了，別想那麼多了，我好好待在這裡就好。

拉迪斯想起軍隊裡的朋友，其中有好幾個人都在巡邏時被暴民攻擊而受傷。不僅如此，由於局勢不穩的關係，警備員的值勤時間也加長了，可是薪水卻沒增加多少。

拉迪斯的傭兵朋友們對於工作變重多有怨言。他們決定在傭兵的合約到期後就要離開福爾摩沙。當初懷抱著獲取財富的夢想來到福爾摩沙，想不到結果卻是這樣，這使得許多傭兵團的成員們非常失望。

到底要不要繼續留在福爾摩沙，拉迪斯目前還沒有決定。畢竟留在安東妮雅的宅邸總比上戰場好。

84

荷蘭東印度公司的軍隊花了四天的時間到達淡水。

軍隊焚燒了村莊與田地之後，開始對居民進行大規模的屠殺。

但是，這時卻出現了一個狀況，使得軍隊不得不終止屠殺並且撤退。戰事受阻的消息很快就傳回揆一那裡。

「這到底是怎麼回事？」揆一看著戰報，怒不可抑，「因為出現了不可知的怪物，所以只好撤退？」

「是……是的……」漢斯顫抖地說，「對方好像是一名女子……可怕的女子……一個人就把我們的軍隊打敗了……」

揆一震驚極了，「只是一名女子？」

「是的，」漢斯惶恐地嚥了一口氣之後說道，「而且，就連我們所派出的『特別部隊』，也全部被那名女子消滅了……」

「這怎麼可能！」揆一更加震驚了，「『特別部隊』可是由那些……東西……組成的呀！你確定它們真的是被那名女子消滅的嗎？沒有其他人嗎？」

「千真萬確！」漢斯害怕地說道，「根據『特別部隊』指揮官的報告，打敗我們正規軍與特別部隊的人，確實就只有那名女子而已……」

「……」揆一瞪大著眼睛，不敢相信自己的耳朵。

「根據作戰士兵的回報，那個怪物女子好像只在晚上出現。」漢斯繼續報告，「她的力氣非常大，可以輕易地舉起一名全副武裝的士兵。而且她的移動速度很快，就像貓一樣敏捷，在晚上根本很難看清她的動作……」

「那個女子到底是誰？」

「我們也還在調查……」

「真是令人頭痛！」揆一憤恨地說道，「這次對淡水的討伐並不徹底，他們一定還會再度反抗！我們還是必須要再派兵才行！」

「目前恐怕不能派兵了！這次派出去的士兵幾乎全都被那個怪物女子打傷，其中還有好幾個人性命垂危……」

「……」揆一緊閉雙唇，臉色非常難看。

漢斯看揆一沒有反應，於是繼續報告。

「原本兵力就很吃緊，加上這次淡水的行動又有那麼多人受傷……恐怕這兩年內很難調出足夠的兵力再度對淡水進行討伐……」

「……」揆一的臉色更加難看了。

「而且，」漢斯清了清喉嚨後說道，「萬一到時又碰到那個怪物女子，我們的軍隊恐怕又要受到重創，討伐行動也會再度失敗……」

「所以，」揆一憤恨地說道，「當務之急是要先查出那個怪物女子的來歷，至少不能讓她妨礙我們的行動！」

「我會努力去調查的……」漢斯無奈地回答。

85

雖然揆一封鎖鎮壓淡水失利的消息，不許任何人透露，但消息還是傳到亨布魯克的耳朵裡。

由於傳教士也幫忙治療軍隊的傷患，因此多少可以從士兵口中得知當時的狀況。

「神祕的……黑衣女子……一個人就打敗了兩百多名重裝士兵……」亨布魯克喃喃地說道。

「她是不是有著黑色的長髮，皮膚很白，看起來不像原住民也不像漢人，反而比較像歐洲人？」亨布魯克對一位受傷的軍官如此問道。

由於揆一下令不可洩漏消息的關係，這名軍官什麼都沒有說，但是他點了頭，同時也顯露出驚訝的神情，不知爲何牧師對那個怪物女子的樣子如此瞭解。

果然是她！亨布魯克在心裡暗暗吃驚，錯不了！那個女子絕對就是瑪蒂娜！

亨布魯克在前往教堂的路上，心裡忐忑不安。

好久沒有瑪蒂娜的消息了，原來她在淡水！

去年瑪蒂娜陪達萊闖入徐老闆的家裡時，我就覺得她的力量異於常人……想不到她竟然能一個人就打敗兩百名士兵……這太恐怖了！

我應不應該跟達萊說這件事呢？

亨布魯克回到了教堂，看見達萊正在認眞地抄寫聖經。

還是算了吧，告訴他只會讓他分心……

雖然瑪蒂娜目前的身分狀態還是良民，可是她總是會被查出來……畢竟她的長相和當地人差異甚大……

如果她被抓到了，恐怕會被判死刑吧？

願上帝保佑她……

86

鄭成功答應開放貿易禁令後又過了幾個月，揆一發覺事情不太對勁。那就是從福爾摩沙出口的貨物，鄭成功竟然收取百分之一的貨物稅。百分之一也許不是很大的金額，可是原本只有荷蘭才有資格對福爾摩沙收稅，鄭成功收稅的舉動，侵犯到荷蘭的行政權，這使得揆一感到不安。

更令揆一不安的是，對福爾摩沙收稅，似乎也意味著擁有福爾摩沙的主權，揆一擔心鄭成功收稅的舉動是在試水溫，測試荷蘭方面對福爾摩沙主權的底線。

可恨的國姓爺！他一定是對福爾摩沙有野心，想要併吞福爾摩沙！

揆一在心裡咒罵著。

但是，其他的荷蘭官員認爲鄭成功是因爲缺乏軍費所以才對福爾摩沙收稅，這並不意味著鄭成功想要攻打福爾摩沙。

「國姓爺今年打算攻打江寧（南京），需要錢打仗，所以才對福爾摩沙徵稅。」其中一位官員如此說道。

「國姓爺正忙著和韃靼打仗，不可能分散軍力入侵福爾摩沙。」另外一位官員則是持這樣的看法。「國姓爺和我們進行貿易，也賺了很多錢。如果他侵略我們，將會失去很大的貿易利益，因此他絕不會對我們兵戎相向的。」也有官員如此樂觀看待。

但是，這些看法都不能使揆一安心，揆一還是認爲，鄭成功將會入侵福爾摩沙。外部有鄭成功的威脅，內部則是有民眾暴動的隱患。

雖然自從貿易限制解除後，對福爾摩沙居民收的稅也降低了一點，但還是有很多民眾依然不滿。尤其淡水地區的民眾，歷經殘酷鎮壓後，依然反抗著荷蘭的統治，讓揆一非常頭痛。

在與官員的會議結束後，揆一很不高興地與漢斯回到辦公室。

「淡水的怪物女子，調查得怎麼樣了？」揆一質問漢斯，「到現在還是沒有任何消息嗎？」

「是……是的……」漢斯惶恐地回應，「因爲淡水的居民還在反抗，我們控制不住他們，因此調查工作也難以進行……」

「這不是我想聽到的答案！」揆一咆哮道，「國姓爺準備要攻打江寧，我們要趁這個時候平定淡水！」

「現在實在不是時候啊！長官！」漢斯緊張地說，「我們的準備工作還不夠，不如再等幾個月觀察看看吧！」

由於漢斯的極力勸阻，揆一終於決定暫緩攻打淡水。

87

幾個月後，揆一收到了一個令他很驚訝的消息。

「國姓爺攻打江寧失敗了！」揆一看著戰報叫道，「因爲遇上颱風的關係，國姓爺的船隊遭到重創，只好退兵！」

「這對我們應該不會有影響吧？」漢斯說道。

「你說什麼！影響可大了！」揆一恐慌地說，「國姓爺打不下江寧，一定會把注意力轉往福爾摩沙！」

漢斯覺得很無奈，從今年開始揆一就不斷叫嚷國姓爺將要攻打福爾摩沙。然而整個熱蘭遮城沒有任何人認爲國姓爺有這個打算，只是因爲揆一是最高長官，因此大家還是得聽他的話。

「淡水的事還是搞不定嗎？」揆一不耐煩地問道，「如果我們現在出兵，能出動多少士兵？」

「最多一百名……」

「一百名……」聽到這個絕望的數字，揆一的臉擠成一團，像個包子一樣。

「但是『特別部隊』的指揮官說她可以支援一百五十名……」

『特別部隊』的功能主要是嚇唬民眾，把他們從固守的房屋或堡壘趕走……」揆一兩手摀著臉說道，「牠們是很可怕沒錯，可是若要殺人，效率還是比不上眞正的軍隊……」

「不如我們招募原住民參戰好了。」漢斯建議，「只要給錢，原住民很樂意幫忙打仗的。」

揆一想了一下，覺得這個建議可行。

「那就這麼辦吧！」揆一下令，「去招募原住民當討伐淡水的傭兵！至少要招到一百五十人！」

「爲了確保能力與忠誠心，要招到適合的原住民戰士可能需要些時間，而且我們還要訓練他們。」漢斯報告道，「這可能要花兩、三個月的時間。」

「那就決定明年春天，討伐淡水！」揆一拍板定案。

88

揆一開始對原住民進行募兵的工作。

只要擔任討伐淡水的傭兵，一天的工資相當於原住民一個月的所得。這個條件對原住民來說相當有吸引力，因此許多人躍躍欲試，就連池烈也是其中之一。

在某一天的教堂聚會結束後，池烈對達萊說想要當傭兵的決定。

「大家的，生活，很苦，」池烈對達萊說，「只要，當兵，就有，錢賺。」

「池烈，你是這裡數一數二的戰士，戰鬥對你來說不是問題，」達萊語重心長地說，「可是爲什麼我們的生活會這麼苦？還不都是因爲荷蘭人放任漢人交易商壓榨我們嗎？這樣他們就可以從漢人交易商那裡收到更多的錢！」達萊越說越激動，「他們讓我們過苦日子，現在又要用利益驅使我們幫他們打仗，你不覺得這實在太不正義了嗎？如果幫他們打仗，這不是太沒尊嚴了嗎？」

「我不懂，那麼，複雜，的事，」池烈感到有點委屈，「我只是，要多賺，錢。」

「好吧，好吧，那你就去吧！」達萊覺得很無奈，「你注意自身安全就好！打仗和打獵畢竟還是不一樣的！」

「我，知道。」

池烈於是就去參加募兵，也順利地入選了。

三個月後，揆一再度出兵攻打淡水。這次出動了一百二十名士兵與一百五十名原住民傭兵。

「就讓原住民傭兵打頭陣吧！」揆一下達指示，「那個怪物女子如果又出現，就先讓原住民把她纏住，然後我們的軍隊再開槍把她打死！」

「在纏鬥時開槍會打到那些原住民傭兵的……」

「沒有關係！他們死越多越好！如果他們死了，就不用付傭兵的酬勞給他們了！」揆一不屑地說，「反正原住民的命就跟垃圾一樣，如果能用來換取那個怪物女子的命也非常值得！」

89

西元一六五九年，荷蘭東印度公司派出原住民一百五十人，正規軍一百二十人的軍隊攻打淡水。

原住民傭兵團打前鋒，由一位荷蘭軍官帶領。

在原住民傭兵後面的是荷蘭火槍隊正規軍。

池烈也在軍隊裡面，他在隊伍最前面的位置，就在軍官的身後。

軍官與原住民傭兵，彼此並不懂對方的語言，但是原住民傭兵有受過訓練，軍官只要喊出「攻擊」、「後退」之類的命令，原住民就會做出反應。

經過三天的行軍之後，軍隊抵達了淡水。

池烈發現眼前的荷蘭軍官似乎很緊張，因爲天氣明明很涼爽軍官卻不斷冒汗，只是池烈因爲語言關係無法和對方溝通，而且軍隊裡面也不准彼此交談。

這名軍官曾經參加過第一次的淡水戰役，他知道接下來會遇到什麼所以有些緊張，但是池烈並不知道之前荷蘭攻打淡水時發生的事，以爲人只要上戰場，緊張是必然的。

軍隊繼續前進，來到了一座無人的小村莊，軍官下令在此休息。

不久之後，軍隊出現了騷動，原來是有原住民傭兵在村子裡發現了屍體。

荷蘭軍官對屍體的事不以爲意，可是池烈卻感到很疑惑。

因爲那些屍體，看起來不像是剛死的人。

剛死的屍體和死很久的屍體，外表是不一樣的，這點身爲獵人的池烈很瞭解，而且他還發現這些屍體都有個共同特徵，就是胸口被破壞得很厲害。

屍體胸口的肋骨幾乎都被粉碎，池烈發現這些破壞的痕跡很新，似乎是不久前才弄的。換句話說，這些屍體並不是因爲胸口受到重傷而死，而是死了很久之後，胸口才被破壞的。

池烈越看越覺得詭異，心裡不由得毛了起來。

而天色，也漸漸暗了。

90

到了晚上，荷蘭軍官命令幾個原住民站衛兵後就去休息了。

池烈也是衛兵之一，他站在比較外圍的位置，眼前是黑漆漆的一片森林。

到目前爲止都沒有任何反抗勢力的動靜。

到了半夜，池烈依然保持警戒。

突然，池烈感覺到森林的樹葉飄動的聲音不太正常，獵人的經驗告訴他，這表示有東西逼近！

如果是敵軍來襲，發現到敵軍時就要大喊叫醒大家，池烈順著聲音去查看，果然發現一道黑漆漆的人影在樹林間晃動！

正當池烈準備要大喊時，月光正好照到人影的臉，使得池烈可以看到對方的長相。

池烈看到對方，震驚極了，喉嚨瞬間僵硬。

那是瑪蒂娜！池烈看到的那個人影，正是好久不見的瑪蒂娜。

瑪蒂娜也發現到池烈了，她看見池烈時臉上也露出吃驚的神色。

「池烈！你不是池烈嗎？爲什麼你會在這裡？」

「瑪……蒂娜……」池烈錯愕極了，「爲何，你會，在這裡？」

「我是來幫助當地人的！」瑪蒂娜說道，「軍隊要屠殺他們，我不能讓這種事發生！」

「軍隊，我就是，軍隊。」池烈講話本來就比較慢，現在更慢了，「我是來，討伐，這裡的，叛亂者。」

「什麼叛亂者！這裡的人都是老實人啊！他們跟你一樣是原住民啊！」瑪蒂娜激動地說，「我發現到這裡有軍隊，所以你也是其中一份子嗎？」

池烈無奈地點頭。

「池烈，你回去吧！」瑪蒂娜也覺得很無奈，「我不想傷害你，但是我無論如何都要阻止軍隊屠殺民眾！」

「你也，回來吧。」池烈說到這裡時臉變得很紅，「我，很想你。達萊，牧師，都，想你。」

「我也很想念達萊和大家，但是我有一件很重要的事要做。」瑪蒂娜說到這裡時，神情突然變得有些詭異，「池烈，你相信死人會起來攻擊人嗎？」

池烈感到很驚訝。今天他才看見奇怪的屍體，甚至更久之前，達萊好像也說過死人會走路之類的話。

「死人，走路。」池烈驚訝地說，「達萊，說，他也，遇到過。」

「你說什麼！達萊也……遇到過？」

瑪蒂娜突然覺得心頭有些混亂，她整理一下思緒之後開始喃喃自語。

「我在一年半前來到這裡時，就遇上了死人在攻擊這裡的村莊。」

「這些死人必須要有一個操縱者控制才能行動，可是我把所有的死人都打倒後，卻怎麼樣都找不到操縱者。」

「我原本以爲這些死人和我過去瞭解的殭屍不一樣，可是它們的胸口也是有類似的操縱裝置，這表示它們還是要有人控制。」

「胸口的，裝置？」池烈聽到這裡時，突然想起白天看到的屍體，「所以，這裡的，死人，是你，打倒的？」

91

「正是如此！」瑪蒂娜說道，「這次他們的數量非常多，比上一次還多！但是我打倒幾個殭屍之後，他們就全部撤退了！」

「他們的目的好像只是趕走這裡的居民，當我瞭解到這點之後，我就明白眞正要對付的不是殭屍，而是軍隊，就像上次一樣。」

「上次因爲軍隊在白天大開殺戒，我無法在白天阻止，所以這次我決定要在軍隊還沒到這裡的大村之前，在夜晚的時候就先把軍隊擊退！」

「但是，我還是很在意殭屍的事。我一直以爲，控制殭屍的人就在淡水，所以我才一直留在淡水調查，但是卻一無所獲。」

「你剛剛說達萊在麻豆也看過殭屍，這表示，操縱者可能平常根本就不在淡水！也許是在麻豆！」

瑪蒂娜說到這裡時，突然閃過一個念頭，「等等……在麻豆的話……難道說……」

她想起在麻豆遇到安東妮雅的事。

「安東妮雅……難道……是她？」

瑪蒂娜想起安東妮雅曾在自己眼前消失的事。如果安東妮雅會隱形，那就可以解釋行蹤無法發現的原因了。

「在隱身的狀態下操縱殭屍……」瑪蒂娜喃喃地說道，「眞是可怕的技巧！看來我是非回麻豆不可了！」

「你要，回來，了嗎？」

「是的，不過在那之前，我要先讓軍隊回去才行。荷蘭不會只派遣原住民軍隊，一定還有主力火槍隊！只要我能把主力軍總指揮解決掉，失去指揮的軍隊就不得不退兵了。」瑪蒂娜盯著池烈說，「池烈，你能告訴我荷蘭主力軍的位置嗎？」

「好的，他們，就在……」

就在池烈準備說出的時候，突然傳來一陣叫喊聲。

原來是其他原住民衛兵發現到瑪蒂娜了。爲了防備瑪蒂娜的偷襲，荷蘭人訓練原住民只要看見軍隊以外的人，尤其女人，一定要叫喊。

軍隊都醒來了，有幾個原住民傭兵拿出獵刀奔向瑪蒂娜。

「糟了！我得先離開這裡！」瑪蒂娜想要衝出原住民的包圍，立刻跑向森林。

但是，原住民的身手很快，雖然現在是黑夜，還是很迅速地把森林的道路都占據了。

「瑪蒂娜，這裡！」

是池烈的聲音，瑪蒂娜發現池烈竟然一直跟在自己身邊。雖然很吃驚，但還是只能照著池烈說的方向走。

池烈說的方向，把守的都是池烈的同伴，他們也都認識瑪蒂娜，他們看見瑪蒂娜時，自動就把路讓開了。

「太好了！感謝你們！」

瑪蒂娜繼續往前狂奔，但是池烈依然緊跟在身旁，身後還有一群其他部落的原住民傭兵在追趕。

「往，這裡！」池烈拉住瑪蒂娜的手，指向另一個方向。

瑪蒂娜一看，那是荷蘭主力軍的位置，他們正往這裡來了。

就在瑪蒂娜準備過去的時候，幾個原住民傭兵把她圍住。

「請讓開！」瑪蒂娜用西拉雅語說，「我不想傷害你們！」

其中一個原住民傭兵大吼一聲，舉刀砍向瑪蒂娜，瑪蒂娜閃開之後把對方摔倒在地上。

其他原住民傭兵立刻對瑪蒂娜發動攻擊，但是都徒勞無功。

這時，有越來越多的原住民傭兵追上來了。

原住民跑速真快！果然還是沒辦法甩開！

瑪蒂娜雖然感到很無奈，但還是找機會突圍。

有一名原住民傭兵用擒抱的方式纏住瑪蒂娜，瑪蒂娜雖然立刻把他摔在地上，但是其他原住民前仆後繼地撲過來，讓瑪蒂娜窮於應付。

「砰砰砰砰！砰砰砰砰！」

「啊！」

「哇啊！」

就在這時候，一陣陣地槍響，許多原住民傭兵發出淒厲的慘叫聲之後倒在地上。

原來是荷蘭主力軍已經到達，他們排成數列，第一列射擊完後立刻換第二列進行射擊。

在連續射擊之下，瑪蒂娜身邊的原住民傭兵都倒下了，但是瑪蒂娜自己也被打中好幾槍。

怎麼會……這樣？

瑪蒂娜口吐鮮血，不敢相信眼前發生的一切。

這就是他們的目的？為了殺掉我，就犧牲這些原住民？

火槍繼續無情地發射，瑪蒂娜又被打中好幾槍，她從頭到腳都在流血。

「砰砰砰砰！砰砰砰砰！」

儘管這時應該要盡全力逃跑，但是當她看到腳邊的一群原住民傭兵屍體時，心裡的憤慨反而使她動彈不得。

瑪蒂娜的嘴角因爲憤怒而露出獠牙。荷蘭雇用原住民傭兵已經讓她很吃驚，現在又犧牲這些傭兵讓她更加憤怒。

但是，再怎麼憤怒，此時此刻都已無能爲力。如果不能闖入火槍陣進行近距離攻擊，她無法擊退敵人。更何況她現在受重傷，能不能安全脫離都是問題。

經過一連串的射擊之後，瑪蒂娜終於倒了下來，意識漸漸模糊。

93

荷蘭軍猛烈攻擊淡水河岸的村落。

許多當地的原住民遭到殺害，村子與田地幾乎都被燒毀。

經過了幾天的鎮壓，淡水到處都是燃燒的村莊，屍體堆積如山。這一次的鎮壓行動，幾乎粉碎了淡水的反抗勢力。

軍隊大肆屠殺與破壞之後，回到熱蘭遮城。

揆一收到戰報，看起來心滿意足，但是漢斯卻一副惶惶不安的樣子。

「你有什麼事嗎？」揆一覺得漢斯的樣子有點奇怪，「長久以來的淡水反抗勢力終於消滅了，這很好，不是嗎？」

「是的……可是……有一個小小的問題。」漢斯惶恐地說，「那就是，那個怪物女子……我們沒有找到她的屍體。」

揆一聽到這裡，眼皮跳了一下。

「我們的火槍隊確實把她擊倒了，可是當士兵要去檢查她的屍體的時候，突然跑出一個原住民傭兵把她的屍體搶走了……」

「你……你說什麼！」揆一的聲音尖銳又刺耳，「屍體被……搶走……而且是被……我們所雇用的原住民傭兵？」

「是的……但幸運的是，我們把這個搶走屍體的傭兵給抓起來了。」

「抓起來了？那有找到屍體嗎？」

「沒有……這個傭兵把屍體藏起來之後，竟然又跑到我們的軍隊自投羅網。」

「然後你們沒有辦法從他口中得知屍體的下落，沒錯吧？」揆一輕蔑地責罵，「你們這些飯桶！」

「對不起……但是，我們把他抓回來了，現在正關在監牢裡，也許我們可以用其他方法讓他招供。」

「哼哼，幸好你們沒有把他就地處決，還算有點腦袋。」揆一下令，「無論用什麼方法，總之一定要問出屍體的下落！不能確認怪物的死亡，總是無法安心！」

94

亨布魯克與荷蘭官員正前往監獄。

一路上，官員不斷地訴說犯人的狀況。

「這個原住民是個基督徒，」官員說道，「我們不明白為何他會違反軍令，把重要的敵人屍體給偷走。」

「你們所說的重要敵人屍體是什麼？」

「啊……這個……目前還是機密，所以不方便透露。」官員咳了一下繼續說，「總之，長官希望能請牧師閣下從犯人口中問出屍體的下落。該犯人不斷叫嚷要和您見面，相信由您出馬，事情應該會有結果。」

到了監獄，官員把牢房打開，亨布魯克於是進入牢房。

「池烈！」亨布魯克似乎早有預感，「果然是你！」

「牧……師……」池烈的樣子雖然很狼狽，但是眼神非常堅定。

「你……見到瑪蒂娜了吧？」

池烈聽到亨布魯克這麼說，大吃一驚。

「他們說你把屍體偷走，那個屍體就是瑪蒂娜的屍體，沒錯吧？」

池烈吃驚地點了頭。

「果然是這樣……」亨布魯克嘆了口氣，「你爲何要偷走她的屍體呢？」

「我是，爲了，救她，」池烈說道，「她，還沒死，還，活著，我，餵了，血，給她。」

亨布魯克大吃一驚，他檢查了一下，發現池烈的左手臂有明顯的咬痕。

「她說，她會，回來，但是，她要，先休息。」

「池烈！」亨布魯克焦急地說，「你能告訴我瑪蒂娜在哪裡嗎？如果公司沒有找到她的屍體，你將會被處死！」

「抱歉，牧師。」池烈似乎已經有覺悟，「我，不能說。」

「池烈！」亨布魯克更焦急了，「你如果死了，我、達萊、大家，都會很傷心！你把瑪蒂娜的藏身處說出來吧！我相信她也不願意你爲她犧牲性命的！」

池烈一句話也沒說。

半小時後，亨布魯克走出牢房。看守在牢房門口的官員由於聽不懂西拉雅語，因此立刻過來詢問結果。

「他什麼都不肯說。」亨布魯克表示很無奈。

95

為了救池烈的命，亨布魯克去見揆一。

「池烈到底是犯了什麼罪，必須要處死？」亨布魯克質問揆一，「他是非常忠信誠懇的基督徒，如果沒有一個交代就處死他，教會不會善罷干休！」

「這是軍事機密，原本不該說的，但是既然教會堅持，那我就告訴你池烈犯的罪。」揆一盯著亨布魯克說道，「池烈救了一個人，而這個人是淡水反抗勢力的一份了，在我們就要消滅這個人的時候池烈竟然救走對方！池烈犯的罪就是與淡水反抗勢力私通！」

亨布魯克陷入沉默，他知道池烈所救的淡水反抗份子其實就是瑪蒂娜，但是他卻不能說出來，畢竟他不可能公開承認教會與吸血怪物有往來。

「由於池烈堅持不肯說出私通敵人的原因，我們只好把他處決，這也是合情合理呀！」揆一瞪著亨布魯克，「我這樣依法行政，難道有錯嗎？」

亨布魯克十分懊惱，只能垂頭喪氣地回去。

達萊從亨布魯克那裡得知池烈的事，極為震驚。

「池烈……他不是說爲了賺錢才當兵的嗎？現在爲什麼……發生這樣的事？」

「他是爲了救瑪蒂娜的命，」亨布魯克哀愁地說，「對不起，其實我早就猜到瑪蒂娜就在淡水，但是卻沒跟你說。」

「沒關係的……牧師。」達萊覺得全身無力，連講話的力氣也快沒了，「難道……沒有其他方法……能救池烈嗎？」

「我已經盡力了……」亨布魯克流下了眼淚。

達萊的臉上也流下淚珠，「池烈他，大可救走瑪蒂娜之後就不要回來，爲何他又要自投羅網呢？」

「一個人在外面很危險的……」亨布魯克難過地說道，「如果不跟著軍隊，無法回到這裡……他明知會死也要回來，就是要告訴我們瑪蒂娜的消息……」

達萊明白在野外除了容易被野生動物攻擊，也很容易不小心闖入其他部落的狩獵場而遭到獵頭，因此許多被流放到野外的人都活不久，這也是他很擔心瑪蒂娜的原因之一。即使如此，躲在野外至少還是有一點生存機會，如果被東印度公司抓到，就眞的只有死路一條。達萊認爲池烈實在沒必要只爲了告訴他們瑪蒂娜的消息而讓自己被東印度公司抓回來。

「他太傻了……」達萊突然出現一股力氣大喊，「眞是個笨蛋！」

亨布魯克安慰他，「耶穌基督說過，爲了朋友捨命，這種愛，是最大的。池烈既然決定要犧牲，我們只能祝福他。」

達萊覺得亨布魯克說得有道理，但他還是很難過。

「牧師，你能不能安排我和池烈見面呢？」

「這恐怕很困難，」亨布魯克面露難色，「他連家人都被禁止見面了。」

「求求你！牧師！」達萊再三懇求，「我一定要和他見最後一面！」

禁不住達萊再三請求，亨布魯克只好勉爲其難地答應。

「我試著和公司談看看吧……就說是死刑之前的教徒聚會，希望能獲得通融……」

96

亨布魯克於是動用許多關係，經過一番交涉，總算讓達萊能見池烈最後一面。

達萊與亨布魯克一起進入監牢。達萊看見池烈，眼淚不禁流下來。

「別哭，達萊。」池烈平靜地對達萊說，「勇士，不哭。」

達萊把眼淚擦乾，平復一下心情之後，和亨布魯克一起坐在池烈旁邊。

「首先，我要感謝你。」達萊輕聲說道，「我已經聽牧師說了，你救了瑪蒂娜的命。」

「她，救過我。所以，我也要，救她。」

三年前的颱風，池烈因爲打魚被水沖走，當時是瑪蒂娜救了他。

「我有，事情，要，跟你們，說。」池烈謹愼地對兩人說道，「瑪蒂娜，她說，有殭屍，出現。」

「殭屍？」

「就是，死人，會走路的，死人。」

驚訝的神情顯現在達萊與亨布魯克的臉上。

「你們，要，小心。瑪蒂娜，說，操縱，殭屍，的，壞人，就在，麻豆。」

「！」

達萊與亨布魯克驚訝得說不出話，亨布魯克甚至顯露出恐慌。

「瑪蒂娜，現在，受重傷。但是，等她，傷好了，她會，回來，收拾，殭屍。」池烈儘管死期將近卻還是面露微笑，「瑪蒂娜，她會，回來，打敗，壞人。」

這時，官員進來表示時間已到。達萊與亨布魯克和池烈做了個禱告之後，離開監牢。

幾天之後，池烈遭到槍決了。

麻豆部落裡的年輕人非常傷心，他們只知道池烈是因爲違反軍令被處決的。

達萊原本想告訴其他人池烈是因爲瑪蒂娜的事而被判死刑，但是亨布魯克擔心會引起反荷情緒，懇求達萊不要告訴任何人，達萊儘管爲難，還是答應要保密。

但是，由於東印度公司不肯透露池烈違反軍令的內容，這造成了原住民幫荷蘭人打仗卻遭到處決的印象。再加上擊殺瑪蒂娜的當晚，幾個跟池烈一起參軍的麻豆原住民看見荷蘭軍竟然對原住民傭兵開槍，雖然東印度公司事後宣稱是因爲晚上太暗，看不清楚導致誤擊，還是有許多人不服氣。

麻豆的年輕一代原住民，沒有經歷過父輩的反抗荷蘭行動，因此對於荷蘭人不若父執輩那樣反彈，然而經過這次事件，一股反荷的情緒開始在年輕世代蔓延。

到了安息日的教堂聚會，當亨布魯克走上講臺時，發現一件令他吃驚的景象。

他看見許多來聚會的年輕人，都帶了一個陶壺，放在自己的位置旁。

這些人都是池烈的朋友，他們想要用這種方式來紀念池烈，於是也學池烈把一部分聖餐聚會的水倒在陶壺裡帶回去供奉。

達萊看到這種情形非常感動，但是亨布魯克卻覺得有些不安，因爲紀念池烈這件事也隱含著對荷蘭的不滿。

池烈的死雖然讓達萊傷心，但是卻沒有傷心很久，這除了原住民不會把傷心事一直放在心上的習性之外，瑪蒂娜即將回歸這件事也讓達萊心情好很多。

97

淡水鎮壓後不久，鄭成功再度攻打江寧失敗的消息傳到揆一耳裡。

「國姓爺這次兵敗，許多敗逃的士兵爲了躲避韃靼的追殺，都逃到福爾摩沙來了。」漢斯如此報告。

「我們應該監視這些人！」揆一說道，「他們一定會和國姓爺裡應外合，占領福爾摩沙！」

「我們沒那麼多人力監視……」漢斯覺得揆一又在疑神疑鬼了，「而且這些人可以成爲農耕的力量，我們應該歡迎他們。」

「漢人的人數，遠比我們還要來得多！他們只是缺乏一個有力的領導者而已，如果有強力的領導人物帶領他們，我們都將被趕出福爾摩沙！」揆一嘆了口氣，「唉！爲什麼你們這麼沒有危機意識呢？」

這時，有一位東印度公司的職員走進辦公室告訴揆一，「盧比斯夫人已經到了。」

揆一與漢斯立刻走進會客室。

會客室裡，安東妮雅正在悠閒地喝著中國茶。

「午安！安東妮雅小姐！」揆一行了個禮，「感謝您幫忙平定淡水！」

「客套話就免了，直接切入主題吧！」安東妮雅微微一笑，「相信大人已經看過我寫的信了，不知大人尊意如何？」

「求之不得！」揆一有些興奮地說，「我現在正需要這個！」

「據說最近有國姓爺的偵察船在沿海出沒。」安東妮雅說到這裡時，揆一與漢斯一下子緊張起來。

「只要大人一聲令下，我可以讓那些偵察船都消失！」

揆一聽了大喜，可是漢斯卻感到憂慮，「如果讓國姓爺知道我們打了他的船，恐怕會破壞彼此的關係……」

「別擔心……」安東妮雅嘴角微微上揚，「國姓爺絕對不會知道的……」

98

黃雄在田裡賣力地工作。

收成剛結束，他正在做田裡的清理。

由於最近增加不少新移民農夫，使得田裡的人手充裕了起來，加上農作物剛剛收割完，農夫們於是有很多空閒時間。

工作空檔時，原本的農民就會和這些新來的農夫聊天，一方面彼此認識聯絡感情，另一方面也想知道中國方面的情勢。

某一天，幾個農民又圍在一位新移民身旁聊天。

這個新移民農夫名叫李昆，由於他曾是鄭成功的士兵，因此引來許多人的好奇。

「國姓爺大人不久之後就要來這裡了！」李昆對其他農民宣稱，「大人知道各位都被紅毛鬼欺壓得很慘，因此經過深思熟慮之後，決定要驅除紅毛鬼拯救大家！」

「這是眞的嗎？」

「太好了！」

農民們聽到這個消息都很高興。

李昆繼續對大家說，「各位只要到海邊去，就可以遠遠地看見國姓爺的偵察船！」

幾個農民聽到後立刻往海邊跑去。

得知鄭成功要來的消息，黃雄心裡也不禁感到振奮，於是他也跟著大家一起到海邊去看鄭成功的軍船。

到了海邊，黃雄果然遠遠地看見一艘掛著鄭字軍旗的帆船。

農夫們看到鄭軍軍船，個個露出佩服的神色，還有人向遠方的軍船揮手大喊。

就在眾人看得陶醉的時候，突然間，海水開始急速翻騰。

「怎麼回事？」一位農夫發覺情況有點奇怪，「現在風平浪靜的，海水怎麼那麼波濤洶湧啊？」

黃雄看了也覺得不對勁，他發現有一塊區域的海水不斷急速流轉，以他從前當水手的經驗來看，這表示海底下有東西。

當他還在猜測會是什麼東西的時候，流轉的海面突然竄出一個巨大物體飛到空中。

農民看見時都嚇壞了，連黃雄也吃驚地瞪大眼睛。

那是一個看起來很像龍但是身型很臃腫的怪獸，牠全身都是水做的，牠竄出海面之後，在空中飛了一下又鑽入海裡。

「那……到底是什麼東西？」一個農民驚訝地大叫。

黃雄也沒看過這種怪物。

當大家還沒從驚嚇恢復過來時，水怪又衝出海面。

這次水怪從口中吐出一團水球，就剛好打在鄭成功的偵察船。

那水球就像砲彈一樣，打在船上立刻轟出一個大洞，水花四濺，船也劇烈搖晃。

水怪吐出水球後又鑽入海裡，不久之後再度竄出，又吐出一顆水球。

偵察船再度受到重創，沒多久就沉沒了。

偵察船沉沒後，水怪鑽入海裡，不再出現，海浪也漸漸平息了。

看到這一幕的眾人都嚇得說不出一句話。

99

幾天之後，李昆被發現死在自己的家裡。

他的家是臨時蓋成的茅屋，在村外的位置。由於有點偏僻，因此沒有人看見李昆死的時候發生什麼事。

李昆的屍體，全身都被咬爛，致命傷是在脖子。

來調查的東印度公司官員宣稱李昆是被野狗攻擊致死，但是黃雄認爲事情沒那麼單純。

不久之後，又陸續發生新移民死亡的事件。這些死亡的新移民，幾乎都曾經是鄭成功的士兵，而死因全都是被咬死。

連續的死亡事件，使得新移民人心惶惶，他們於是盡量地聚居在一起，並且建立巡邏系統，一有事就通報其他人。

由於他們人數眾多，揆一深以爲患，於是加強對新移民的監視。

西元一六六〇年初的某一天，揆一從新移民的聚落裡，打聽出鄭成功即將攻打福爾摩沙的日子。

「國姓爺將在三月二十七日率領艦隊攻打福爾摩沙！」揆一對漢斯說，「我們必須準備應戰，還要向巴達維雅方面求援軍！」

「這也許只是謠言，」漢斯說道，「國姓爺目前並沒有任何異常的動靜。」

「這是他的那些敗兵親口說的！」揆一生氣地說，「他們打算在國姓爺來襲時裡應外合對付我們！」

「國姓爺的偵察船都被我們祕密地擊沉了，」漢斯回應道，「他應該無法得知這裡的狀況，更不要說和這裡的人聯合攻擊我們了。」

「無論如何，準備工作還是要做！」揆一坐下來開始寫信，「我要寫信請巴達維雅方面派遣援軍，你去準備召集士兵吧！」

當漢斯要走出辦公室時，揆一突然想到一件事，於是把漢斯叫住。

「對了，順便跟安東妮雅小姐說一聲，說三月二十七日我們需要她幫忙作戰。有她的幫助，我們可以多擊沉好幾艘國姓爺的戰船！」

100

鄭成功即將攻打福爾摩沙的消息很快地就傳到了麻豆社。

麻豆的原住民並不認識鄭成功，只知道他「勢力強大到令荷蘭人害怕」，因此當他們知道鄭成功即將與荷蘭人作戰的消息時，許多人都雀躍不已。

麻豆的年輕人雖然不像長輩那樣反彈荷蘭人，但是對荷蘭人也是有所不滿，有些已經受洗成爲基督徒的年輕人，決定以後再也不要去教堂了。

在安息日當天，亨布魯克驚訝地發現竟然有將近一半的人沒來聚會。

更令他吃驚的是，在他開始講道後不久，有好幾個信眾站了起來，拔下掛在脖子上的十字架丟在地上之後就走出去了。

他們決定不再聽從亨布魯克的教導了。

還留在聚會場的，除了幾個牧師和達萊，其他幾乎都是女信眾了。

達萊看到這種情形，非常難過。

聚會結束後，達萊回到抄寫聖經的房間。

房間的書櫃上放了一整排他抄寫好的西拉雅語聖經。達萊希望以後可以讓每一位麻豆的基督徒都能有一本西拉雅語聖經。

但是，如果他們已經不再接受基督教信仰，那麼送這些聖經又有什麼意義呢？

達萊原本預計抄寫聖經累計到所有人都能有一本的時候一次發給大家，但是他現在就想要把目前所抄好的數量先發給那些還願意留在教會的人。

他去徵詢亨布魯克的意見，亨布魯克卻認爲現在不是時候。

「我怕你把聖經發出去之後，有人看到了這些聖經會加以破壞。」亨布魯克告訴達萊，「現在很多人的情緒都很高漲，他們甚至可能一時衝動燒了你辛苦抄寫的聖經！」

「我沒想到他們對上帝的信心這麼薄弱……」達萊哀愁地說，「明明在去年，他們還高興地在教會裡回答教義，現在卻這樣，眞是令人失望！」

「他們只是一時迷失，」亨布魯克只能安慰達萊，「相信以後他們會悔改的。」

101

幾天之後，蘇六拿著借據，前往新移民的聚落。

他現在除了與漢人做些買賣之外，也做起高利貸的生意。

新移民當中，有些人是爲了躲避滿清的統治而來到福爾摩沙，但是大部分都是鄭成功與滿清作戰失利的敗兵。

這些人逃到福爾摩沙之後，要安頓下來需要一筆費用，蘇六於是就借錢給這些人。

由於白天大部分的人都在田裡工作，因此蘇六是晚上的時候去收錢的。

就在他快要到新移民的聚落時，眼前突然跑出一大批人。

那些人全都是新移民，他們看見蘇六就趕緊大喊，「快逃啊，有殭屍啊！」

「有殭屍？」蘇六停下腳步，想問他們到底發生什麼事，他們卻全都逃走了。

「我是要去收錢的呀！」蘇六於是繼續往聚落前進。

他一來到聚落，就發現駭人的景象。

有很多新移民農夫拿著鐮刀、鋤頭等農具正在打鬥，可是他們打鬥的對象，看起來像人，卻又不像人。

蘇六看見其中一個農夫，壓住對方後，舉起菜刀砍下對方的頭，可是那個頭被砍掉的「人」竟然還能站起來！

「你快逃吧！」那個農夫對蘇六大叫，「這裡湧入了好多殭屍，非常危險啊！」

這些農夫全都曾經是鄭成功的士兵，他們雖然沒有正規的武器但是作戰技巧很熟練，地上有許多殭屍的斷肢殘幹都是他們打下來的。

蘇六看見那些屍體，覺得很噁心，他感到頭昏目眩，腳都快站不穩了。

這時，有幾個殭屍往蘇六的位置走過來。

蘇六一看嚇壞了，他跌坐在地上，想要呼救卻叫不出來。

「救……救……」蘇六望向其他人，其他農夫正忙著對付自己眼前的殭屍，沒空理會蘇六。

有一個走得最近的殭屍，張開大口，往蘇六撲過來。

102

蘇六閉上眼睛，他覺得自己已經沒命了。

可是，過了很久以後，什麼事都沒發生。

周圍的打鬥聲也漸漸停止了。

蘇六緩緩地睜開眼睛，發現眼前的殭屍全都倒下了。

不僅如此，那些農夫所對付的殭屍也全都倒了。蘇六發現那些農夫每個人都很驚訝地看向一個方向。

蘇六望著農夫所看的方向，發現到一個黑衣長髮的女人。

女人正背對著蘇六，當她轉身時，蘇六大吃一驚。

「你是……那個……吸血妖怪！」

女人正是瑪蒂娜，當她趕到時，一下子就把襲擊蘇六的殭屍全部擊倒，連那些農夫正在對付的殭屍也全被她收拾了。

農夫們很驚訝，因爲這些殭屍他們砍好多下都不倒，眼前這個黑衣女子卻只是一掌打進殭屍的胸口，殭屍就不動了。

「蘇六！」瑪蒂娜用西拉雅語對蘇六說，「我不會講漢語，所以請你告訴其他人，殭屍的弱點在胸口，只要把胸口的骨頭打碎，殭屍就不會動了！」

「是的，吸血妖怪小姐！」蘇六於是趕緊把瑪蒂娜的話告訴其他人。其他人知道後，趕緊跑去跟更多人說殭屍的弱點。

瑪蒂娜繼續進入聚落裡，她看見幾個農民在把守一個棚子。棚子裡都是奄奄一息的人，那些人不是被殭屍咬傷就是被抓傷。

「糟糕，這種殭屍的毒性雖然較弱，可是如果沒有治療也是會致死的。」

瑪蒂娜於是想過去幫他們治療，可是卻被守衛的農民趕走。跟在瑪蒂娜後面的蘇六看到這種情形，趕緊過來幫忙翻譯。

守衛知道後立刻讓瑪蒂娜進入棚子裡，蘇六也跟著進去，可是他一進入棚子就聞到一股可怕的惡臭。

哇！裡面好臭啊！聞到這味道就想吐！

妖怪小姐不會覺得很臭嗎？

蘇六於是只好站在棚子外面。

瑪蒂娜來到一位傷患身邊。這名傷患氣喘吁吁，脖子有嚴重咬傷，瑪蒂娜把手按在他的傷口上，閉起眼睛祈禱，不久之後傷口就開始結疤不再惡化了。

被治好的傷患又驚又喜，其他人看見了也嘖嘖稱奇。

「這女人一定是玄天上帝派來的！」

「上帝公顯靈了！」

原本無精打采的人們突然振作起來。瑪蒂娜看了一下他們，因爲聽不懂他們說的話，就回頭繼續幫其他人療傷。

103

由於傷患不少，加上一直有傷患被送進來，瑪蒂娜花了很長的時間才把棚子裡的傷患都治好。她擔心外面的殭屍沒有人對付會繼續造成傷亡，因此在治好傷患後立刻就衝出棚子去找殭屍。令她驚訝的是，殭屍幾乎都被消滅了，到處都是胸口碎裂的殭屍倒在地上。

原來是農民們以三到五人為一組，有人拿棍子，有人拿鋤頭。當殭屍來到的時候，拿棍子的人會先把殭屍絆倒，殭屍倒下後拿鋤頭的人就舉起鋤頭把殭屍的胸口打碎。

瑪蒂娜親眼看見一組人就是這樣作戰的。她雖然透露了殭屍的弱點，卻沒想到殭屍群竟然就被這些農民消滅了。

「這些人怎會有如此的身手？」瑪蒂娜詢問一直跟著的蘇六，「我從未看過有農民這麼會作戰的！」

「他們本來可都是國姓爺大人的士兵啊！」蘇六驕傲地說，「國姓爺的軍隊可是一支勁旅，底下的兵個個身手了得啊！」

「國姓爺？那是誰？」

「就是鄭成功啊！他是反清復明的大英雄！」

「反清復明？什麼是反清復明？」

蘇六一時語塞，他立刻想起瑪蒂娜是歐洲人，可能不清楚東方的事。

「總之，國姓爺很偉大就是了。」蘇六只好隨便應付瑪蒂娜的問題，「他不久之後就要來到福爾摩沙了！」

瑪蒂娜並不瞭解鄭成功即將來到福爾摩沙意味著什麼。她拿出懷錶看了一下時間之後突然變得很緊張。

「我必須走了！」瑪蒂娜對蘇六行禮，「非常感謝你的幫忙！」

她說完之後就以飛快的速度跑掉，蘇六趕也趕不上。

104

亨布魯克來到了新移民的聚落視察。

他眉頭深鎖地檢視地上一排排的殭屍殘骸。

農民們把殭屍打敗後，將殘骸集中起來讓官員檢查。

荷蘭官員臉色凝重，一言不語，負責翻譯的牧師正在把農民們的意見翻譯給官員聽。

「原來這就是達萊說的會走路的死人……」亨布魯克感到很噁心，「到底是怎樣的惡魔做出這樣的事呢？」

視察結束後，亨布魯克與牧師們討論一陣子，然後對官員表示教會願意幫忙調查殭屍問題。

「我們希望能承擔這項業務，」亨布魯克對官員說，「保護民眾免於魔鬼的傷害是教會的職責。」

「不！牧師！」官員看起來有點生氣，「教會要做的事情是調查那個怪物女子的所在！公司也會全力追查她的下落！」

「怪物女子？」

「是的！她已經到這裡了！」官員說道，「這些農民說有個女人幫他們打倒殭屍，我相信一定就是那個怪物女子！」

是瑪蒂娜！亨布魯克心裡思索，她幫農民打敗殭屍……這表示殭屍應該不是她召來的……

她既然回來了，那麼她一定會來到教堂！

我應該跟公司報告嗎？

等等……發生如此重大的殭屍攻擊人的事件，公司卻把目標放在瑪蒂娜身上……這實在太奇怪了。

「聽說那個怪物女子曾經在教堂住過。」官員繼續說道，「如果你有看到她，一定要通知我們！」

「是，我知道了。」亨布魯克假裝答應官員，「如果有她的下落我一定馬上通報。」

105

到了晚上，亨布魯克依然留在教堂。

達萊已經回去了，亨布魯克並沒有告訴他瑪蒂娜已經回來的消息，他認爲現在還不是告訴達萊的時候。

教堂的門是半關著的，亨布魯克就坐在門口附近，只要有人進來他馬上就會發覺。

時間一分一秒地過去，亨布魯克覺得有點緊張，他做了一個禱告放鬆心情。

幾個小時過後，時間已經是半夜了，他覺得有點睏，就在他想要打個盹的時候，突然聽到一陣沉重的腳步聲。

這聲音並沒有很大，但是足以讓他聽見，他連忙站起來，跑到門口。

外面非常的暗，僅有微弱的星光。亨布魯克看見一個黑影，背著一個巨大的像箱子一樣的東西，緩緩地走向教堂。

「瑪蒂娜！」亨布魯克向黑影喊叫，「是你嗎？」

黑影抬起了頭，亨布魯克看見一張慘白的臉有點嚇一跳，但立刻又恢復鎮定。

「果然是你！」亨布魯克確認對方是瑪蒂娜，心裡有些激動，「你終於回來了！」

「牧師！」瑪蒂娜向亨布魯克打招呼，「眞高興能再見到您！」

亨布魯克這時才看清楚，瑪蒂娜揹著的那個巨大箱子是她的棺材。

「這……兩年前你離開這裡的時候也是這樣地把棺材揹在身上嗎？」亨布魯克不可置信地說道，「那個棺材至少要四個男人才抬得動……你的力量眞是驚人……難怪公司這麼忌憚你！」

「抱歉……牧師，」瑪蒂娜有點不好意思地說，「我又要把我的家寄放在這裡了。」

亨布魯克於是趕緊讓瑪蒂娜進入教堂，他帶領瑪蒂娜進入教堂的儲藏室，把棺材放在那裡。

「現在公司正在通緝你！」亨布魯克提醒，「你的東西如果放在一般的房間很容易被發現！這裡雖然有點髒亂但是卻很隱密。」

「非常感謝您的幫忙！」瑪蒂娜向亨布魯克道謝。

亨布魯克接著帶瑪蒂娜來到他的辦公室。

「我有問題要問你，」亨布魯克對瑪蒂娜說道，「我們互相交換意見吧！」

106

「我要先告訴你一個不幸的消息。」亨布魯克的臉色突然沉了下來，「池烈死了。」

「！」瑪蒂娜吃驚地望著亨布魯克。

「他因爲救了你，被公司當作是叛徒遭到處死。」

「怎……怎麼會這樣……」瑪蒂娜似乎受到很大的打擊，她的眼角開始流出血來。

雖然之前已經看過，亨布魯克看見瑪蒂娜眼睛流血還是嚇了一跳。他平復了一下心情之後提出問題。

「我今天早上去看了達萊所說的會走路的死人了。」亨布魯克想到早上的場景還是感到噁心，「那就是所謂的殭屍吧？我發現不少殭屍都是在瘟疫中死去的人，他們爲何變成這樣？」

「有人褻瀆了死者的遺體，把這些遺體做成了殭屍。」瑪蒂娜擦乾血淚之後回應道，「我回到這裡就是爲了找這個褻瀆死者的人。」

「竟然有這樣的人！」亨布魯克驚嚇得冒出冷汗，「太可怕了，眞是惡魔啊！」

「更可怕的是，這個人可能還和東印度公司合作。」瑪蒂娜對亨布魯克說，「只要有民眾反抗，就會出現殭屍！甚至東印度公司要鎮壓民眾之前，一定會有殭屍先來襲擊民眾！」

「如此說來，」亨布魯克越說越害怕，「昨晚出現大量殭屍攻擊民眾，可能也是公司幕後主使的了……這樣的話我就明白為什麼公司會拒絕教會調查殭屍了！」

「太可怕了……實在太可怕了……為什麼公司會變成這樣呢？」亨布魯克低下了頭，表情很痛苦，但是他隨後又抬起頭，眼神變得很堅定，「我一定要去質問揆一！」亨布魯克臉上的懼怕消失，態度堅決地說道，「讓這種惡事出現，實在令主蒙羞！」

「達萊還好嗎？」瑪蒂娜轉移話題問道，「他有沒有生病或受傷？」

「他的身體很好，不過他的心裡很不平靜。」一提起達萊，亨布魯克又顯出憂愁，「之前是池烈之死，現在又是教友離開……達萊現在變得比以前更憂鬱了。」

「真令人難過……」

「不過他只要見了你，相信心情就會變好的。」亨布魯克這時總算露出微笑，「最近都沒有遇到好事，你的回來是唯一一件令人振奮的事了。」

瑪蒂娜蒼白的臉突然紅了起來。

亨布魯克這時打了個哈欠，「我很睏了，今晚又要睡在教堂了，你也先去休息吧。」

「晚安，牧師。」瑪蒂娜向亨布魯克行禮，「願主看顧您一夜好眠。」

107

第二天，亨布魯克前往熱蘭遮城。

他怒氣沖沖地走向揆一的辦公室，不論官員怎麼攔阻都沒用。

他闖進辦公室，看見揆一與漢斯正在討論事情。

「有什麼事嗎？」揆一看見亨布魯克闖進來有點驚訝，「我現在很忙，您要見面應該先預約。」

「揆一！你好大的膽子！」亨布魯克憤怒地大罵，「你竟敢背棄上帝！」

「這是什麼意思？」揆一更驚訝了，「說我背棄上帝？這可是很嚴厲的指控啊！請問我是做了什麼背棄上帝的事呢？」

「你不要再假裝了！」亨布魯克冷冷地說道，「我已經知道了，那些攻擊人們的殭屍就是你主使的！」

「這是什麼話！」揆一的表情看起來似乎是受到很大的驚嚇，「說我……主使殭屍？牧師您是在開玩笑嗎？」

「我看起來像是在開玩笑嗎？」亨布魯克瞪著揆一，「我就在奇怪爲何公司不去調查殭屍的來源，原來是因爲殭屍根本就是公司派來的！」

「是誰……告訴你這麼荒唐的事？」揆一有點上氣不接下氣，「你沒有……證據……」

「是誰告訴我的並不是重點！」亨布魯克繼續盯著揆一，「你讓殭屍去攻擊那些新移民，究竟是何居心？」

「那些新移民都是國姓爺的士兵！」揆一憤怒地說，「國姓爺不久之後就要打過來了，如果不處理掉那些新移民，到時他們會跟國姓爺一起攻擊我們！」

漢斯在一旁聽得心驚膽顫，因爲揆一這麼回答等於間接承認殭屍就是公司叫來的。

「然後你不方便公然鎮壓他們，因爲害怕引起所有漢人的反抗，所以就利用殭屍來殺人嗎？」亨布魯克嚴厲地指責揆一，「你眞是墮落得無藥可救！」

「住……住口！」揆一臉紅脖子粗地咆哮，「你懂什麼？你怎能瞭解我的壓力有多大？身爲東印度公司福爾摩沙的最高長官，我的首要任務就是保住公司在福爾摩沙的利益！」

「所以你就把靈魂賣給魔鬼？」亨布魯克依然嚴厲，「如果這件事傳到國內，你認爲你可以沒事嗎？」

「如果我說殭屍的事跟我一點關係也沒有，你也沒有證據說就是我做的！」揆一毫不退讓。

「我會找到證據的！」亨布魯克瞪了揆一幾眼之後頭也不回地離開。

108

當亨布魯克趕回教堂時，已經是晚上了。

他一進入會堂，就看見瑪蒂娜坐在會堂前排禱告。

「瑪蒂娜，」亨布魯克疲倦地說，「你有看見達萊嗎？」

「沒有呢，我才剛起來。」瑪蒂娜發覺亨布魯克來了，趕緊起身打招呼，「他還留在教堂裡嗎？」

「他現在應該差不多要回家了。」

亨布魯克話剛說完，就發現達萊的身影出現在會堂角落。

瑪蒂娜也注意到達萊了，她趕緊上前問候。

達萊比以前更瘦了，他看起來很憔悴，身體好像隨時都會倒下。

「達萊！」瑪蒂娜看到達萊這個樣子，有點傷心，「是我啊！我回來了！」

雖然晚上很暗，但是瑪蒂娜蒼白的臉還是很容易看見。達萊發現是瑪蒂娜之後，久久不能言語。

亨布魯克讓大家都坐下之後，達萊總算開口了。

「瑪蒂娜……」達萊稍微打起了精神，「謝謝……謝謝你……回來了。」

突然被道謝，讓瑪蒂娜有點不知所措。

「池烈的事，我很難過。」瑪蒂娜表示惋惜，「如果他沒有參加軍隊就好了。」

「我本來反對他幫東印度公司打仗的。」達萊說道，「可是如果他沒有參加軍隊，就沒有救你這件事了……這樣的話死的就是你……這也是我不願接受的……」

「如果東印度公司沒有雇用原住民當傭兵的話，我是不會輸的！」瑪蒂娜生氣地說道，「他們利用原住民抓住我然後開槍，許多原住民都被打死了！」

「原來……是這麼回事……」達萊聽了很驚訝，「這實在……太過份了……他們還說池烈是叛徒所以要處死……」

「呵呵！叛徒？」瑪蒂娜蒼白的臉冷笑起來有些可怕，「那些被他們打死的原住民才是遭到背叛的！可惡的東印度公司！」

瑪蒂娜不斷咒罵著東印度公司令亨布魯克覺得心情很複雜，一方面公司的某些作法的確是殘忍甚至是卑鄙，但是如果沒有東印度公司，教會也很難在福爾摩沙發展傳教事業。

甚至，瑪蒂娜當初來到福爾摩沙，搭的也是東印度公司的船，她的身分證也是東印度公司發的。以法律上來說，瑪蒂娜其實不應該跑去幫忙福爾摩沙人反抗東印度公司，然而這方面亨布魯克並不想指責瑪蒂娜。雖然他對公司也是不滿，但是並不想全盤否定東印度公司，他相信只要把那些壞份子找出來，公司就可以回到正道上。

「上次你說殭屍出現是有人在操控。」亨布魯克很在意殭屍的事，於是問瑪蒂娜，「到底是誰在操控，你有頭緒嗎？」

「我懷疑是一個叫安東妮雅的女人做的。」瑪蒂娜一邊思考一邊回應，「我見過她幾次……她實在是……很奇怪的一個人……」

「安東妮雅……」亨布魯克對這個名字並沒有印象，「我可能要去查一下歐洲移民的名單，不過安東妮雅這個名字很常見。」

「我也會去調查。」瑪蒂娜說道，「如果殭屍眞的是她控制的，我相信她應該會把殭屍藏在這附近的森林或山區裡。只要找到這些殭屍，相信也能找到她。」

「在福爾摩沙，隨便跑到森林或山區很危險啊！」亨布魯克憂心地說，「森林裡有很多危險的野獸！」

「野獸對我來說不是問題。我剛到福爾摩沙時，有一陣子幾乎每天都在跟野獸搏鬥呢！」

亨布魯克這時才突然想到瑪蒂娜不是普通人。

「可是，森林往往也是原住民的狩獵場。」亨布魯克繼續提出他的憂慮，「在福爾摩沙，如果闖入原住民的狩獵場會遭到襲擊，頭會被割下來的！有很多森林以及山區都是東印度公司無法控制的區域，隨便進去等同送死啊！」

「闖入森林會被原住民割下頭……這我不知道呢！」亨布魯克的話讓瑪蒂娜有些吃驚，「這幾年來我在福爾摩沙許多森林以及山區都跑過，除了偶爾看到陷阱以外，從沒遇到過任何原住民的襲擊呢！」

「這可奇怪了……」亨布魯克疑惑地說，「許多部落現在還是有獵人頭的習俗，他們會把外人的頭割下來放在家裡裝飾。不論男女老少，只要走進他們的地盤就會被獵頭！」

「連女人和小孩也會被獵頭嗎？」瑪蒂娜感到很吃驚，「這實在……有些可怕！」

「我們傳教士之所以要積極傳教也是爲了破除這種習俗，」亨布魯克說道，「這麼多年來雖然有些成果，但還是遠遠不夠啊！」

「我以爲原住民都是很熱情、善良的，但是他們在戰鬥時簡直就像野獸一樣。」瑪蒂娜想起與原住民傭兵交戰的那一晚，那是她首次與福爾摩沙的原住民搏鬥。

「要驅使原住民戰鬥，遠比你想像中容易。使用金錢是其中一種方法，還有一種方法是利用部落與部落之間的不合，煽動他們互相攻擊。」

「煽動他們互相攻擊？爲什麼要這麼做？」瑪蒂娜驚訝地問道。

「這是爲了確保東印度公司的統治所採取的措施……如果原住民團結一致的話，一旦他們對公司不滿，這會形成很大的反抗勢力。」亨布魯克繼續說道，「因此讓原住民互相牽制，不會共同敵視公司，這樣有助於穩定公司在福爾摩沙的統治，這是一種政治手段。」

110

「又是……政治的事……爲什麼只要牽扯到政治就不會有好事呢？」瑪蒂娜的臉色黯淡了下來。

「怎麼了？有什麼問題嗎？」亨布魯克看見瑪蒂娜突然陷入低潮，覺得有點疑惑。

「沒有……沒事……我只是想起了往事……」瑪蒂娜平復了一下心情後說道，「我沒有被原住民獵頭，實在是天主保佑。我永遠記得與原住民戰鬥的那一晚所感受到的壓力。」

「可是如果你再繼續往山裡竄的話，難保有一天會被獵頭。」亨布魯克擔憂地說，「我知道你非常厲害，但你畢竟是女性，最好還是不要冒險。」

「但是，這事我非做不可！」瑪蒂娜堅定地說道，「殭屍的事也牽扯到我的過去，因此我調查殭屍並不單單只是爲了福爾摩沙，更是爲了我自己！」

「你的過去……」亨布魯克記得瑪蒂娜曾說過她因爲某些爭執而把父親殺了，但是他不明白瑪蒂娜所說的父親爲了阻止戰爭而犯錯是指什麼？

「瑪蒂娜應該是晚上的時候去森林裡吧？」一直沒有開口的達萊突然說話了。

「是的……沒錯……」瑪蒂娜說這話很小聲。

「晚上的話，不會有人出來狩獵的。」達萊如此說道，「晚上在森林裡只會遇到野獸而已，基本上不會遇到獵人。」

「喔，原來如此。」亨布魯克也突然瞭解了，「因爲瑪蒂娜只會在晚上出現，這就避開了原住民的打獵時間，所以不會受到襲擊也是當然的了。」

「這樣的話，就不需要擔心了。」瑪蒂娜說，「我想立刻就開始去找殭屍的線索。」

「那我和達萊就先回去了，」亨布魯克起了身，「路上還是要小心！我會盡快找到安東妮雅的資料。」

111

到了早上，亨布魯克召集了牧師查閱所有在福爾摩沙歐洲人的資料。他原本以爲會花很多時間，沒想到很快就找到安東妮雅的資料了。

亨布魯克查到東妮雅的住址之後，來到安東妮雅的宅邸。

「請問您有什麼事嗎？」來應門的正是警備兵拉迪斯。

「我要找一位名叫安東妮雅的女士，她住在這裡沒錯吧？」

「是的，不過她現在不在家。」拉迪斯說，「您有什麼需要轉達的話嗎？」

「喔，她不在嗎？」亨布魯克正想要離開時，突然想到可以問拉迪斯一些問題，「請問安東妮雅平時都在做什麼呢？」

「詳細情況我也不曉得，因爲她不許我上二樓，」拉迪斯一派輕鬆地說，「她很常外出，經常一出去就是好幾天，我不曉得她是去做什麼，她也從來不告訴我。」

「嗯……經常外出……以一個女性來說是有點奇怪……」

「更奇怪的是，她經常一聲不響地就突然出現在我旁邊，我好幾次都被嚇得半死。」

「一聲不響？突然出現？」亨布魯克越來越覺得安東妮雅很可疑，於是就問道，「那你在這裡有沒有看到什麼奇怪的東西，或聽到什麼奇怪的聲音？」

拉迪斯想了一下後回答，「奇怪的東西倒是沒有看到，至於奇怪的聲音……好像也沒有什麼印象……」

「嗯……」亨布魯克整裡了一下想法，他覺得還是有必要和安東妮雅親自見面。

「我有很重要的事要請教安東妮雅，但是既然她不在，我改天再來拜訪，今天先告辭了。」

亨布魯克於是就離開了。

當拉迪斯送走亨布魯克，轉身走向大廳時，赫然發現安東妮雅就站在眼前。

「夫……夫人！」拉迪斯被嚇到了，「您……什麼時候回來的？」

「你們剛剛說的話，我都聽見了。」安東妮雅不理會拉迪斯的問題，有些生氣地說道，「幸好你沒有說些不該說的話。」

「不……不敢！」拉迪斯恐慌地低下頭，「因為亨布魯克牧師是個德高望重的人，我不敢怠慢他……」

「你在他面前，藏不住祕密。」安東妮雅冷冷地說，「既然如此，就由我親自去見他好了。我不想他靠近我的房子！」

112

亨布魯克先回家裡拿一些乾糧之後到了教堂。

他到教堂時天已經暗了，他先把一份乾糧交給達萊之後，就打算回到辦公室等瑪蒂娜起來。

就在他正要走到辦公室時，突然傳出教堂大門打開的聲音。

奇怪？教堂的門沒鎖嗎？

由於其他的牧師以及教堂工作人員都已經先回家，因此亨布魯克只好自己去察看教堂的門爲什麼被打開。

他一到聚會大廳，立刻就發現一個女人站在教堂門口。

「請問您是？」

「安東妮雅．香吉士．盧比斯。」安東妮雅雖然臉上在微笑，但是眼睛卻冒出怒火，「聽說你有事找我？」

亨布魯克本想先問她是怎麼打開教堂大門，可是他突然想起一件事，於是對安東妮雅說，「你……

可以打開教堂的大門，是因爲你有教堂的鑰匙，沒錯吧？」

安東妮雅沒有回答，只是冷笑。

「一般人是不會有教堂鑰匙的，除了教會人員之外……就只有……東印度公司才有！」亨布魯克盯著安東妮雅說道，「你的鑰匙，是東印度公司給你的！」

「鑰匙確實是公司給的。」安東妮雅說道，「這可當作我替東印度公司工作的證據，是不是這樣呢？」

「難道不是嗎？」亨布魯克不由得提高聲音，「公司的某些作法，背離了上帝的道，我正在調查是誰暗中做出這種齷齪事！」

「我不打算隱瞞。」安東妮雅又是冷冷地一笑，「你所謂的齷齪事，是幾天前的殭屍事件吧？我可以告訴你那確實是我做的。」

「你……你……」亨布魯克一方面驚訝對方這麼快就承認，一方面也感到很憤怒，「你這個魔女！使用邪術害人，依照教會規定必須處以火刑！」

「請冷靜一下，牧師先生。」安東妮雅微笑地說，「我可是爲了東印度公司以及教會的未來才讓殭屍去攻擊那些新移民的呀！」

「你這是什麼意思？」原本在盛怒中的亨布魯克突然愣住了。

「東印度公司在福爾摩沙的兵力十分不足，我使用殭屍可是幫公司省了很多傭兵的費用。而且，國姓爺幾天之後就要攻打福爾摩沙了。」安東妮雅說道，「要是國姓爺占領這裡，東印度公司固然會被趕走，教會也將無法立足。」

亨布魯克沒有反應。

「國姓爺將會拆了這個教堂，改建他所信仰的神的廟。他還會把聖經都燒掉，讓當地人閱讀他們漢人的經書。」安東妮雅瞪著亨布魯克冷冷地說，「這一切，是你想看到的嗎？」

113

「我的確不希望這種事會發生。」亨布魯克咬牙說道，「可是這並不表示你可以使用殭屍這種受詛咒的東西去殺人！」

「我殺的那些人，都是國姓爺的士兵。之所以殺他們，是爲了避免國姓爺打過來時他們趁機作亂。」

「要避免他們作亂，有其他的方法！」亨布魯克生氣地說道，「你褻瀆死者，製作出殭屍，這是罪大惡極！」

「褻瀆？這只不過是你的偏見罷了。」安東妮雅滿不在乎地說，「這些屍體，都是在瘟疫中死去的人。反正埋在土裡也是爛掉，我拿來利用有什麼不對呢？」

「遺體沒有妥善處理，靈魂將不得安寧！更何況你也沒有資格去動用別人的遺體！」

「靈魂有沒有得安寧取決於對上帝有沒有信心，這不是你們教會人士最喜歡說的嗎？既然重點在信心，那麼有沒有體面的喪禮又有什麼關係呢？」安東妮雅依然顯得很無所謂，「至於有沒有資格，我認爲當人失去生命後，就已經失去控制身體的資格了。」

「你這種想法，太不尊重死者！人就算死了，身體也還是他的，我們怎麼可以隨便動他人的東西？這是一種侵犯他人權利的行爲！」

「尊重、權利之類的東西是對活人才有意義。死人又沒感覺，所謂的尊重死人權利不過是活人自我安慰的藉口罷了。」

這時，達萊從抄寫室走出來正準備要回家，他聽到聲音，於是就到大廳看發生什麼事。他走到大廳時，發現瑪蒂娜已經起來了，她正躲在柱子後面偷聽亨布魯克與安東妮雅的爭辯。

達萊看見亨布魯克咬牙切齒，面紅耳赤。亨布魯克看見達萊，就對他說，「達萊！你先回去吧！這個女人是惡魔！非常危險！」

「惡魔？」達萊看著安東妮雅，不覺得她有什麼危險性。

「呵呵呵，小伙子，」安東妮雅笑著對達萊說，「掩埋屍體的工作很辛苦吧？其實你大可把屍體丟在地上不要埋掉，省得我還要花功夫去把屍體挖出來。」

達萊震驚極了，他立刻退後警戒了起來。

「不過最令我頭痛的，還是那個叫瑪蒂娜的吸血怪物！」安東妮雅不悅地說，「如果不是她，國姓爺的士兵已經被我殺光了！」

「你知道瑪蒂娜的事？」達萊並不清楚幾天前的殭屍事件，也不曉得是瑪蒂娜救了那些新移民。

「呼呼……她是個吸血怪物，依照教會規定，是不是也應該要處以火刑呢？」安東妮雅對亨布魯克冷笑道，「包庇吸血怪物住在教堂裡……這件事如果傳到國內，亨布魯克牧師你覺得你會沒事嗎？」

「你……」亨布魯克沒想到安東妮雅竟然會用瑪蒂娜威脅他，一時之間不知該如何回應。

114

「瑪蒂娜不是怪物！」達萊突然向安東妮雅抗議，「你亂動別人的身體，你才是怪物！」

「我不是亂動，我是做有效的資源利用。」

「死掉的身體應該要埋在土裡！你把身體挖出來就是亂動！」

「算了，算了！」安東妮雅搖搖頭，「我不想跟你這個沒頭腦的野蠻人交談。我只要你們接下來不要妨礙我就好。」

「你還要繼續作惡嗎？」亨布魯克吃驚地瞪著安東妮雅。

「我剛剛不是說過了嗎？國姓爺幾天之後就要攻打福爾摩沙了。」安東妮雅顯得有點不耐煩，「我認爲與其你們在這裡批評我的作法，不如想想如何才能抵擋國姓爺的侵略！」

「我們會請巴達維雅方面派遣援軍。」亨布魯克昂然說道，「抵擋敵人入侵，要用正當的方法，而不是像你這樣使用邪術！」

「打贏戰爭的方法只問有沒有效，不問正與邪！只要能打贏，什麼方法都要用！」安東妮雅再度搖搖頭，「你們不瞭解國姓爺入侵這件事的嚴重性，所以才會一直跟我吵殭屍的道德問題。」

「戰爭的勝負只是一時的。」瑪蒂娜從柱子後走了出來，「但是道德卻是永恆的。」

亨布魯克大吃一驚，沒想到瑪蒂娜竟然在這種時候現身。

「你不必驚訝，牧師。」安東妮雅對亨布魯克微微一笑，「我早就知道她藏在這裡了，不過你不必擔心我會向公司告密，除非你堅持要把我的事透露出去。」

亨布魯克沉默不語，他知道安東妮雅說得沒錯。雖然他是憑良心收留瑪蒂娜，但是外面的人不見得會理解。如果他舉發揆一勾結安東妮雅操縱殭屍，他自己也會因爲藏匿吸血怪物被問罪，瑪蒂娜甚至會被燒死。因此雖然很不甘心，但是目前也只能保持沉默。

「好久不見了呢，大小姐。」安東妮雅對瑪蒂娜行了個禮，「看到你依然美麗如昔，我很高興呢。」

「你……認識我？」

「在你沉睡的時候，我可是每天都在照顧你呢。」

安東妮雅的話讓瑪蒂娜大吃一驚，亨布魯克與達萊也是震驚萬分。

「你到底是誰？」瑪蒂娜努力回想過去，卻怎麼也想不起何時何地見過安東妮雅。

「你對我應該是沒有印象的，因爲我是在你離家出走的那段日子裡到你家擔任侍女的。」

「你……這麼說你……」瑪蒂娜原本就很蒼白的臉現在似乎更加蒼白。

「是的，你的過去我都知道喔，我相信你應該還沒有向這兩位透露你的過去吧？」安東妮雅又是微微一笑，「我的興趣就是說故事，既然你不方便說，那就由我幫你說好了。」

115

亨布魯克看瑪蒂娜很爲難的樣子，於是制止安東妮雅，「每個人都有不想讓人知道的過去，請你尊重他人的隱私！」

「瑪蒂娜小姐的父親諾瓦克伯爵大人，他也是個吸血怪物。」安東妮雅不顧亨布魯克的制止，逕自說道，「他讓殭屍去攻擊民眾，這讓我們家的大小姐非常火大呢。」

「！」亨布魯克與達萊又是震驚萬分，兩個人不約而同地望向瑪蒂娜。

瑪蒂娜則是兩眼無神地低著頭。

「伯爵大人命令我的老師，帕菲力克先生製作殭屍去攻擊村莊，由於殭屍的恐怖讓領主們感到不安，領主們於是就不敢隨便發動戰爭了。」

「爲什麼領主們要發動戰爭呢？」達萊提出問題。

「噢！這是因爲領主們認爲自己信的基督教才是正確的，對方信的是異端呀！」安東妮雅向達萊微微一笑，「親愛的野蠻人小男孩，你可能不知道你所信的荷蘭改革宗基督教，在天主教眼中也算是魔鬼的教會呢！」

「這是爲什麼呢？」達萊一頭霧水，完全不能理解。

「就只是觀念不同啊，就像你們認爲我操縱殭屍是魔鬼的行爲一樣，天主教與其他的基督教彼此也認爲對方是魔鬼。」

「彼此觀念不同，都想消滅對方，戰爭的因子早已形成。我家大人爲了避免戰爭爆發，於是派出殭屍襲擊各領主的領地。領主們爲了防範殭屍，只能固守領地不敢挑起戰爭，和平因此就維持住了。」

安東妮雅隨後看向瑪蒂娜，「可惜的是，我們家大小姐不明白父親的苦心，自以爲正義，說是要消滅殭屍保護民眾安全，結果竟然跑回家裡把父親給殺了！」

達萊聽了以後訝異極了，亨布魯克則是臉色極爲黯淡，瑪蒂娜仍然低著頭，但是地上好像有一滴滴的血跡。

「大小姐十五歲的時候就和母親離家出走了。」安東妮雅繼續說道，「她的母親是正常的人類，因爲和丈夫意見不合而帶著女兒離家。可惜的是，她的母親後來被天主教會當成魔女，被處以火刑燒死了。」

安東妮雅斜眼看著亨布魯克，「不論新教還是舊教，你們這些教會人士就是喜歡把意見不同的人當成魔鬼，燒死對方卻還說是爲了正義，眞是愚昧得不可救藥！」

她隨後又看向瑪蒂娜，「還有你，我親愛的大小姐。我剛到你家的城堡時還只是個小女孩，但是我永遠記得每當伯爵大人收到我的老師所寄來的殭屍殺人報告時，都會淚流滿面，就像你現在一樣呢！」

瑪蒂娜抬起頭，她滿臉都是血，血淚還不斷地從眼眶流出。

116

「伯爵大人曾說過每當殭屍殺了一個人，就等於是毀掉了一個家庭的幸福。」安東妮雅對瑪蒂娜說，「在我看來，你們父女倆實在太像了，你們的感情都太豐富，都會爲這種無聊的小事傷心，但是你們也都會爲了自己所相信的正義，不顧一切地幹到底。」

「無聊的小事？」瑪蒂娜流淚的同時咬牙說道，「奪走他人性命，毀掉他人幸福，你竟然說這是小事？」

「看來你無法理解。」安東妮雅有點嘲笑地說，「這世上有許多人的性命本來就沒有價值。他們是死是活，對世界一點影響都沒有。爲了維持和平而被殭屍殺死，至少讓他們的命稍微有點意義。既然如此，又爲何要爲這些人難過呢？」

「你……你眞是個殘忍的人！」瑪蒂娜叫道，「你還是小女孩的時候，就已經如此冷酷了嗎？」

「我這不是殘忍，而是理性啊。」安東妮雅笑容可掬地說道，「我的老師，帕菲力克以及卡吉德斯兩位先生就是發現到我這種理性的特質，才收爲我徒弟呀！」

「他們兩個都是卑鄙的死靈法師！」瑪蒂娜不屑地說道，「尤其是卡吉德斯那個壞蛋，當年我回家時，沒有把他給咬死眞是遺憾！」

「當年你回家就是要把父親殺掉，去貫徹你自以爲是的正義。」安東妮雅的嘲笑帶著不以爲然，「你還帶了兩個男人回家，其中一個竟然還是教皇的騎士。你會相信教皇的騎士，這正說明你的頭腦眞的是不行呢！」

一聽到教皇的騎士，瑪蒂娜顯得哀傷又惶恐。

「你在這兩個男人的幫助下，總算把伯爵大人打倒了。但是在伯爵大人倒下後你馬上又遭到背叛，被教皇的騎士給殺了。」安東妮雅又看向亨布魯克，「這就是教會的眞相！充滿著活在謊言中的僞君子！」

「瑪蒂娜，這是眞的嗎？你眞的被教皇的騎士殺死了嗎？」達萊驚訝地對瑪蒂娜問道，「爲什麼教皇的騎士要殺你呢？」

「野蠻人弟弟，你這個問題會讓我家大小姐很難受喔！」安東妮雅雖然這麼說卻笑得很開心，「你可以問問亨布魯克牧師，基督徒殺死吸血怪物，是不是應該的呢？」

「只是因爲她會喝血，又害怕陽光，她又沒有害人，這樣就要被殺嗎？」達萊不滿地看向亨布魯克。

亨布魯克無奈地點了頭。

「看到了吧！這就是社會現實啊！」安東妮雅又是笑容可掬地對瑪蒂娜說道，「世人才不管你有沒有害人，只要你不合乎世人的道德想法，你就要死！」

「可是，你不是說瑪蒂娜被殺了嗎？但是她現在還活得好好的呀！」

117

「你問了個好問題呢，野蠻人弟弟。」安東妮雅收斂了一點笑容，「吸血怪物的生命力非常強，要殺掉其實並不是那麼容易。伯爵大人雖然被大小姐刺中心臟，但並未完全死去，在那兩個男人離開後，他爬了起來，將體內所有的血灑在大小姐身上，這才把大小姐給救活了。」

「然而，在救活大小姐後，伯爵大人血氣衰竭，眞正地死去了。大小姐雖然挽回性命，但也只是心臟恢復跳動，整個人還是昏迷不醒。」

「大小姐就這樣地進入沉睡狀態，她這樣一睡，就是二十年！」

安東妮雅這時又看向瑪蒂娜，語調突然變得很柔和，「這二十年間，我每天都在照顧你，爲了讓你維持生命，我可是一直都在餵血給你喔！」

瑪蒂娜看著安東妮雅，發現安東妮雅嘴唇上的裂痕，剛剛一直很蒼白的臉瞬間變得通紅。

「我本想一直照顧你到你醒來爲止，可惜家裡的城堡被捲入戰爭，我的老師堅持要帶我去西班牙避難，我也只能離開了。」安東妮雅用一種像是憐憫又像是嘲諷的語氣對瑪蒂娜說，「就是因爲你殺了父親，解除了領主們的殭屍威脅，天主教認爲可以趁機消滅新教，因此爆發了長達三十年，席捲全歐洲，犧牲數百萬人的宗教戰爭！」

「我……醒來的時候，家裡的僕人說是父親犧牲性命救了我……」瑪蒂娜邊流淚邊說道，「當時外面已經是兵荒馬亂，到處都是人們在互相殘殺……當我瞭解到戰爭在殭屍消滅後不久就爆發的時候……我眞的很想死……」

「但是你不能自殺，因爲這樣一來就白白浪費你父親犧牲性命救你了。可是你活著也很痛苦，爲了逃離這種痛苦，你因此離開歐洲而來到福爾摩沙。」安東妮雅特意作了個哀傷的表情，「爲了祈求和平而殺掉父親，結果反而加速戰爭的到來……眞是悲哀啊！也難怪你在歐洲會待不下去。」

「所以，瑪蒂娜並不是因爲害怕被教會追殺所以才離開歐洲嗎？」亨布魯克顫抖地問道。

瑪蒂娜沒有回應，只是流淚。

「避免追殺是人之常情，」安東妮雅微笑地回應，「但是最重要的理由還是心理的原因。福爾摩沙離歐洲這麼遠，氣候環境也完全不同，待在這裡眞的會把歐洲的一切都忘掉呢！」

安東妮雅說完後，現場陷入一片沉默。

「故事說完了，我該回去了。」安東妮雅轉身說道，「抵擋國姓爺的入侵也是爲你們好，希望你們不要再來找我的麻煩了。」

「那……那是……兩回事。」瑪蒂娜因爲流了很多血淚而有些虛弱，她顫抖地說，「你不能……再害人……」

「你真是固執呢，大小姐。」安東妮雅不想繼續爭辯，頭也不回地走向門口，「我的殭屍在幾天前已經全部被消滅了，但我還是有其他法寶可以抵擋國姓爺。」

118

距離鄭成功即將來襲的三月二十七日只剩幾天的時間。

揆一下令所有的船隻都不能出海，連在河上釣魚也不行。

「不能出海捕魚也就算了，竟然連在河上釣魚也不行！」漁民們向黃雄抱怨，「黃老大，這可該怎麼辦呀？沒有魚，我們的生計沒有著落啊！」

「我們去釣魚吧！」黃雄跟漁民們說道，「能釣多少算多少，要是紅毛人問罪，你就說是我叫你們去的！」

黃雄的宣示讓漁民們很振奮。

「如果紅毛鬼要把黃老大抓走，我就和他們拚了！」

「對！我們不怕紅毛鬼！」

黃雄於是和漁民們來到河邊。

他們搭上小船，幾艘小船在河上漂流著。

漁民們都拿出魚竿釣魚，黃雄則是坐在船艙裡閉目養神。天氣非常的好。雖然太陽很大，可是在河面上並不會很熱。漁民們儘管是非法釣魚，在這樣風平浪靜的河面上釣魚卻也顯得很愜意。

突然，水流的速度加快了。

「這……這是怎麼回事？河水的流速怎麼突然變快了？」漁民們疑惑地看著河流。

「糟糕！一定是那怪物！」黃雄立刻衝出船艙大聲下令，「各位！你們趕快把船駛到岸邊！然後離開船到岸上！」

幾艘小船於是駛向岸邊，就在這時，從水面上竄出一個全身是水的怪獸飛到天空。

「哇啊！怪物啊！」漁民們嚇得大驚失色。

「不要停！快點把船開到岸邊！」黃雄大吼。

怪獸噴出一個大水球，打中一艘小船，小船伴隨漁民的慘叫沉沒了。

「該死！」黃雄眼看來不及把船駛到岸邊，於是再度大吼，「各位！快棄船吧！跳到水裡游回岸上吧！」

漁民們於是紛紛跳下水。

黃雄也跳水了，在他奮力游向岸邊的時候，河面上不斷傳出怪獸吼叫聲、河水波濤聲以及小船爆裂的聲音。

黃雄和漁民們上岸後，轉頭看看河上，只見河面漂流著船的殘骸，所有的小船都被水怪毀掉了。漁民們非常害怕，黃雄則是咬牙切齒。

119

水怪襲擊漁民船隻的消息，很快就傳到揆一那裡。

「這些笨蛋漁民！」揆一看著報告，輕蔑地微笑，「那個水怪會自動搜尋水上的船隻，不分敵我地全部擊沉！我頒佈不可在河上釣魚的禁令，其實是在保護他們呀！」

「那個水怪守住了河口與海口的交界處，這樣國姓爺的船隻就無法沿著河流逼近這裡了。」漢斯如此報告。

「沒錯！只要有了這個寶貝，將可以大大加強普羅民遮城（赤崁樓）與熱蘭遮城的防禦！」

「但是，國姓爺到現在還是沒有任何動靜……」

「他可能是要我們放鬆戒備！」揆一不悅地說道，「他們漢人最喜歡搞偷襲，如果我們不小心，一定會遭到意外的襲擊！」

揆一不敢鬆懈，持續加強熱蘭遮城的防禦。

另外一方面，水怪的事也傳到了亨布魯克與瑪蒂娜的耳裡。

「這一定又是安東妮雅那個魔女幹的！」亨布魯克憤恨地說道，「她所謂的抵擋國姓爺的法寶，一定就是那個水怪！」

「我沒看過水怪。」瑪蒂娜若有所思地說，「我不曉得那個水怪是怎麼做成的，弱點是什麼，我可能要親自去看看。」

「這很危險啊！在水上和在陸上是不一樣的！」達萊憂心地說。

「我還是要去看看才行！」瑪蒂娜說道，「達萊，能不能請你幫我借一艘小船？據說那個水怪會攻擊任何水上的船隻。我想用一艘小船引牠現身。」

「我向蘇六大哥拜託看看好了。」

「謝謝你的幫忙！」瑪蒂娜說道，「如果船壞了，我會照價賠償，我雖然沒有錢但是願意工作。」

「你不必這樣的。」亨布魯克對瑪蒂娜說，「水怪所影響的只有漁民而已，大部分人是不受影響的。」

「就算只有一個人受到影響，我也還是要消滅水怪！」瑪蒂娜堅定地說道，「安東妮雅的惡行，無論如何都是要阻止的！」

120

蘇六很爽快地就答應了達萊借船的要求。

「妖怪小姐要消滅水怪！這太了不起了！」蘇六笑瞇瞇地問道，「她什麼時候要去呢？」

「就是今晚。」

「那麼今晚請她到我這裡來，我帶她去岸邊取船。」蘇六一臉苦笑，「現在有水怪出現，船只能綁在岸邊，都不能動呢！」

到了晚上，達萊帶著瑪蒂娜去見蘇六。

雖然晚上人很少，但瑪蒂娜爲了避免被人認出，還是戴著附有布簾的斗笠。

蘇六看見瑪蒂娜，非常開心。

「你好啊！妖怪小姐！感謝你當時來救我！」蘇六笑嘻嘻地說，「我帶你去取船吧！」

「麻煩你了。」

蘇六於是帶著瑪蒂娜與達萊到河邊。

河邊綁著幾艘船，蘇六解開其中一艘，讓瑪蒂娜上船。

「你會划船嗎？妖怪小姐？」

「沒划過，但我試看看。」

瑪蒂娜拿起槳，划了幾下，雖然一開始不太順手，但慢慢地就熟悉了，船也緩緩地駛向河中。

這是個風平浪靜的夜晚，天上的月亮與星星互相輝映。

瑪蒂娜把船開到河流中間停了下來，她環顧四周看看有無異狀。

蘇六與達萊則在岸上遠觀。

瑪蒂娜準備再度划船，就在這時，水面開始急速流轉。

「小心啊！水怪來了！」達萊看見船開始搖晃，緊張地大喊。

河面開始波濤洶湧了起來，瑪蒂娜坐在船上想要把船穩住，但船還是晃個不停。

「嘩！」地一聲巨響，河面竄出一隻巨大的怪獸衝向天空。牠那由水構成的身體，在夜空中閃閃發亮。

「這就是……水怪！」瑪蒂娜看到水怪非常驚訝，雙手竟然停止划船。

水怪在空中盤旋一陣子之後噴出一顆水球打中小船，小船立刻被打得粉碎。

這……這是什麼衝擊力啊！

瑪蒂娜在船上也被水球波及到，整個人被打到水裡。她覺得全身骨頭好像都要碎裂，內臟也好像要爆開。

「糟糕！」達萊看見瑪蒂娜落水了，於是立刻跳入河裡。

瑪蒂娜被水球打中陷入昏迷，她的身體隨著河流漂浮，達萊花了一番功夫，才把她拖到岸上。

121

「實在是……太丟臉了！」瑪蒂娜躺在她的棺材裡呻吟，「我輸得……好難看……」

達萊在瑪蒂娜的棺材旁愁眉苦臉。

在瑪蒂娜被水怪打昏落水之後，達萊把她救上岸，揹著她回到教堂，把她安置在棺材裡面的時候，她才恢復意識。

瑪蒂娜雖然恢復意識，但是全身動彈不得。

「你好像傷得很重。」達萊憂愁地說道，「這麼晚了，也沒有醫生，牧師先生也回家了……」

「不必擔心，我不用醫生的。」瑪蒂娜安慰達萊，「我只是……需要休息一下，請你幫我把棺材蓋上吧。」

達萊於是蓋上棺材。

到了第二天，達萊告訴亨布魯克瑪蒂娜與水怪的戰鬥結果。

「我聽說水怪吐出的水球，威力就跟砲彈一樣。」亨布魯克皺起眉頭說道，「如果眞是這樣，那麼瑪蒂娜被水砲打中還能存活已經是奇蹟了。」

「可是她的身體不能動了……」達萊憂愁地說，「我很擔心她的身體狀況。」

到了晚上，已經過了瑪蒂娜平常會起來的時間，可是她的棺材完全沒有動靜。

達萊擔心瑪蒂娜可能有生命危險，不顧亨布魯克的制止，跑去儲藏室把棺材打開。

瑪蒂娜看著達萊，身體依然完全不動。

「這下麻煩了……」瑪蒂娜發出哀嘆，「我的身體……還是不能動……我從來沒遇過這種狀況……」

達萊於是跑到廚房拿來一把小刀，在自己手腕上劃出一道傷口，當血流出來的時候讓血滴到瑪蒂娜的嘴上。

「你還沒有吃飯吧？希望我的血可以幫助你。」

「謝謝……」

瑪蒂娜舔著達萊流出的血，亨布魯克在一旁看得膽顫心驚，可是他只是把頭別過去沒有阻止達萊。

「好了，這樣就可以了，趕快止血吧。」瑪蒂娜雖然還是動彈不得但是很開心，「真是……太謝謝你了。」

「真的這樣就夠了嗎？」達萊看瑪蒂娜雖然喝了血，可是身體好像還是不能動。

「真的夠了，事實上我剛剛還有點喝得超過了。」

亨布魯克轉頭看向瑪蒂娜，發現她雙眼在閃爍紅光，嚇得往後退好幾步。

「你……你的眼睛！」

「抱歉，牧師，你應該是第一次看到吧？」瑪蒂娜不好意思地說，「我只要喝了血，眼睛就會閃紅光……」

「這件事，我有聽說，可是實際見到是第一次……」亨布魯克心有餘悸地說道，「你果然……是讓人懼怕的存在……」

「牧師，你不會想要把瑪蒂娜燒死吧？」

「不會，不會，我怎麼會那麼做呢？」亨布魯克一臉苦笑地說，「我冒著身敗名裂的風險讓她藏在這裡就是因爲相信她是好人啊！」

122

黃雄站在河岸邊，他身邊有一群漁民。

河邊靠著幾艘小船，每艘小船上面都堆滿了淋上油的茅草。

「媽祖婆，我今天要消滅水怪，爲民除害，請保佑我！」

黃雄於是解開小船，其他漁民也把小船都解開，小船以不同的方向慢慢地漂到河中。

黃雄與漁民們開始用打火石打火，點燃火把。

幾艘船漂到河中不久之後，河水流速開始加快。

黃雄舉起火把，盯著河面看，其他漁民們也舉起火把屏息以待。

河水加速流動一陣子之後，水怪終於衝出了水面。牠飛到空中吐出水球擊沉了一艘小船之後鑽入水裡。

被擊沉的小船，淋上油的茅草散在水上，水面上浮著一層油。

水怪再度衝出水面，又擊沉一艘小船之後再度鑽入水裡。

「那個怪物果然衝出一次只能吐一顆水球！」黃雄有點興奮地說，「也許牠是爲了補充吐水球所消耗掉的水，所以要立刻回到水裡，這就讓我們可以掌握牠的動作！」

小船一艘艘地被擊沉，船上的油也散布在河面上，整個河面上都是油。

水怪再度衝出，牠身上的水也都沾了油，整個身體油光閃閃。

「已經差不多了！大夥兒！開始火攻吧！」

黃雄於是將火把丟到河面上，河面上的油接觸到火立刻燒了起來。

漁民們也紛紛把手上的火把投入河中，整個河面很快就充滿大火。

小船還剩下幾艘，水怪鑽入水裡再度衝出時，牠的身上全都是火。

全身著火的水怪，冒出陣陣濃煙。牠在空中盤旋一會兒之後又吐出水球，但是這次吐出的水球打在小船上只是激起水花，小船並沒有沉沒。

看到這種情形的漁民們不禁興奮地歡呼了起來。

「那個畜生果然變弱了！」

水怪鑽入火河裡，當牠又衝出來時，濃煙與水氣瀰漫天空，好像下了小雨一樣。

水怪再度對小船吐水球，這次它吐出水球後，身體搖搖晃晃，竟然墜落在河岸邊，發出巨大的聲響。

黃雄與漁民們立刻跑去看，只見岸邊濕漉漉一片，就像剛下過雨一樣。

「水怪終於消滅了！」

「太好了！」

漁民們高興地歡呼，黃雄則是注意到一顆造型很怪異的石頭。

「那個怪物的原形，就是這個嗎？」黃雄拿起這個石頭，仔細地觀察。

「這種東西看起來像是某種邪術，還是把它毀掉吧！」

123

當揆一得知水怪被消滅的消息時，已經是三月二十六日了。

「這怎麼可能！」揆一瞪大眼睛，不敢相信自己聽到的消息，「那麼可怕的水怪，怎麼可能會被消滅！」

「這是真的呀！長官。」漢斯恐慌地報告，「現在漁民們都照常在河上釣魚，甚至出海捕魚了。」

「有辦法請安東妮雅小姐再做出一隻水怪嗎？」揆一臉色蒼白地詢問。

「已經問過她了，她說沒辦法……」漢斯遺憾地說道，「她說要產生驅動水怪的力量需要極爲強大的暴風雨，那個水怪是幾年前她利用颱風做出來的……」

「怎麼辦！怎麼辦啊！」揆一沒等漢斯報告完就大聲叫道，「國姓爺明天就要打來了，我們還沒有準備好，根本無法阻止他把船開進這裡呀！」

「向巴達維雅請求加派海軍艦隊吧！」漢斯提議道，「在艦隊來到之前我們只能固守城池。」

「沒錯，時間不多了，快去召集軍隊吧！」

揆一於是把所有的士兵都集中在熱蘭遮城與普羅民遮城。

可是，到了三月二十七日，海面上風平浪靜，什麼事都沒有發生。

到了三月二十八日，依然沒有鄭成功艦隊的影子。

到了四月的時候，揆一收到巴達維雅方面的回信。

「巴達維雅總督認爲我太神經質，整天妄想國姓爺來襲！」揆一看著信不悅地抱怨。

「但是，至少總督還是答應了加派艦隊到這裡。」漢斯報告道，「我們這裡也收到了國姓爺的來函，國姓爺說攻打福爾摩沙全是子虛烏有……」

「國姓爺是不可相信的！巴達維雅願意派遣艦隊來就表示他們也同意要提防國姓爺！」揆一露出滿意的笑容，「艦隊七月才會到，我們現在只要注意國姓爺的動向就可以了。」

124

已經半個月過去了，瑪蒂娜的身體依然動彈不得。

達萊每天都餵自己的血給她，沒有間斷。

某一天晚上，亨布魯克回家之後，達萊依然留在教堂裡餵血給瑪蒂娜。

「你可以用蛇血代替。」瑪蒂娜對達萊說，「每天這樣流血，身體會虛弱的。」

「可是，我看你好像比較喜歡人血呢。」

「這個……」瑪蒂娜羞愧得滿臉通紅，「我喜不喜歡並不重要，重要的是你的身體要顧好。」

「不，你的身體比較重要，因爲你非常厲害，比我還要厲害得多。」

「我並沒有你想的那樣厲害……」

「你很厲害！你可以打敗壞人！」

「安東妮雅的殭屍軍團不是我消滅的，甚至那個可怕的水怪，也是被這裡的漢人打倒的。」瑪蒂娜說到這裡時，露出佩服的神情，「福爾摩沙的人實在是……太了不起了，相較之下，我實在不算什麼……」

瑪蒂娜在說話的時候，突然發現自己的手可以動了。

達萊也發現到瑪蒂娜的手動了一下，「瑪蒂娜！你的手可以動了！」

「眞的……這都是你的功勞。」瑪蒂娜高興地說，「我感覺我的腳也隱隱約約可以動，這樣的話，說不定明天我的身體就恢復了。」

「太好了！這樣一來就可以去打壞人了！」

「是的，還有一件事也很重要。」瑪蒂娜說到這裡時顯得很不好意思，「那就是我要去找蘇六先生談賠償的事……我用他的船去挑戰水怪，結果卻毀了他的船。」

125

第二天晚上，當亨布魯克走出辦公室準備回家時，他看見瑪蒂娜正在大廳裡進行復健的運動。

「你的身體可以動了！恭喜你！」

「謝謝，不過還是有些不靈活。」瑪蒂娜邊轉頭邊說道，「安東妮雅現在很可能又在偷屍體準備製作殭屍了，我必須趕快阻止她。」

亨布魯克皺起眉頭，「公司竟然會和這樣的惡人合作，眞是可恥！」

「確實，如果東印度公司不支持的話，殭屍也是做不出來的。」瑪蒂娜說話的同時也慢慢地做彎腰運動，「因爲製作殭屍需要很多道具，花費非常大。如果不是很有錢的財主或是政府支持，再怎麼厲害的死靈法師也無法製作殭屍。」

亨布魯克聽到後驚恐極了，「你的意思是，公司其實給了安東妮雅很多錢讓她製作殭屍嗎？」

「恐怕就是這樣。」

「眞是太離譜了！」亨布魯克怒罵道，「公司都已經財務困難了，竟然還花錢在這種地方！」

「我們無法阻止公司給她錢，但是可以阻止她製作殭屍。」瑪蒂娜做個深呼吸後結束運動。

「你可以暗中把那個魔女除掉吧？」

「可以的話，我並不想殺人。我想請她離開福爾摩沙就好。」

「是嗎……可是如果她回去之後說了什麼不該說的話……」亨布魯克陷入沉默，因爲他擔心安東妮雅回歐洲後會公開他藏匿瑪蒂娜的事給教會當局。

「我認爲應該是不必擔心。」瑪蒂娜說道，「檢舉我們對安東妮雅並沒有好處，畢竟她也害怕您檢舉她與東印度公司的合作，因此我相信她什麼都不會說的。眞正的難題就只有怎樣才能讓她離開福爾摩沙而已。」

126

幾天之後的夜晚，在安東妮雅的宅邸裡，安東妮雅正在計算從東印度公司那裡拿到的錢。這種算錢的工作本來是交給拉迪斯做的，但是由於揆一表示熱蘭遮城防衛國姓爺入侵的兵力嚴重不足，因此拉迪斯在幾個月前就已被調回熱蘭遮城。

安東妮雅正在算錢的時候，窗外的烏鴉突然發出嘎嘎的叫聲。

「大小姐……終於找上門來了。」

安東妮雅把錢收好，走出房間。

「雖然她的觀念和我完全不同，但我還是很愛她的。」

她走到一樓玄關的位置。

「我並不喜歡動手打架……我其實是很愛好和平的。」安東妮雅把門打開，看見瑪蒂娜就站在眼前不遠的地方。

「晚安，大小姐。」安東妮雅彎腰行禮，「你需要我這個僕人爲你做什麼呢？」

「我已經不是貴族了，你也已經不是我的僕人了。」瑪蒂娜覺得安東妮雅實在很做作，沒好氣地說道，「安東妮雅，我有個請求，能不能請你停止與東印度公司的合作然後離開福爾摩沙呢？」

「大小姐，你還不懂嗎？與東印度公司合作才是保障我們這些歐洲移民最好的方式呀！」

「這裡的歐洲人都過著養尊處優的生活，可是原住民與漢人卻過得很辛苦！」瑪蒂娜有些不平地說道，「你一個人就住在這麼豪華的房子裡，可是你知道嗎？許多原住民的家甚至就只是幾片石板呢！」

「大小姐，請問你是歐洲人還是福爾摩沙人呢？」安東妮雅冷笑地說，「一個社會本來就有上層階級和底層階級，為什麼一定要把我們拿來和底層的民眾比較呢？」

「我是什麼人並不是重點！」瑪蒂娜不服地反駁道，「我也不認同你所謂的上層和底層的說法。我認為沒有任何人有資格壓迫其他人！」

「你對這種社會結構不滿嗎？」安東妮雅依然面帶微笑，「你好歹也是個擁有一座城堡的城主，否定上層社會不就等於否定你自身嗎？」

「我的城堡早已毀在戰爭當中，我現在的財產就只有一副棺材而已！」

「就是那個殺死你的騎士所送你的棺材嗎？留著那種東西，難道你對那個騎士還是念念不忘？」安東妮雅的口氣充滿嘲諷。

瑪蒂娜沒有回應，她的臉色很難看。

安東妮雅繼續說道，「無論如何，我還是必須要維護東印度公司的統治才行，因此要我離開福爾摩沙，那是不可能的。」

「我不想殺人。」瑪蒂娜的語氣變得很嚴肅，「但是如果你堅持要繼續製造殭屍，那我也只好對不起你了。」

「大小姐，照顧你的那段日子是我這一生最快樂的時光。」安東妮雅的笑容慢慢消失，「我在想，如果你再度回到那段沉睡的日子，我又可以每天照顧你了。」

安東妮雅語畢，頭髮漸漸地從棕黑色變成血紅色，眼睛的瞳孔也由灰黑色變成慘綠色。

127

瑪蒂娜感到一股強大的力量從安東妮雅身上發出，她衝向對方擊出一掌，對方卻突然消失了。

糟糕！又是隱身！

瑪蒂娜心中暗叫不妙的同時，手臂被刀砍中了。

安東妮雅在瑪蒂娜身後十公尺的地方現身。

「怎麼樣？大小姐？」安東妮雅飄散著紅髮，握著匕首冷笑道，「你能破解我的幻術嗎？」

「可惡！」

瑪蒂娜再度攻向安東妮雅，安東妮雅又瞬間消失了身影，瑪蒂娜的攻擊再度落空。面對看不見的敵人，瑪蒂娜無論怎麼攻擊都打不到對方。一陣攻防之後，她不但完全沒打中安東妮雅，身上反而被砍了好幾刀，鮮血汩汩地從傷口流出來。

冷靜點！冷靜點！瑪蒂娜努力保持鎮定的同時在心中思索著，她的隱身一定有破解的方法！我必須找出來！

她看了地上，想要藉由腳印的痕跡判斷對方的位置，可是地板上完全沒有腳印的痕跡。

「你在看哪裡呀？大小姐？」

安東妮雅再度現身，瑪蒂娜這時才發現，對方的腳竟然離地有幾公分。

什麼！她……她的身體竟然可以漂浮！瑪蒂娜驚駭極了，太可怕了……這就是她變身的能力嗎？

安東妮雅再度隱身，瑪蒂娜把注意力放在耳朵上，想要在對方攻擊時判斷揮刀的聲音再避開。

可是，她完全沒聽到什麼揮刀的聲音，沒多久身體又被劃傷了。

糟了！她應該是把刀緩緩靠近後再發動攻擊！

她並不求一刀擊敗我，而是慢慢地讓我的傷越來越多……

完了……我已經沒有方法對付她了……

時間分分秒秒過去。一連交手下來，瑪蒂娜已經是傷痕累累，血流滿身，但是安東妮雅完全沒受傷。

「到此爲止了！」安東妮雅突然在瑪蒂娜背後現身，將匕首插在瑪蒂娜的背上。

「哇啊！」

瑪蒂娜痛苦地蹲了下來，全身失去了力氣。

「這匕首附有我的魔力，你已經動彈不得了。」安東妮雅一手托起瑪蒂娜的下巴，用慘綠的雙眼瞪著瑪蒂娜，「我不會殺你的，親愛的大小姐，我要帶你回家……然後把你釘在我的床上每天照顧你……」

128

「放開瑪蒂娜！」

不知何時，達萊已經趕到現場，他舉起獵刀衝向安東妮雅。

安東妮雅閃開達萊的攻擊，一下子退得很遠。

「野蠻人弟弟，你膽子不小呢！」安東妮雅又拿出一把匕首，「看來我必須先收拾你才行。」

「快……逃……」瑪蒂娜背上插著匕首，痛苦地顫抖。

「我不能逃！」達萊舉著獵刀站在瑪蒂娜身邊，「你曾經保護我，現在換我保護你。」

「不知死活！」安東妮雅的身影立刻又消失了。

「危……險……」

瑪蒂娜才剛提醒，安東妮雅就在隱身狀態下將匕首刺向達萊。

但是，達萊竟然閃開了。

「剛剛只是你運氣好！」

安東妮雅再度隱身發動攻勢，但還是被達萊閃掉。

瑪蒂娜也注意到這個現象了，只見達萊在空無一人的廣場上不斷左閃右躲，就是不會被安東妮雅打到。

為什麼？為什麼他閃得開？瑪蒂娜心裡非常訝異，達萊應該完全看不見安東妮雅才對……安東妮雅的攻擊也完全沒有聲音……為什麼達萊可以閃得開？

瑪蒂娜吃驚的同時，達萊仍然持續閃躲著安東妮雅的攻擊。

「野蠻人弟弟，想不到你挺有兩下子的呢！」安東妮雅現身後說道，「但是，這樣一直閃是無法打敗我的！」

達萊握著獵刀擺出刺擊的架式，安東妮雅再度隱身。

瑪蒂娜覺得心跳加快了，她也因為緊張而忘了疼痛。

就在一瞬間，達萊突然轉身向前衝，就在他好像撞到某個東西的時候將獵刀往前一刺。

「啊～～～～！」

安東妮雅現身了，她的腹部被獵刀刺中，鮮血不斷流出來。

達萊把獵刀拔出之後往後退了好幾步，他不斷喘氣，剛才的攻防似乎用盡他的力氣。

「竟然……會輸給你這個……野蠻人……」安東妮雅腹部鮮血狂噴，她的頭髮與眼睛又恢復成原來的顏色。

「可恨啊……」安東妮雅嘆了口氣後，倒了下來，一動也不動了。

129

瑪蒂娜覺得身體可以動了。

她拔掉背上的匕首，身體的傷口也慢慢癒合。

「瑪蒂娜你受傷了！」達萊收起獵刀跑過來關心。

「已經沒事了。」瑪蒂娜露出微笑，「謝謝你救了我！你眞是太了不起了！」

「沒有啦！」達萊感到很不好意思，「我本來想看你打敗壞人，沒想到結果會是這樣。」

「不過，爲什麼你閃得開她的攻擊呢？」瑪蒂娜不解地問道。

「她身上香水味很重啊。」達萊不假思索地回應，「她只要一靠過來，就有一股很刺鼻的香水味撲過來，我只要聞到味道就知道她逼近了。」

「原來如此……她逼近你的時候你就跑開……難怪她打不到你……」瑪蒂娜恍然大悟，「歐洲的有錢人都有擦香水的習慣，而且擦得非常重，這是因爲他們不想聞到別人身上的體臭……」

「瑪蒂娜，你聞不到她身上的香水味嗎？」

「我……我鼻子不太好……」瑪蒂娜難為情地說道，「我只有眼睛和耳朵還可以，鼻子和舌頭很遲鈍的……」

「哦！」

「我即使在黑暗中也能看得很清楚，我對我的眼睛非常自負。」瑪蒂娜慚愧地說，「我太依賴眼睛了……結果反而造成我的死角……這一戰眞是給我一個好大的教訓……」

瑪蒂娜於是向達萊鞠躬行禮，「再度謝謝你！達萊！你太厲害了！你眞是個勇士！」

「不要這樣誇我，我會不好意思的。」達萊滿臉通紅，「我只會逃命而已，根本沒有什麼戰鬥力。」

「逃命也是很了不起的能力呀！就是靠這個能力你才能打敗那麼可怕的安東妮雅的呀！而且你最後的刺擊實在很漂亮！」

「那一擊只是運氣好……我也沒想到竟然眞的刺中她了……」達萊露出緬靦的微笑，「不過……被你這麼厲害的人說是勇士，也滿開心的呢，而且這還是第一次有人說我是勇士！」

「你本來就是勇士啊，而且我不厲害，你才厲害呢！我們一起回去吧。」

瑪蒂娜要和達萊一起回去時，她轉頭看了一下安東妮雅的屍體，心裡突然浮出一股感慨。

安東妮雅……也許她……其實也不是那麼的壞……

130

由於瑪蒂娜要賠償小船的費用，因此在打敗安東妮雅幾天之後的晚上，達萊帶她到蘇六的家。

「歡迎啊！歡迎妖怪小姐！」蘇六笑瞇瞇地打招呼，「我等你好久了。」

「很抱歉拖了這麼久才來，」瑪蒂娜向蘇六道歉，「破壞了你的船眞是不好意思！我會努力工作來還錢的！」

「沒關係！沒關係！」蘇六依然是笑瞇瞇，「妖怪小姐要賺錢，是非常容易的，不需要多久的時間就可以賺大錢！」

達萊聽了以後很高興，「這麼說，瑪蒂娜很快就可以把錢還清囉？眞是太好了！」

「不需要多久就可以賺大錢？」瑪蒂娜反而露出困惑的神情，「蘇六先生，我要怎麼做才能賺大錢呢？」

「用你的醫療能力啊！」蘇六興奮地說，「你會療傷，還會治病，只要使用這能力，賺錢很容易啊！」

「對不起，我不能這麼做……」瑪蒂娜遺憾地說道，「我可以幫任何人治病療傷，但這是不能收錢的。」

「不收錢？為什麼？」蘇六感到十分錯愕。

「這能力是屬神的，神給我這個能力是要幫助別人而不是賺錢。」瑪蒂娜向蘇六彎腰道歉，「對不起！蘇六先生，我可以做打掃或搬運的工作，但就是不能用這個能力賺錢！」

「打掃和搬運賺的錢並不多，這樣你要做很久喔！」蘇六為難地說道，「妖怪小姐，請你再考慮看看吧！快點還債，就快點自由啊！」

「我已經決定了，不會更改的。」

「既然如此……好吧……」蘇六露出遺憾的微笑，「那就請妖怪小姐明天來我這裡吧，我會派工作給你。」

「十分感謝！」瑪蒂娜再度向蘇六鞠躬。

131

瑪蒂娜決定要去蘇六家裡工作的事，亨布魯克提出他的看法。

「要去工作不是不行，可是如果你每天都要從教堂到蘇六家裡往返，我認爲太危險了。公司到現在還在通緝你，即使是在晚上，這樣在村子裡走動也有可能會被公司的人發現！」

「那該怎麼辦呢？」對於亨布魯克提出的疑問，瑪蒂娜也陷入煩惱。

「不如你住在蘇六家吧！」亨布魯克提議，「長工住在主人家裡在福爾摩沙是很常見的現象。」

「可是，這樣的話我就見不到瑪蒂娜了！」達萊顯得很煩惱。

瑪蒂娜安慰達萊，「不會見不到啊！我就在蘇六先生家裡，如果你要來看我只要到蘇六先生家裡就可以了！」

「是的，達萊本來就和蘇六交好，經常跑到蘇六家也沒人會懷疑。」亨布魯克也附議。

「那我明天早上就和蘇六大哥談看看好了，如果他同意，明晚就可以過去了。」

第二天早上，達萊去蘇六家說明瑪蒂娜要住進的事。

「妖怪小姐要住我家！當然沒問題呀！」蘇六笑呵呵地說，「我知道紅毛人在找她的麻煩，我家雖然不大，但是絕對隱密！」

可是，當夜晚來臨，瑪蒂娜揹著她的棺材出現在蘇六家的時候，蘇六的笑容整個僵硬了。

「這……這是什麼？妖怪小姐……你……這個是？」

「啊！這是我的床，我睡覺時會睡在這裡面。」

「那東西看起來就像棺材啊！睡在那裡面……那不就像是……死人嗎？」蘇六驚恐地說道，「這太不吉利了！」

「蘇六大哥你不用害怕！」達萊在一旁幫腔，「瑪蒂娜在教堂時也是這樣的。只要把她的床放在倉庫裡，不用另外幫她安排房間也沒關係。」

蘇六沉默了一陣子之後，勉爲其難地帶瑪蒂娜到倉庫。

瑪蒂娜把棺材放好之後，環顧一下倉庫四周，倉庫裡雖然東西不少，但空間還是很大。

「那就請妖怪小姐明天早上開始工作吧！」

「對不起，我白天必須躺在這裡面，不能工作……」瑪蒂娜又是一副抱歉的表情。

「什麼？白天不能工作？」蘇六再度吃驚。

「是的……很抱歉……我只能晚上才能工作……」

「晚上能做的工作不多，酬勞會更低呀！」蘇六不解地問道，「爲什麼白天不能工作呢？」

「我的身體……對陽光過敏……不能照到陽光……否則就會死……」

「……」蘇六臉色難看地沉默了一陣子。

瑪蒂娜與達萊也顯得很爲難。

「好吧！好吧！」蘇六一臉苦笑，「就照你所說的去做吧！因爲你是妖怪小姐嘛！」

132

瑪蒂娜開始在蘇六家裡工作了。

由於她只能在晚上工作的關係，因此做的大部分都是一些打掃工作。

蘇六本想讓瑪蒂娜擔任夜間收債的護衛，但是因爲瑪蒂娜正在躲避東印度公司的追捕，不方便出門，因此儘管夜間護衛的酬勞很高也不能勝任。

由於瑪蒂娜也不能去別人家裡打掃賺錢，因此打掃工作對蘇六來說並沒有什麼收益，但是因爲瑪蒂娜不需要吃飯，省下糧食的費用，所以蘇六還是樂意讓瑪蒂娜留在家裡打掃，偶爾做些搬運。

然而，就算是打掃工作，由於瑪蒂娜從來沒有做過打掃工作，一開始的時候甚至連掃地也不會。

蘇六的妻子於是就教瑪蒂娜如何打掃。

「你掃把那種握法，好像在拿劍。」蘇六的妻子對瑪蒂娜說，「掃把必須要這樣握才對。」

「喔，是這樣子的嗎？謝謝你。」

瑪蒂娜於是開始練習打掃。

「我還是第一次看到有人連掃地都不會呢。」蘇六的妻子笑著說，「你一定是貴族出身的吧？」

「我是貴族，已經是很久以前的事了。」瑪蒂娜也投以抱歉的微笑，「蘇太太您也是和蘇六先生一起移民到福爾摩沙的嗎？」

「我是在麻豆出生長大的原住民。」蘇太太笑著說，「我的母語是西拉雅語，漢語是後來才學的。」

「麻豆？這麼說你和達萊是同鄉囉？」

「算是吧，不過我嫁給我先生後，就幾乎再也沒有回部落了。」蘇太太的笑容稍微黯淡了一點，「在漢人的文化裡，女方一旦嫁到男方家，就算是男方的財產了。」

「財產？這聽起來有點奇怪……」

「啊！對不起，我形容得不好，總之女人結婚後只能聽丈夫的意見就是了。」

「這樣啊……那你爲什麼會嫁給蘇六先生呢？」

「因爲他有財產啊。」蘇太太直率地說道，「漢人比較會賺錢，嫁給漢人日子比較好過啊。在這裡漢人的妻子幾乎都是部落出身的女人。」

「部落的男人不會不滿嗎？」

「部落一向都是女多男少，因爲男人總是由於打獵或征戰而死去。部落的女人嫁給漢人，女人的父母也會收到很多錢以及禮物，因此大家都不會不滿啊。」

「原來如此……婚姻一向都是利益交換的手段，這點在歐洲的貴族之間也很常見……」

「我們就只是想要生活下去而已。如果能讓家裡過得更好，嫁給誰其實都無所謂啊。」

「這好像就是女人的命運呢……」瑪蒂娜說到這裡突然覺得有些感慨。

133

達萊每隔幾天就去蘇六家看一下瑪蒂娜的狀況。

原本蘇六和瑪蒂娜是用西拉雅語溝通，但是漸漸地，瑪蒂娜也學會漢語了，她甚至可以和達萊用漢語說話。

某一天，當達萊去看瑪蒂娜時，瑪蒂娜正在院子裡打掃。達萊發現她看起來有些蒼老，不只出現皺紋和白頭髮，身體好像也比以前虛弱了。

「瑪蒂娜你還好吧？」達萊關心地說，「你看起來好像……老了很多耶。」

「我本來年紀就不小了……」瑪蒂娜說話時嘴角揚起了皺紋，「其實我已經六十幾歲了。」

「什麼！」達萊非常吃驚，「你年紀已經這麼大了?可是以前你看起來……只有二十幾歲呀！」

「我是靠血維持年輕的。」瑪蒂娜有些遺憾地說道，「我的體質比較特殊，只要吸收血中的生命能量就能維持二十幾歲的樣子，可是一旦沒喝血，過沒多久我的外表就會暴露出真實的年齡……」

「你沒跟蘇六大哥說你需要血嗎？」

「我怕會嚇到他，更何況就算沒喝血我還是可以活得下去。」瑪蒂娜隨後從樹上拔下一片樹葉，將樹葉握在手心中，然後再張開手的時候，樹葉已經枯萎了。

「蘇六大哥說你不需要吃飯，原來你就是每天吃樹葉嗎？」

「除了樹葉還有雜草，我在拔草的時候也會順便吸收雜草的生命能量。」

「可是你還是變老、變虛弱了……」

「這也是沒辦法的……植物的生命能量和動物畢竟還是不一樣的。」瑪蒂娜在微笑時臉上冒出很多皺紋，「我在這裡又不方便去抓蛇，更不可能去咬人吸血啊！」

瑪蒂娜隨後將畚箕裡的枯葉倒進一個麻布袋。她把麻布袋綁好要扛起來的時候顯得非常吃力。

達萊從瑪蒂娜手中將麻布袋拿過來揹在背上，他覺得麻布袋並不重，可是瑪蒂娜竟然會很吃力。

「這個我幫你丟吧。」

達萊心裡很難過，他不希望瑪蒂娜一直都是這個樣子。

134

第二天，達萊去蘇六家找瑪蒂娜的時候帶著一個裝了幾條蛇的竹簍。

達萊對蘇六說明瑪蒂娜並不是不用吃飯，而是需要喝這些蛇的血才能維持力氣。

「原來如此！我還以爲妖怪是不用吃飯的，眞是對她不好意思！」蘇六臉上堆滿抱歉的微笑，「蛇血很進補啊！她吃蛇血我不會有意見的。」

「瑪蒂娜吃蛇血的時候，不喜歡被別人看見。」達萊對蘇六說，「因爲她的眼睛只要吃了血就會發紅。」

「眼睛發紅？是火氣太大嗎？我聽說進補過頭火氣會上升喔！」

「呃……這個……總之，就是她如果吃血的時候要避開任何人，希望你們不要覺得奇怪。」

達萊把話帶到之後就去庭院找正在打掃的瑪蒂娜，打算把竹簍交給她。

他來到庭院，看見瑪蒂娜正在打掃。瑪蒂娜的樣子已經沒有老態，看起來跟原先一樣年輕。

「瑪蒂娜，你恢復成原來的樣子了？」達萊握著竹簍說道，「我特地抓了蛇要給你呢！」

瑪蒂娜停下手邊的工作，「實在是太感謝你了，」她笑著說道，「其實你不用特地去抓蛇給我，因為我最近發現到另一個食物來源了。」

「是什麼呢？」

「就是這裡的蚊蟲。」瑪蒂娜看著四周飛舞的蚊子說道，「我在進行打掃工作時才發現原來福爾摩沙不只蛇多，蚊蟲也非常多。」

「喔，因為現在是夏天了，蟑螂蚊子之類的蟲子非常多。這些蚊蟲非常討厭呢！」

「蟑螂來了對我來說反而好，因為我可以把牠打死然後吸走牠的生命能量。」瑪蒂娜接著伸手抓住一隻飛過來的蚊子，蚊子被她抓住後瞬間乾掉，「至於蚊子，我更是歡迎，因為我只要打死蚊子，蚊子所吸的血也都會被我吸收。」

「那……你豈不是光打蚊子就可以吃飽了？」

「差不多就是這樣。只不過要打蚊子打到能吃飽的程度需要花很多時間就是了。」瑪蒂娜又伸手抓住另一隻蚊子，「所有的蟲子我最愛蚊子，因為我甚至可以從蚊子那裡吸到人的血。」

「我最討厭蚊子！老是在我睡覺時咬我！被蚊子咬不但很癢甚至還會得病呢！」

「我睡在棺材裡，不用擔心睡覺時會被蚊子咬。」

「真羨慕你啊……光靠血就可以維持生命，也不用擔心睡覺時會被蚊子咬。」

「我也很羨慕你可以面對陽光啊……」瑪蒂娜說到這裡時臉上浮出淡淡的哀傷。

135

達萊經常往蘇六家跑，並沒有引起村裡的其他人注意，除了黃雄以外。

某一天，當達萊快要到蘇六家時遇到了黃雄。

「小兄弟，我有話要跟你說。」黃雄把達萊叫了過來，「你這幾個月怎麼老是往蘇六家裡去呢？」

「我有個很要好的朋友在那裡。」達萊回應道，「我是去看她。」

「你的朋友？」黃雄問道，「他在蘇六那裡做什麼？」

「她在蘇六大哥家裡工作。」

「小兄弟，不是我多管閒事。」黃雄慎重地對達萊說道，「客家人很喜歡占別人的便宜，你的朋友該不會是有什麼把柄落在蘇六手上才必須要替他工作的吧？」

「蘇六大哥並沒有占我們的便宜。」達萊先向黃雄抗議然後才繼續說道，「她是因爲弄壞了蘇六大哥的船，爲了賠償所以才工作的。」

「弄壞船？他是怎麼弄壞的？」

「她是因為去打水怪，結果船被水怪破壞了。」

「你說什麼？打水怪？」黃雄大吃一驚，「他去打水怪，用的是蘇六的船，結果船壞了蘇六還要他賠嗎？」

「是我的朋友主動提出要賠償的。」

「還不都一樣！」黃雄生氣地說，「消滅水怪為民除害乃是義舉，蘇六這混蛋怎麼可以讓人家賠呢？這實在太過份了！所以我說客家人都是小氣鬼！喜歡占別人的便宜！」

「不……不是的……這是個誤會……」

「我和你一起去蘇六家！」黃雄於是往蘇六家的方向前進，「你和你的朋友都是老實人，所以才會被吃得死死！這種事我絕對看不下去！」

136

達萊無奈地和黃雄一起來到蘇六的家。

來應門的是蘇六的妻子，她一看見黃雄就慌慌張張地跑去叫蘇六。

黃雄看見蘇六就劈頭痛罵，「蘇六！你怎麼可以讓挺身而出去消滅水怪的人賠你的船呢？你不覺得這樣很自私嗎？」

「我沒有堅持她賠，是她自己要賠我的呀！」

「那你就不該答應他賠你！」黃雄生氣地說，「你讓他賠了，這表示你還是在乎你的船！」

「我也是做生意的，對方想賠，我讓她賠，這也是合情合理啊！」

「如果你眞的有心爲民除害，就不應計較這艘船！你讓他賠你船，這表示在消滅水怪這件事上你沒有任何付出！」

「黃老大，你消滅了水怪，你是大英雄，可是我只是個卑微的小商人啊！」蘇六委屈地說道，「我又沒有害人，難道這樣也錯了嗎？」

就在黃雄與蘇六爭論時，瑪蒂娜聽到爭吵的聲音，於是從院子外面探頭觀察裡面的情形。

達萊看到了瑪蒂娜，趕緊招呼她，「瑪蒂娜！你快點進來吧！你趕快跟黃大哥解釋呀！」

「發生什麼事了？」瑪蒂娜於是進到屋子裡。

「黃大哥，我向你介紹，這位就是我的朋友。」

「你好，我叫瑪蒂娜諾瓦科娃。」

「在下黃雄。」黃雄看著瑪蒂娜，覺得很詫異，「要打水怪的就是你？你不過是個婦人家，怎麼能去挑戰水怪呢？」

「瑪蒂娜不是一般人！她很厲害的！」

「是啊，我去收債時，遇到殭屍襲擊，就是這位妖怪小姐救了我的。」

「你說什麼？你遇到殭屍？」黃雄對於蘇六的回答很震驚，「而且你說這位姑娘是妖怪小姐？」

「幾個月前不是發生一大群殭屍襲擊農民的事件嗎？當時我正好去收債，結果就遇到殭屍，幸好妖怪小姐救了我。」

「當時是瑪蒂娜告訴人們殭屍的弱點，大家才能把殭屍消滅掉。」達萊補充說明，「她還治好很多受傷的人喔！」

「是這樣子的啊……但她是妖怪小姐這又是怎麼一回事？」

「你看她的臉這麼白，不是很像鬼嗎？」蘇六笑瞇瞇地說，「我第一次看到她時，真的被她嚇死，直到我被關在徐老闆家裡，她來救我的時候，我才明白她不是什麼惡鬼。」

「她是洋人，洋人的皮膚本來就比較白！」不明所以的黃雄瞪著蘇六說道，「而且我發現她好像救了你不只一次呢！她對你有恩，結果你竟然要人家賠你的船，看來你比我想像的還要過份！」

137

「不是這樣子的，黃雄先生。」瑪蒂娜很有禮貌地對黃雄說，「是我堅持要賠償蘇六先生的，因爲如果不這樣的話我的心裡會過意不去，所以我請蘇六先生無論如何都要讓我賠給他。」

瑪蒂娜又向黃雄行禮，「另外，你的事我已經聽達萊說過了，感謝你消滅了水怪。」

「消滅水怪不是我一個人的功勞。」黃雄的氣有些消了，「倒是姑娘你見義勇爲幫助別人才讓我佩服。」

「我只是盡我所能。」

「唉！想不到洋人當中也有這樣的忠義之士，而且還是個婦人家。」黃雄不經意地抱怨道，「要是那些紅毛鬼也像你這樣就好了。」

「說到這個，黃大哥，有件事要請你幫忙。」達萊提醒黃雄，「請不要跟任何人說瑪蒂娜在這裡，尤其千萬不能讓東印度公司的人知道！」

「哦，你也跟東印度公司有過節嗎？」黃雄雖然有點訝異但也不多問，「洋人替漢人幫傭，確實是奇聞，但是我保證不會跟任何人透露。」

「感謝你幫忙保密。」瑪蒂娜再度道謝。

「那我先告辭了。」

黃雄於是就離開蘇六家。

「我不知道原來漢人之間也有分不同的種族。」瑪蒂娜看著黃雄離去後喃喃地說道，「黃雄先生看起來也是個正直的人，為什麼會那麼討厭客家人呢？」

「他對我們有偏見啊！」蘇六滿腹委屈地說，「我們客家人只不過是比他們閩南人團結一點而已，就被他們排斥，眞是冤枉啊！」

「這聽起來似乎是個很複雜的問題……」瑪蒂娜一臉苦笑，「人們光是語言不同就會產生對立了。話說回來，蘇六先生，有時候你的漢語好像和其他人很不一樣呢。」

「我說的是客家話，妖怪小姐如果有興趣，我也可以教你喔！」

「眞的嗎？太好了！」

「只要學會客家話以及客家文化，又願意和客家人做朋友，客家人也會把你當成自己人。」蘇六笑著對瑪蒂娜說，「就算你是西洋妖怪，也可以成為客家人喔！」

「哈哈，蘇六先生你眞是會開玩笑啊！」瑪蒂娜苦笑的同時又繼續準備打掃。

138

過了幾個月後，時間已來到一六六一年三月。

「達萊，我有事要和你說。」在安息日聚會結束後，亨布魯克對達萊說道，「我在四月初的時候要離開福爾摩沙前往巴達維雅。」

「要去巴達維雅？爲什麼呢？」

「是因爲傳教的問題。」亨布魯克遺憾地說道，「巴達維雅傳教總部也聽說了麻豆社信眾流失的問題，這次到巴達維雅就是要報告詳細的狀況。」

「那並不是牧師先生的錯啊！」達萊替亨布魯克感到不平，「牧師先生明明那麼努力……」

「這確實是我的錯，因爲我保不住池烈。」亨布魯克垂頭喪氣地說，「池烈是個忠信誠懇的基督徒，我卻讓東印度公司殺了他……年輕人會對我不滿也是當然的。」

達萊也覺得很遺憾，自從池烈被東印度公司處死之後，許多麻豆社的基督徒就不再聽從教會的教導了。有些人甚至開始認爲教會是東印度公司的幫凶，不論達萊再怎麼解釋也沒用。

今天的安息日聚會人數依然非常慘澹，就算教堂有提供免費的食物也吸引不了人過來參加禮拜。但是，至少瑪蒂娜依然每個安息日晚上都會來教堂做禮拜，這點倒是令達萊稍微安慰了點。

「我在福爾摩沙也待了十四年了。」亨布魯克嘆了口氣，「傳教十四年，成果卻是這樣，多少都會令人感到失望啊。」

「對不起，我沒能幫上什麼忙……」

「別這麼說，我相信上帝自有安排，」亨布魯克慈祥地對達萊說道，「我不會去太久，五月的時候就會回到這裡。我不在的時候，你要多注意身體啊！」

139

到了晚上，達萊去接瑪蒂娜上教堂時顯得鬱鬱寡歡。

由於瑪蒂娜要到夜深人靜時才方便出門上教堂，因此達萊會在蘇六家逗留一段時間。這段時間通常都是和瑪蒂娜以及蘇六閒聊。

「兄弟，你今天看起來不太高興啊。」

「是啊，發生什麼事了嗎？」

看到蘇六以及瑪蒂娜這麼關心自己，達萊稍微提起了點精神。

「亨布魯克牧師要回巴達維雅。」達萊悲傷地說道，「因為來教堂的人大量減少，他要去做個解釋。」

「是嗎？真是遺憾……」瑪蒂娜也顯得悲傷，「說到底，這都是我的錯，要不是我害池烈被殺，亨布魯克牧師也不會失去原住民的信任……」

「我不明白，這種事有什麼好遺憾的呢？」蘇六不明所以地問道，「不過就只是不去教堂而已嘛，有那麼嚴重嗎？」

「很嚴重啊，大哥！不去教堂靈魂會迷失啊！」

「我也沒去教堂啊！還不是活得好好的。」

「去教堂可以領受上好的福份啊！大哥你沒去教堂真的很可惜啊！」

達萊與蘇六一來一往地答辯，瑪蒂娜只是在一旁嘆氣。

「話說回來，妖怪小姐每週都會去教堂呢！」蘇六突然提起瑪蒂娜，「每次你出去時我都很擔心你會不會被紅毛鬼子給抓到呢！」

「抱歉讓你擔心了，但是上教堂對我來說真的很重要。」

「不明白，真的不明白。」蘇六搖頭晃腦地說道，「竟然願意冒著生命危險去教堂，我真是搞不懂啊！」

「所謂的信仰就是這麼一回事啊！」瑪蒂娜苦笑的同時對達萊問道，「亨布魯克牧師有說什麼時候會回到福爾摩沙嗎？」

「他說五月的時候就會回來。」

「五月嗎？其實也還好。」瑪蒂娜說道，「幸好沒有離開很久。要是他真的離開福爾摩沙就太令人難過了。」

「就算只是離開一陣子也是很不捨啊……這些年來幾乎天天都和牧師見面……」

「別難過了，人間的分離與相聚是很常見的啊！」瑪蒂娜鼓勵達萊說道，「你是勇士啊！不要爲這種事煩惱，提起精神吧！」

「是啊，兄弟。我雖然對教堂沒興趣，但也希望你能快樂地上教堂啊！」

聽到兩人的話，達萊露出微笑。

「時間差不多了，我們一起去教堂吧。」瑪蒂娜看著懷錶說道，「不管有什麼悲傷的事，在教堂裡都可以得到安慰與平靜。」

140

瑪蒂娜與達萊一起前往教堂，可是還沒離開村子就聽到吵鬧的聲音。

「這麼晚了，那裡怎麼這麼吵？」瑪蒂娜很訝異，因爲平常這個時候是很安靜的。

「那邊好像是黃雄大哥家的方向。」達萊看著那邊說道，「是出了什麼事嗎？」

「要不要過去看看？」

「我一個人過去就好，你留在這裡，要是有人來了就躲起來。」達萊對瑪蒂娜說道，「我有點擔心黃大哥，我先過去看看好了。」

達萊於是就往黃雄家的方向走去。

達萊看見黃雄家門口聚集一群人。

大部分的人是村裡的人，他們把幾個東印度公司的士兵圍住了。

達萊靠近一點觀察時，發現那些士兵抓著黃雄闖過人群正要離開。

村人們正在鼓譟，可是因爲士兵有槍，所以沒有人敢阻止。

達萊於是上前詢問村人，「荷蘭人為什麼要把黃大哥抓走呢？」

「他們怕黃老大反抗他們，」村人很不高興地說，「不只黃老大，很多有名望的人士都被紅毛鬼抓走了！」

黃雄被士兵挾持著離開人群，但是他一點都沒有懼怕的神色。

「各位不用擔心！」黃雄大聲地說，「國姓爺一定會來趕走紅毛鬼！請大家耐心地等待吧！」

黃雄於是就被帶走了。

達萊回到原處，把看到的情形告訴瑪蒂娜。

「我很遺憾發生這樣的事。」瑪蒂娜說道，「但是黃雄先生的意思是說那個叫國姓爺的人會來救他嗎？」

「國姓爺被他們漢人視為英雄。」達萊冷淡地說道，「我很尊敬黃大哥，但我不喜歡國姓爺來到我們這裡。」

「為什麼呢？」

「國姓爺是個拜偶像的人。」達萊不以為然地說道，「他如果來了，一定會把這裡的教堂拆掉，改建他所拜偶像的廟。」

瑪蒂娜心裡驚了一下，因為相同的話安東妮雅也說過。這麼說，達萊雖然殺死了安東妮雅，可是在國姓爺這件事上他們兩人的意見其實是一致的。

「這個……國姓爺也不一定眞的會拆教堂吧？這裡的教堂那麼漂亮……」

「他會的，因爲他是有權勢的人。」達萊斬釘截鐵地說道，「有權勢的人，總是喜歡爲所欲爲。他如果眞的來了，那將是福爾摩沙的災難。」

141

第二天晚上，瑪蒂娜正在擦客廳的椅子時，顯得有些心不在焉。

「妖怪小姐？」蘇六看瑪蒂娜的樣子有點奇怪，「你怎麼了？怎麼從剛剛就一直在擦同樣的位置啊？」

「啊！這個……對不起！」瑪蒂娜慌張地道歉。

「你有心事嗎？」

瑪蒂娜於是把昨晚的事告訴蘇六。

「黃老大也眞是倒楣，不過也許下一個就換我被抓了。」蘇六難得地露出不以爲然的神情說道，「不過這些紅毛鬼子也囂張不了太久了。我已經從祕密的管道得知，國姓爺不久之後就要來了。」

「爲什麼國姓爺要來福爾摩沙呢？」

「因爲紅毛鬼太壞了呀！」蘇六同仇敵愾地說道，「國姓爺是個有正義感的人，他不能忍受紅毛鬼欺壓漢人。因此就算與紅毛鬼開戰會損害貿易利益，他也一定要趕走紅毛鬼！」

「可是，如果國姓爺來了，這裡的歐洲人以及傳教士不就必須要回歐洲了嗎？」

「讓他們回到自己的家鄉也沒什麼不好啊。妖怪小姐難道不想回歐洲嗎？」

瑪蒂娜露出為難的神情，歐洲對她來說是個傷心地，她來到福爾摩沙就是想要揮別過去重新開始。

「喔，我知道了，妖怪小姐如果想一直留在福爾摩沙的話也沒問題，」蘇六看瑪蒂娜為難的樣子趕緊補充說道，「有我蘇六罩著，你想留多久就可以留多久！」

「先謝謝了……」瑪蒂娜在意的其實並不是自己能否繼續留在福爾摩沙，而是擔心福爾摩沙將會發生戰爭。

瑪蒂娜極討厭戰爭，對她而言，戰爭帶來的就只有悲劇而已。然而當戰爭已經無可避免地來臨時，她也不知到底該怎麼辦才好。

142

一六六一年四月三十日。

清晨，霧非常濃，然而，霧散了之後，熱蘭遮城的士兵赫然發現海面上有千百艘數不清的戰艦。

那是鄭成功的艦隊。

揆一立刻下令備戰，可是，由於先前來支援的巴達維雅救援艦隊大部分都已經回去了，剩下的艦隊戰力不足，很快就被鄭成功的艦隊擊敗。

兵力不足的普羅民遮城受到鄭軍的包圍，幾天之後就投降了。

鄭軍拿下普羅民遮城之後開始包圍熱蘭遮城，但由於揆一已經修築許多堅固的防禦工事，熱蘭遮城易守難攻，雙方於是進入僵持狀態。

鄭軍的兵力有二萬五千人，揆一卻只有一千多名士兵。爲了增加戰力，揆一於是通告轄內各原住民部落對抗鄭軍。

大部分的原住民部落都派人來抵抗鄭軍，可是也有部落保持中立完全不動。

達萊所在的麻豆部落，就是保持中立。

對於族人保持中立，達萊的心情很複雜。一方面他固然很憎惡東印度公司，可是另一方面他也不願意鄭成功占領福爾摩沙。

他與部落裡的伙伴們討論想法，由於池烈幫荷蘭人打仗卻因爲不明原因被處死，大家的意見大都是不願意再幫荷蘭人打仗了。

然而，對於鄭成功可能的入侵，大家的意見就顯得很不一致。也有不少人認爲鄭成功將是個禍害，不過現階段還沒到要反抗的地步。

最後的結論就是保持中立。

麻豆雖然沒有參戰，可是麻豆周圍的部落幾乎都參戰了。參戰的原住民以游擊戰的方式襲擊鄭軍，加上熱蘭遮城堅固的防禦，戰事於是陷入膠著。

143

亨布魯克坐在船上，要從巴達維雅返回福爾摩沙。

看來傳教總部對東印度公司也感到很不滿。

他想到這裡，不禁露出微笑。

在傳教總部進行報告時，亨布魯克除了檢討自身能力不足外，也指陳東印度公司的暴政才是信眾流失的主因。

「如果教會和公司走得太近，那麼民眾將會把對公司的怒氣轉移到教會身上。過份地介入公司事務也會令教會喪失自主權，宛如成了公司的附屬機構。」

亨布魯克同時也把福爾摩沙至今為止的傳教發展狀況作了個很詳細的報告，傳教總部對亨布魯克的報告非常滿意，在確認了今後的傳教方針之後，亨布魯克於是就離開了巴達維雅。

海面上風平浪靜，亨布魯克顯得心情很輕鬆。他現在只想快點回到福爾摩沙，他發現他雖然只離開福爾摩沙不過一個月，卻非常想念那裡的一切。

他抬頭看看他的妻子與兩個女兒，她們正在甲板上聊天。

該是時候幫女兒們找對象了……

這些年來他一直忙於教會與東印度公司的事務，甚少管到家裡的事。他有兩個比較大的女兒已經出嫁，雖然是住在夫家裡但也是在福爾摩沙。

要找怎樣的對象比較適合呢？

基本上，結婚的對象當然還是以歐洲人爲主，可是若有條件不錯的原住民甚至漢人也不是不能考慮。尤其如果雙方都是基督徒的話，種族與國籍的顧慮更是無足輕重。

他想起了達萊，雖然達萊只是偶爾來他家吃飯，可是他的家人對達萊的印象都很好。

達萊也等同是亨布魯克的學生，只要達萊願意的話，這門親事說不定能談成。

可惜池烈已經死了，不然他的兩個女兒正好可以嫁給這兩個優秀的年輕人。

回去之後就去問達萊的意見吧！

正當亨布魯克沉醉在考慮婚事的時候，甲板上傳來吵雜的聲音。

妻子與女兒慌慌張張地跑進船艙，船上的水手則是匆忙地要去調整帆的方向。

「發生什麼事了？」亨布魯克於是來到甲板上。

「大事不好了！牧師先生！」水手緊張地指著遠方，「那邊……全都是……國姓爺的船艦啊！」

「！」

亨布魯克驚訝地望著水手所指的方向。他看見遠方海面上密密麻麻的船艦，宛如光禿禿的海上森林。

船長雖然已經下令改變船的方向要脫離，然而，遠方有幾艘鄭軍的快船駛了過來，一下子就包夾住他們了。

144

亨布魯克被鄭成功俘虜了。

隨行的牧師，以及他的妻子與兩個女兒，全都被帶到鄭軍的軍營。

亨布魯克則是被帶到鄭軍主帥營。

他一被帶進主帥營，就看見一個戴著前端有帽沿的頭盔，全身鎧甲的將軍坐在上位，一手托著腮，好像在沉思的樣子。

這個將軍的眼睛，宛如老鷹一般銳利，在帽沿的陰影下他的眼睛顯得特別明亮。亨布魯克發現其他將官都不敢直視這個將軍的眼睛，雖然這些將官看起來也都是兇狠剽悍，可是和那個將軍一比，就顯得遜色得多。

這個人……就是國姓爺！

雖然亨布魯克以前從未見過鄭成功，但是他可以肯定眼前的這個將軍就是鄭成功本人。

「你就是亨布魯克。」鄭成功托著腮說道，「我有事要你去做。」

「我不會遵照敵人的指示。」亨布魯克毫不畏懼地說道，「我不會怕你！因爲我已經把性命交給上帝了。」

「你的上帝已經被釘死在十字架上了。」鄭成功把手放下，嚴肅地說道，「如果你不照我說的去做，那我就讓你效法你的上帝，也被釘死在十字架上！」

「我落在你手裡，本來就沒打算要活命！我爲信仰而活，也爲信仰而死！」亨布魯克完全沒有懼怕的樣子。

「呼呼……勇敢的人。」面對亨布魯克的強硬態度，鄭成功卻露出淺淺的微笑，「你要殉教而死，我可以成全你，不過在那之前，你不是應該要和熱蘭遮城裡的親朋好友告別嗎？」

亨布魯克一時語塞，因爲他也覺得就算要死，也應該要向城裡的親友告別。更何況如果向城裡的人表明自己的決心，也許可以提升城內的反抗意志。

「我不是要你做很難的事。」鄭成功拿出一封信，「我只是要你把這個轉交給揆一。」

「你爲什麼不派你的人去做這件事呢？」

「如果我派我的人，你不就見不到親友的最後一面了嗎？」鄭成功淡淡地說道，「你的上帝在赴死前也和弟子們吃了最後的一餐，既然你要效法你的上帝被釘十字架，不是也應該和親友吃一頓最後的晚餐嗎？」

145

亨布魯克與隨行的牧師帶著鄭成功的信函進入熱蘭遮城。

他把信交給揆一，發現揆一面容憔悴，看起來好像老了十幾歲一樣，整個人顯得有些意志消沉，完全失去了最高長官的風采。

揆一疲倦地看著亨布魯克，一句話也不說。透過翻譯，他知道了信裡的內容。

「國姓爺……要我們交出這座城……」揆一無力地說道，「只要交出城……就可以保存性命，如果繼續抵抗，就只有死路一條……」

「但是，我知道您是不會交出城的。」亨布魯克對揆一說道，「雖然過去我對您的許多作法感到不滿，但是我知道您所做的一切都是爲了守住福爾摩沙。」

「過去的事……就別提了……」揆一提起精神，緩緩地說道，「我不會交出城，我會堅持到底，只要堅守下去，總是有機會等到援軍的。」

「那麼，我便將您的回答帶回去轉告給國姓爺。」

「你說什麼？你還要回去？」原本無神的揆一，聽到亨布魯克的回答後驚訝地瞪大眼睛，「國姓爺沒有得到投降的回答，一定會殺掉你的呀！爲什麼不留在這裡呢？」

「我的妻子與女兒還在國姓爺那裡當人質，我不能丟下他們不管。」亨布魯克昂然地說道，「更何況，我已經決定要爲信仰犧牲。我和牧師團討論過了，我們所有的人都願意殉教而死。」

揆一聽了以後突然感到很羞愧。一直以來，宗教對他而言只是用來安定福爾摩沙的其中一種手段而已。不管是什麼手段，只要他認爲能達到目就會採用，就算這個手段不合宗教規範也照用不誤。

他以爲這些牧師也只是把宗教當成謀生工具而已，就像他一樣只是當成一種手段。他並不眞正相信上帝，以爲牧師們也沒有眞的相信上帝。他顧念的是世俗的事，卻誤以爲其他人也跟他一樣。

「我沒有臉面對上帝……」揆一滿臉通紅低聲說道。

亨布魯克於是辭別了揆一，前往城內家人所在的地方。

他的兩個已經出嫁的女兒，都哭求著他不要送命，亨布魯克淚流滿面地說能效法耶穌基督而死，是神職人員的榮耀。勸女兒們要爲他禱告，不要爲他悲傷。

146

深夜，亨布魯克與家人吃過晚餐之後，獨自一人在院子裡跪著祈禱。

當年耶穌在吃完最後的晚餐之後，也是自己一個人在園子裡祈禱。亨布魯克儘管覺得心裡充滿悲痛，但卻又有一種說不出來的充實感。

亨布魯克熱切地進行禱告，完全沒有察覺有個人影靠近了他。

「牧師……」人影的聲音很悲傷，「您眞的決定要去赴死嗎？」

亨布魯克認出這是瑪蒂娜的聲音，他抬頭一看，只見瑪蒂娜包著頭巾，連眼睛也蓋住，但是臉頰上流出一道道的鮮血。

亨布魯克緩緩地說，「耶路撒冷的女子，不要爲我哭，當爲自己和自己的兒女哭。」

瑪蒂娜一聽，知道這是聖經的一段經文，那是耶穌在前往刑場之前對沿途哭送他的女人們所說的話。

「沒想到你竟然能穿越城外的包圍進到這裡。」亨布魯克結束禱告，坐了起來，「不過這裡都是東印度公司的人，有些士兵甚至還跟你交過手。雖然你包了頭巾，還是有被認出的風險啊。」

「都已經到這個地步，您就不用再顧慮我的安危了。」瑪蒂娜再度流下血淚，「如果您死了，會有很多人很傷心。」

「沒有人不會死的。只要信靠神，傷痛總是會撫平的。」

「很遺憾達萊不能來見您最後一面，而我也將和您永遠地離別了……」瑪蒂娜又是淚流不止，「我實在很不捨……很難過……」

「別難過，這不是永遠地離別，我們會在天堂重逢的。」亨布魯克心情沉重地站了起來，「你趕快回去吧，留在這裡太危險了。」

他說完後就進入屋子裡了。

「很可惜，我上不了天堂……」瑪蒂娜輕輕地說道，「我只能下地獄，因爲我要去陪爸爸……」

147

第二天，亨布魯克與隨行的牧師回到鄭成功那裡。

牧師們果然依照約定前來赴死，鄭成功的將官們都感到很驚訝，彼此議論紛紛。

亨布魯克進入主帥營，面見鄭成功。

「你果然回來了。」對於牧師團依約來赴死這件事，鄭成功似乎沒有很驚訝，「十字架已經準備好了。我們漢人不懂十字架眞正的作法，造型不對還請見諒。」

「你已經知道揆一沒有接受投降了嗎？」亨布魯克嘆了口氣，「我就要死了，可是我很擔心我的兩個女兒，我本來希望這次回福爾摩沙能幫她們安排婚事。」

「你的女兒，我會幫她們安排婚事。」鄭成功說道，「我會從我的部下當中選出最優秀的兩位來當她們的丈夫。如果你的女兒不願意嫁給我的部下，我也可以讓她們回歐洲。」

亨布魯克一言不語地看著鄭成功，他的眼神沒有憤怒也沒有害怕。

「至於你的妻子，我會放她回去。等一下我會讓她和你見最後一面。」鄭成功望著亨布魯克，他的眼神似乎透露出惋惜，「你們這些傳教士都是令人敬佩的人。但正因爲如此，我可以留下其他人的性命卻不能讓你們活命。你們所傳的思想與教義，在我奪取福爾摩沙之後會對我造成很大的阻礙。」

聽到鄭成功確定要殺死自己，亨布魯克還是完全沒有畏懼的樣子。他看起來很平靜，好像自己被宣告死刑是一件無關緊要的事一樣。

「在我攻下熱蘭遮城之後，我可以答應你不會殺城裡的人。」鄭成功承諾道，「我雖然不能讓你們傳教士活命，但是留下其他人的性命並沒有問題。」

「感謝你的寬容……」

「我不喜歡饒恕敵人，但是我欣賞有勇氣的人。由於你們傳教士的勇氣，我將會饒恕揆一。」

148

亨布魯克於是被處死了。

隨行的牧師也全都被處決。鄭成功處決了牧師之後，立刻下令砲擊熱蘭遮城。

揆一也下令開砲還擊。由於荷蘭軍位置比較高，鄭軍的砲擊效果不彰，反而在荷軍的砲擊下死傷甚多。

鄭成功於是改變戰略，只留下部分軍力圍住熱蘭遮城，主力軍則調往其他地方進行土地開墾。

揆一從福爾摩沙其他港口調集軍艦來攻擊鄭軍，可是一連串的海戰全都以失敗告終。

巴達維雅方面得知鄭成功已經開始攻打福爾摩沙之後大爲震驚，趕緊派遣大批艦隊前往救援，可惜由於氣候等各種因素，救援艦隊最終無功而返。

鄭軍雖然擊退荷蘭海軍，可是攻城戰毫無進展。相反的，由於疾病與糧食缺乏，造成許多士兵死亡以及逃亡。鄭成功底下的許多將官也因爲被鄭成功責備攻城不力，幾乎每天都有人被處死。

慘烈的戰爭持續了半年，雙方都已經是疲憊不堪。

另一方面，自從亨布魯克被鄭成功處死後，達萊對鄭成功更加反感了，然而麻豆的其他人並沒有對亨布魯克有什麼特別的感情，因此當達萊勸大家和其他部落一起抵抗鄭成功的時候，並沒有人響應。

達萊很苦惱，他覺得他只能向瑪蒂娜求助了。當他去蘇六家看瑪蒂娜的時候，把自己的請求告訴了瑪蒂娜。

「你要我幫助東印度公司抵抗國姓爺嗎？」瑪蒂娜對達萊的要求感到很吃驚。

「你非常厲害，一個人就可以打倒一千人！但是我知道這個要求很過份，所以如果你拒絕，我不會生氣的。」

「我怎麼可能眞的能打倒一千人！我沒有你想的那樣厲害……」瑪蒂娜驚訝地說道，「而且，就在昨天，蘇六先生還要求我幫國姓爺的士兵治病呢！」

達萊聽了大吃一驚。

「國姓爺許多將兵因爲水土不服病倒了。蘇六先生說只要我能幫國姓爺的將兵治病，我的債就可以全免了。」

「那……你有答應他嗎？」

「我說我還在考慮……」瑪蒂娜苦惱地說道，「原本我的宗旨是只要有人生病就去救助的……可是……現在正在戰爭……而戰爭牽扯到的因素很多很雜……我知道你不希望國姓爺占領福爾摩沙，而我也不滿國姓爺殺了亨布魯克牧師。可是，這可以成爲不救人的理由嗎？」

「如果你救了國姓爺的士兵，就等於是幫助侵略者啊！」達萊激動地叫道，「除非國姓爺放棄侵略福爾摩沙，否則我不喜歡你幫他的士兵治病！」

「我知道，所以我說我還在考慮……」

「你還會考慮是否幫國姓爺的士兵治病，這表示要你去打倒那些兵是太爲難你了。」達萊憤而起身，「不論這場戰爭最後結果如何，一切都只能交給上帝安排了！」

望著達萊離去的背影，瑪蒂娜心裡滿是無奈。

149

第二天晚上，當瑪蒂娜從棺材裡爬起來之後立刻就被蘇六叫去。

「妖怪小姐，你考慮得怎麼樣了？幫國姓爺的士兵治病可是無上的光榮，如果你這麼做了肯定能得到國姓爺的大大獎賞！」

瑪蒂娜低著頭，沒有回應。

「你知道嗎，黃雄那傢伙，竟然加入國姓爺的軍隊，而且現在已經是百戶所長了耶！」蘇六羨慕地說道，「他被國姓爺的軍隊救出後就從軍了，因爲作戰有功很快就升爲小旗長，沒多久又升爲總旗長。」

「在國姓爺底下打仗，表現不好是會被砍頭的！軍官一旦被砍頭，就從他的部下選出一位來接替他的位置，部下的空缺再從下面的人提升上來遞補。黃雄被升爲總旗長之後，他的長官因爲攻城表現不佳被砍頭，他於是成了百戶所長。」蘇六繼續口沫橫飛地說道，「表現不好就是死刑！但是只要能力強，小兵也能當將軍！難怪國姓爺的將兵會那麼強悍！」

「但是，不論再怎麼強悍，要是病倒了也是無法作戰。國姓爺大部分的將兵都生病了，這使得攻城的力道下降許多。但是只要妖怪小姐願意幫忙治病，這座城很快就能攻下！」

「很抱歉……」瑪蒂娜低著頭說道，「很抱歉，我不能幫國姓爺的將兵治病……」

蘇六的臉整個僵硬了。

「對原住民來說，國姓爺是侵略者。我若幫助國姓爺就等於是在迫害原住民……」瑪蒂娜抬起頭說道，「昨天，達萊還來請求我去打倒國姓爺呢。」

蘇六的表情更難看了。

「但是，我也不可能對生病的人動手。我考慮很久之後，決定還是維持現狀，什麼都不做比較好。」

「是……是嗎……」蘇六非常遺憾地說道，「既然妖怪小姐已經決定了，那我也不勉強你了，不過我還是很希望你能改變主意，幫國姓爺的兵治病。」

「這是我第一次……幫人治病還要看對象……」瑪蒂娜痛苦地說道，「當年我在歐洲遭遇戰爭時，我可是交戰雙方的士兵都給予治療的……可是現在……唉……」

「我不知道我這樣做到底對不對，也許正如達萊所說的，一切只能交給上帝安排了……」

150

拉迪斯已經快受不了了。

自從被調來熱蘭遮城之後，他就與安東妮雅失去聯繫。他的傭兵合約早就已經到期，卻還是被迫守城，每天承受鄭軍的猛攻，這讓拉迪斯感到非常不滿。

十二月十六日，拉迪斯逃往鄭軍營中，向鄭軍說出熱蘭遮城的防禦弱點：屋特勒支山丘的碉堡防禦很薄弱，只要拿下那裡，就可以居高臨下砲轟熱蘭遮城。

鄭成功於是著手攻城計畫，在一六六二年一月二十五日的時候用大砲猛轟屋特勒支碉堡，荷蘭守軍被迫撤退。

當荷蘭守軍從碉堡撤出之後，鄭成功與部下馬信想去碉堡視察，卻被拉迪斯阻止。

「守軍撤退後一定會在碉堡裡埋藏定時炸彈！」拉迪斯比手劃腳地說道，「國姓爺大人如果這時進入碉堡，一定會被炸死的！」

「如果我死了，荷蘭就贏了。」鄭成功對拉迪斯說道，「你願意告訴我這是個陷阱，這表示你是眞心想要投降。」

鄭成功的話讓拉迪斯冒出一身冷汗，但他仍然鎮定地說道，「我的傭兵合約早就到期了，因此我要幫誰作戰是我的自由。我沒有義務一定要繼續幫東印度公司打仗，既然我選了您作爲新的老闆，我當然要盡力表示忠誠。」

鄭成功聽了拉迪斯的話之後微微一笑，因此決定不前往碉堡。

到了晚上，碉堡果然爆炸，整個碉堡毀得一點殘餘都不剩。

「老兄，你救了自己一命呢！」晚上休息的時候，鄭成功的部下馬信對拉迪斯說道，「國姓爺大人非常痛恨出賣同伴的人，他本來打算要把你殺掉的，可是你今天那番話讓國姓爺大人非常滿意，因此他不但不會殺你，把城攻下之後還會給你很多獎賞喔！」

「謝……謝謝國姓爺大人……」拉迪斯答謝的同時又是一身冷汗。

荷蘭守軍眼見最後的陷阱沒能殺掉鄭成功，士氣完全崩潰，揆一於是決定停火投降。

一六六二年二月一日，揆一與鄭成功簽訂停戰協議書。

由於揆一堅持要在協議書裡寫上荷蘭軍撤退時必須揚旗、擊鼓、佩槍上船，漢斯擔心這樣大張旗鼓地撤退會惹怒鄭成功，但是鄭成功還是答應了揆一的要求。

二月十七日，揆一率領剩下的艦隊離開福爾摩沙。荷蘭在福爾摩沙三十八年的統治正式結束。

151

達萊在教堂裡整理他所抄寫好的聖經。

雖然傳教士已經不在了，但是傳教的工作還是要繼續下去才行，達萊決定把這些抄好的聖經發給還願意相信耶穌基督的人。

他甚至打算自己組一個傳教團，就算只能祕密地傳教，他還是覺得這件事非做不可。

今天晚上到蘇六家與瑪蒂娜見面的時候，他打算和瑪蒂娜商量傳教團的事，他希望瑪蒂娜能成爲第一號團員。

他把抄好的聖經放在布袋裡揹在背上，打算先把這些聖經放在蘇六家裡。

就在他剛走出教堂門口的時候，一群鄭成功的士兵往教堂這裡跑來。

士兵們衝進教堂，傳來一陣乒乒乓乓的聲音，原來是他們正在搜刮教堂裡的器物，不論是鍋碗盤子還是刀叉燭臺，甚至連桌椅都搬走。

「快住手！你們在做什麼！」達萊對一個看起來像是軍官的人生氣地大喊，「竟然敢搶劫神聖的教堂！」

「國姓爺大人有令，這棟妖言惑眾的屋子必須要拆除！裡面的家當全部都要沒收！」

軍官話剛說完就發現達萊揹著一個袋子。

「你背上那袋是什麼東西？」

達萊沒有回應。

軍官搶下達萊的袋子，從裡面拿出一本聖經。

「這是妖書啊！」軍官翻了幾頁之後大叫，「國姓爺大人下令要把所有的妖書都燒毀，敢私藏者，斬！」

「快還給我！」達萊拉著袋子，「這是我的東西！」

軍官立刻抽出劍，「違抗命令者，殺無赦！」然後就把達萊砍倒了。

達萊的肩膀被砍中，倒在地上流了很多血，但他還是緊緊地抓著袋子與軍官拉扯。

「不知好歹的番人！」

軍官一劍刺穿達萊的脖子，達萊像是在說了什麼之後就斷氣了。

152

晚上，瑪蒂娜一如往常地在做打掃工作。她在院子把地掃好之後便到客廳擦桌椅。在她工作到一半時蘇六回來了。蘇六的臉色十分黯淡，他看見瑪蒂娜，一句話也不說，以一種哭喪臉的表情走進臥房。

蘇六先生今天有點奇怪呢！

平常蘇六回到家時總是看起來十分興高采烈，今天這種哀傷的模樣令瑪蒂娜覺得很反常。尤其蘇六所支持的國姓爺鄭成功已經打敗荷蘭人占領了熱蘭遮城，他應該要顯得歡喜才對。

此時蘇六的妻子正忙著準備晚餐，瑪蒂娜有點擔心蘇六，便問蘇六的妻子發生什麼事。

「詳情我也不清楚。」蘇六的妻子說，「只知道他好像有提到他一個很好的朋友死了。」

「死了？」瑪蒂娜有不祥的預感，「有說是哪個朋友死了嗎？」

「他只說是教堂的朋友。」蘇六的妻子回應道，「教堂的朋友，被國姓爺的官兵殺死了。」

「教堂的朋友？」瑪蒂娜突然感到一陣暈眩，「難道……難道是……」

「你怎麼了？」蘇六的妻子有些憂慮地問道。

「對不起！我有事要出去一下！」

瑪蒂娜飛奔出門，以非常快的速度在街上奔跑。儘管荷蘭人已經走了，她可以大搖大擺地在街上走動不擔心被抓，可是她在街上狂奔的舉動引起兩名正在巡邏的鄭軍士兵注意，便尾隨在她身後想要進行盤查。

瑪蒂娜往達萊家人的居住地點奔跑。她在很遠的地方就聽見達萊的家人們所唱的歌聲。那歌聲十分悲戚，瑪蒂娜聽到那歌聲，奔跑速度不自覺地慢下來，等到她抵達時，她終於看見了她最不願看見的事。

在場達萊的家人都是女人、小孩與少年少女。他們圍繞坐在一起形成一個圈，達萊閉著眼睛躺在圈的中心，好像是睡著一樣。瑪蒂娜在圈外望著達萊，一句話也不說，只是靜靜地聽著人們唱歌。帶領大家唱歌的似乎是達萊的母親。這歌的曲調低沉哀傷，節奏緩慢。神奇的是雖然瑪蒂娜大老遠就聽見人們的歌聲，但其實人們的歌聲並不大，瑪蒂娜聽力再好應該也不至於在很遠的地方就聽見。

他們是用靈魂在唱歌。瑪蒂娜心裡想著，我雖然聽不懂歌的內容，但是我覺得這歌並不只是單純表達哀悼而已……

瑪蒂娜看到達萊的屍體時本想大哭一場，可是這歌聲卻讓她的心情逐漸平穩。明明聽起來很哀傷的歌聲，卻能撫平人們的心靈。

達萊的母親一定也很哀痛，可是她卻帶領大家唱歌，撫平眾人的傷痛……

我也只能祝福達萊在主的懷裡安息了……

瑪蒂娜在胸口劃了個十字架。

「你在這裡做什麼?」

不知何時，鄭軍的士兵已經來到現場。其中一名士兵持著槍盤問瑪蒂娜，另一名士兵則是把達萊的家人們趕走。

153

「現在是宵禁！所有人立刻離開！」

一名鄭軍士兵持著槍向眾人大吼。達萊的家人們非常驚慌，紛紛跑開，只有達萊的母親面不改色保持鎮定。

「我們正在替我兒子送別。」達萊的母親站起來對士兵說道，「明天他就要埋在土裡了，今晚是我們見他的最後一面。」

「你敢違抗宵禁令？」

士兵手中的長槍狠狠地刺進達萊母親的胸口，達萊母親悶哼一聲之後倒在地上。

「哇！」

達萊的家人們哭喊著跑過來，伏在達萊母親的屍身上痛哭。

「你們這些番貨，還不快走！」

士兵正要舉槍時，他的手腕突然被抓住。

「你們太過份了。」

瑪蒂娜輕輕地吐出這句話之後，士兵的手腕立刻被折斷。

「呃啊！」

士兵痛得在地上打滾慘叫。另一名士兵憤怒地舉槍刺向瑪蒂娜，瑪蒂娜一手接住槍頭，將對方舉了起來甩出去。被甩出去的士兵撞到樹跌了下來，因爲撞傷而痛苦地呻吟。

此時蘇六正好趕到現場。

「果然會這樣！」蘇六十分驚恐地望著被折斷手的士兵，頭皮一片發麻。

「妖怪小姐！你闖大禍了呀！」

瑪蒂娜背對著蘇六，她的眼神彷彿燃燒著黑色的火焰。她的身體好像散發出若有似無的黑煙，看起來有些詭異。

達萊的家人們不斷嚎哭，跟剛才替達萊哀悼時完全不同，他們的哭聲，彷彿靈魂被撕裂一樣。哭聲此起彼落，場面有些凌亂。

蘇六將兩名受傷的士兵帶到一旁，塞些銀錢給他們之後打發他們離開。

「蘇六先生，我還要工作多久才能還清欠你的錢呢？」

瑪蒂娜背對著蘇六如此說。她的眼睛還在閃耀黑色火焰。

蘇六望著瑪蒂娜的背影，大氣都不敢喘一下。他覺得瑪蒂娜的背影很高大，好像一道巨大的黑牆。

雖然瑪蒂娜的個頭本來就比蘇六高，可是蘇六此時覺得瑪蒂娜更是高不可攀。

「已經……已經都還清了……」蘇六顫抖地說道，「妖怪小姐……已經……不用再替我工作了……」

「是嗎……」

瑪蒂娜轉身面對蘇六，向蘇六鞠躬。

「非常感謝你一直以來的關照。」瑪蒂娜隨後望向蘇六，眼神頗爲哀傷，「再見了，蘇六先生。」

瑪蒂娜一道別完就飛快地離開現場。

「妖怪小姐，你要去哪裡？」

蘇六在後面呼喊，然而瑪蒂娜沒有理會，一下子就跑得不見蹤跡。

154

熱蘭遮城外，鄭軍主帥營。

雖然熱蘭遮城已經攻下，鄭成功爲了處理軍務上的便利，平常還是留在軍營裡。他的桌上擺滿了軍務、土地等各種帳冊、資料。由於他不放心把事情交給部下處理，每天總是要把這些資料全部看過才肯休息。

夜已經很深，鄭成功手中拿著一本帳簿仔細檢查，臉上完全沒有倦容。他的親信馬信隨侍在一旁，兩名護衛將領何義、陳蟒也持刀守候在身邊。

鄭成功檢查帳冊沒多久，外面傳來吵雜的聲音。鄭成功立刻覺得不尋常。

「你去看看外面發生什麼事。」鄭成功對馬信下令，「如果有人在吵鬧，就將他處決。」

馬信點頭離開。

馬信離開之後，外面的吵雜聲卻越來越大。士兵們的怒喝聲、慘叫聲，在主帥營裡都可以聽見。

鄭成功放下手中的帳冊，面色非常凝重。

馬信沒多久就跑回來，神色驚慌地向鄭成功報告帳外的狀況。

「大人！有刺客！」馬信惶恐地報告道，「刺客宣稱說要殺掉大人您，已經往這裡過來了！」

「對方有多少人？」鄭成功不悅地問道，「外面還在吵，這表示到現在都還沒有把刺客全部殺掉，難道刺客人數很多嗎？」

「刺客……」馬信的聲音突然變得沙啞，好像很害怕自己接下來要說的話，「刺客……只有一個人……」

「你說什麼？」鄭成功的語氣又驚又怒，「只有一個人？外面的人全都是窩囊廢嗎？竟然處理不了一名刺客？」

「那名刺客……非比尋常。」馬信額頭上汗如豆雨，緊張地說道，「在下親眼看見，那名刺客力氣極大，單手就可將一人舉起丟得老遠。身形速度也極快，一眨眼間就能跑到十步之外，常人根本無法與之匹敵。」

「無法匹敵？」鄭成功怒瞪馬信，提高音量說道，「搏擊之道，不在力，不在速，乃在勇。這話我不是常告誡你們嗎？」

「請大人恕罪。」

「拿不下刺客，本來應該是死罪。念在熱蘭遮城剛取下，我可以不予追究。」鄭成功高聲下令道，「傳令下去，將那名刺客不論死活帶到我面前來！」

155

我只要殺一個人就好。

瑪蒂娜閃躲眾多鄭軍士兵的攻擊，不斷往主帥營前進。

鄭軍士兵前仆後繼地持著刀或槍擋在瑪蒂娜面前，形成人牆要將瑪蒂娜攔下。然而由於他們在原本應該休息的深夜突然起來應戰，加上飢餓與疾病，許多士兵連站穩都有困難，他們組起的人牆很輕易就被瑪蒂娜擊破。

眼前又是一道人牆。

「我要殺掉國姓爺！」瑪蒂娜用漢語喊道，「請你們全部都讓開！」

瑪蒂娜衝進人牆，撞飛好幾名士兵，被撞到的士兵立刻發出慘叫。然而其他的士兵並沒有因爲人牆潰散而稍緩攻勢，十幾名士兵衝過來圍住瑪蒂娜舉刀便砍，瑪蒂娜一個縱躍跳出士兵們的包圍。

瑪蒂娜脫離包圍後繼續往前跑，這時一名非常高大魁梧的鄭軍將領擋住她的去路。

「在下林鳳！」他喊道，「妖女納命來！」

林鳳舉刀砍向瑪蒂娜，瑪蒂娜壓低身體衝到林鳳腳下，雙手擒抱住林鳳的雙腳，將林鳳摔個四腳朝天。

「吾乃左先鋒楊祖！」林鳳被摔倒後，另一名鄭軍將領楊祖也舉刀砍向瑪蒂娜。瑪蒂娜反手一掌打在對方的刀背上。

「啊！」刀背上的衝擊力震傷了楊祖的手掌，楊祖的刀當場落地，整個人也痛苦地撫著手彎下腰。

瑪蒂娜擊倒兩名鄭軍將領之後繼續往前跑，鄭軍主帥營終於出現在眼前。

「吾乃國姓爺手下大將黃安！」又有一名持著槍的鄭軍將領擋在前面，他對著瑪蒂娜怒喝道，「大膽妖女，竟敢夜闖國姓爺大營！」

「國姓爺將會成爲福爾摩沙的災禍！」瑪蒂娜叫道，「他實行苛刻的法律，殘忍地對待人，這種人絕不能存活！」

「放肆！」黃安持槍衝向瑪蒂娜。他的速度很快，一眨眼就來到瑪蒂娜跟前。瑪蒂娜雖然立刻閃開沒讓對方刺中心臟，可是還是被刺中左上臂。

「嗚！」瑪蒂娜強忍劇痛，在對方還沒拔出槍的時候抓住槍柄。

「可惡的妖女！」黃安使勁拔槍，可是怎樣都拔不出來。

「啪啦！」木製的槍柄承受不住兩端的強力拉扯而斷裂。瑪蒂娜拔出刺在左上臂的槍頭，槍頭上沾滿了她的血。

黃安在斷槍之後拔出腰間的配劍，在他拔劍之後，眼前突然出現一片紅色的霧。

「這是什麼妖法？」

黃安大驚的當下，紅霧中衝出瑪蒂娜的身影，一掌擊在黃安胸口。

「嗚啊！」黃安被擊中胸口，當場倒臥在地上。

紅色的霧碰到瑪蒂娜的皮膚就消失，這些霧原來是她的血所化成的。

主帥營附近的士兵在黃安倒下後全部衝了過來，但是一下子都被瑪蒂娜打倒。

瑪蒂娜收拾掉附近所有人之後，走向主帥營入口。她檢查一下身體狀況，發現身上有不少傷。

除了剛才被黃安刺中的左上臂傷口最嚴重，背腰腿等部位還有十幾處大小不等的刀傷。

不知不覺中竟然被砍了這麼多刀……

瑪蒂娜不禁在心裡感嘆。

一個人要對付這樣的大軍果然還是太勉強，可是無論如何我一定要在今晚殺掉國姓爺！

156

瑪蒂娜進入主帥帳棚，立刻發現一位戴著前端有帽沿的頭盔，眼神十分兇狠的將軍坐在上位。

這個人……一定就是國姓爺！

瑪蒂娜正準備衝過去的時候，旁邊的鄭軍將領何義先舉刀砍了過來。瑪蒂娜在對方還沒砍下時衝上前抓住對方的手臂，用一個過肩摔將何義丟出帳外。

瑪蒂娜剛解決掉何義，陳蟒立刻持刀砍過來。陳蟒看準瑪蒂娜剛使出過肩摔還沒恢復備戰架式，無法閃躲任何攻擊，便用全身的力氣以雷霆萬鈞的氣勢往瑪蒂娜頭上砍下去。

「砰！」

刀子發出響亮的聲音。陳蟒以爲這一擊勢在必得，沒想到刀子快要碰到對方的額頭時就砍不下去。原來是瑪蒂娜用右手竟然就接住陳蟒砍下來的刀。她的手指緊緊地捏住刀鋒，如此可怕的怪力讓陳蟒嚇得全身冷汗，在失神的瞬間被瑪蒂娜擊中胸口倒了下來。

何義與陳蟒一下子就被打倒，鄭成功看到這種狀況沒有任何反應，只是面無表情地盯著瑪蒂娜。旁邊的馬信則是拔出了劍。

「喝啊！」

馬信大喝一聲之後衝向瑪蒂娜，卻一下子就被瑪蒂娜抓住喉嚨壓制在地。

瑪蒂娜本想將馬信勒昏，可是她抓住馬信喉嚨的右手剛剛才接過陳蟒的刀，手還有些麻痺，一時之間使不上力。就在這時，她的身後出現一個巨大的陰影。

「把你的手放開。」

不知何時，鄭成功已經來到瑪蒂娜身後。他話剛說完就一拳轟向瑪蒂娜，瑪蒂娜手臂交叉做出防禦，以爲自己可以擋下這一擊，沒想到鄭成功的拳一碰到瑪蒂娜的手臂，瑪蒂娜就「轟」地一聲被打出帳外。

他的拳怎麼這麼有力？

瑪蒂娜在帳外，狼狽地重新展開架式。鄭成功走出主帥大帳，他的腰間配著一把帶鞘的劍。

「看來你是荷蘭人的餘黨。」鄭成功雙手抱胸冷冷地說道，「能走到這裡，算你有本事，不過也到此爲止了。」

瑪蒂娜擺出架式，她以爲鄭成功也會像她剛剛遇到的鄭軍將領一樣拔劍迎擊。但是鄭成功沒有拔劍，也沒有擺出戰鬥架式，只是雙手抱胸站在那裡。

對方不主攻，我方便先攻。瑪蒂娜往前猛衝，一掌擊向鄭成功。由於她擔心鄭成功會突然拔劍使出拔刀斬，爲了能迅速回防，這一掌打得有點保守。

鄭成功很輕易地就閃掉這一掌。他閃開之後沒有拔劍，而是再度出拳。這次瑪蒂娜不敢直接硬擋鄭成功的拳，而是移動身體閃開。

瑪蒂娜接下來又做了幾次攻擊。可是爲了防範鄭成功腰間的劍，她無法盡情展開攻勢。而鄭成功遲遲不拔劍，只是用拳頭不斷進行試探性攻擊。由於雙方一直進行有所保留的戰鬥，瑪蒂娜開始覺得有些煩悶。

「你怎麼不拔劍？」瑪蒂娜問道，「你們作戰時不是都會拔劍嗎？」

此時剛才被瑪蒂娜抓住喉嚨的馬信已走出帳外，那些被瑪蒂娜擊敗的鄭軍將領與士兵也一一拖著負傷的身體來到現場。所有人都只是站得遠遠地觀看，留下瑪蒂娜與鄭成功在人群中心。

鄭成功拿起腰間還帶著鞘的配劍，瑪蒂娜以爲他終於要拔劍，便開始盤算如何在對方拔劍時發動攻擊。然而鄭成功拿起劍之後望了一下瑪蒂娜，又望了一遍周圍的將兵，一手把劍丟在地上。

「對付手無寸鐵的女流之輩何需用劍？」

鄭成功的聲音低沉宏亮又充滿威嚴。旁邊的鄭軍將兵聽到鄭成功這番話，有人面露愧色，有人則是恐懼，有人顯現擔心，但是也有人露出欣喜的神色。

瑪蒂娜聽到鄭成功這番話則是勃然大怒。

「你會爲你的傲慢付出代價！」

她一眨眼的時間就衝到鄭成功面前擊出左掌，鄭成功沒有閃躲，而是集中力量往瑪蒂娜打過來的左掌出拳。

這一拳，幾乎把瑪蒂娜的氣勢打得煙消雲散。

瑪蒂娜的左掌受到重擊，身體倒退好幾步，整隻左手都在麻痺，連心臟也開始絞痛。加上剛才被黃安刺中的傷，左手臂好像要斷掉一樣。

鄭成功繼續追擊，連續打出好幾個重直拳。

他的拳打過來的時候，好像有一種壓力讓我動彈不得……瑪蒂娜咬緊牙關，用手臂苦苦格擋鄭成功的攻擊，拳速並不快，可是我卻閃不開……

在鄭成功的連續重擊之下，瑪蒂娜的兩隻手臂很快就沒有知覺不聽使喚。鄭成功在連續直拳之後往瑪蒂娜的額頭使出螺旋拳，瑪蒂娜無法用麻痺的雙手抵擋，額頭便被這一拳擊中。

「碰！」

瑪蒂娜頭部受擊，往後滑了十數尺才勉強穩住身形。

太強了……太強了……瑪蒂娜頭昏眼花，身體的內臟好像在翻攪。

太可怕了……我從來沒遇過這麼厲害的人……

鄭成功這次沒有乘勝追擊，只是握緊拳頭面無表情地站著。

「沒想到你受我這一擊還能存活。」他望著自己的拳頭說道，「不僅如此，能連續接下我拳頭的人，你也是第一個。」

「不需你……廢話……」瑪蒂娜全身搖搖晃晃，艱難地調整呼吸。

「你很有勇氣，竟然一個人就闖進這裡。」鄭成功收起了拳頭說，「你走吧！看在你是個勇者的份上我饒你一命，但是以後不要出現在我面前。」

「今晚我一定要殺掉你！」瑪蒂娜稍微恢復力氣，重新擺開架式，「你將再也看不到明天的太陽！」

「是嗎？」鄭成功依然面無表情，「既然如此，今天只好讓你死在這裡了。」

瑪蒂娜準備再度攻擊時，四周突然亮了起來。

糟糕！天要亮了！瑪蒂娜十分驚慌地抬頭望天，沒想到時間過得這麼快！

就在瑪蒂娜分神時，鄭成功突然衝過來，雙手抓住瑪蒂娜的喉嚨。

「尊敬你的勇氣，給你最後的選擇。」鄭成功說話的同時，兩手也越來越用力，「你是要我撕開你的喉嚨，還是扭斷你的脖子？」

瑪蒂娜脖子被勒住，全身失去力氣。就在她快要失去意識時，嘴裡的獠牙突然伸長。

「！」

鄭成功覺得虎口彷彿觸電，不得已鬆開手。他看著自己滿是血的手掌，又驚訝又憤怒。

「國姓爺大人……竟然流血了！」馬信看到鄭成功受傷極爲震驚，「我跟隨大人這麼多年，今天第一次看見大人受傷！」

其他將兵也露出不可置信的表情。鄭成功手掌虎口被瑪蒂娜咬傷，咬牙切齒怒瞪瑪蒂娜。

他實在是強得嚇死人，今天就算我沒有負傷，頂多也只能跟他打成平手。

周圍越來越亮，太陽即將現身。如果被陽光照到將是非死即傷，瑪蒂娜必須盡快躲到陰暗的地方才行。

雖然不甘心，可是現在只能撤退了……

真是太遺憾了……

瑪蒂娜於是逃離現場，鄭軍的官兵沒有人追得上。

157

黑暗的夜，星月無光。

刺殺鄭成功失敗幾天之後的夜晚，瑪蒂娜揹著她的棺材，步履蹣跚地走著。

她走著的同時，眼淚還在一滴滴地流。宛如血一般的眼淚，滴在地上像是血跡。

也許是因爲流下血淚太消耗力量，又也許是因爲她的心情極端悲痛，她覺得背上的棺材越來越重，重到她幾乎快揹不動了。

她不斷地往北方漫無目的地走著。

這是她第二次離開麻豆。這一次離開，可能再也不會回來了。

158

當李小姐說完故事之後也已經是閉館的時間，李小姐於是導引遊客離開現場。

對於李小姐說的故事，遊客們議論紛紛。

「這個故事是眞的嗎？怎麼又是吸血鬼又是殭屍？」

「連女巫和水怪都出來了！」

「結局還滿令人感傷的……」

「不知道那個吸血鬼後來怎麼了。」

「這故事也許是導覽小姐爲了讓我們容易瞭解當時的歷史而編出來的吧？」

遊客們一邊交頭接耳地談論一邊離開現場。

所有的遊客都離開之後，博物館也準備關門了。

李小姐站在一幅畫的前面，那幅畫是顏水龍所畫的亨布魯克訣別圖。

畫中的亨布魯克慷慨激昂地要往前走，他的其中一個女兒跪下來抓住他的袖子請求他不要離開，另一個女兒則因爲過份哀傷而昏倒，被兩個女僕給扶著。

「歷史沒有如果。」李小姐看著這幅畫輕聲說道，「但是我實在很想知道如果當時鄭成功沒有攻打臺灣，這個臺灣島的歷史究竟會變得如何？」

「至少，如果他沒有攻臺，可以肯定牧師和野蠻人弟弟就不會被殺了。」

「不過，鄭成功帶來漢文化，我後來發現漢文化是個很有趣的東西。也許當時你們阻止我抵擋鄭成功不見得是壞事。」

「然而，最有趣的還是接下來臺灣的命運，充滿著悲慘和無奈。因爲臺灣人總是一直被當成奴隸般看待。」

「我喜歡看別人在痛苦中掙扎，因爲那帶給我許多啓發與智慧。」李小姐隨後轉身離開那幅畫，「比起幸福，不幸總是讓人更加成長。而這個臺灣島就是個充滿不幸的悲運之島。」

「這就是爲什麼我一直留在臺灣的理由。」李小姐接下來走到一個貼有臺灣史年表的長桌，「當然，還有另一個重要理由就是，我那個老是喜歡悲天憫人的大小姐，總是自不量力地要去幫臺灣島上的人脫離不幸，可惜不論她怎麼做，歷史總是把她連同臺灣一起丟進不幸的深淵當中。」

「這幾百年來，她一直都在幹傻事，甚至直到今天也是如此。」

國家圖書館出版品預行編目資料

福爾摩沙血妖奇緣／施特朗著. --初版.--臺中市：白象文化，民105.08
面： 公分.——（說，故事；59）
ISBN 978-986-358-357-8（平裝）

863.857　　105006238

說，故事（59）

福爾摩沙血妖奇緣

作　　者　施特朗
校　　對　施特朗、雯子
專案主編　吳適意
出版經紀　徐錦淳、林榮威、吳適意、林孟侃、陳逸儒、蔡晴如
設計創意　張禮南、何佳諠
經銷推廣　李莉吟、莊博亞、劉育姍、李如玉
行銷企劃　黃姿虹、黃麗穎、劉承薇
營運管理　張輝潭、林金郎、曾千熏
發 行 人　張輝潭
出版發行　白象文化事業有限公司
402台中市南區美村路二段392號
出版、購書專線：（04）2265-2939
傳真：（04）2265-1171
印　　刷　基盛印刷工場
初版一刷　2016年8月
定　　價　350元